我只是时代的书记员。

梁晓声

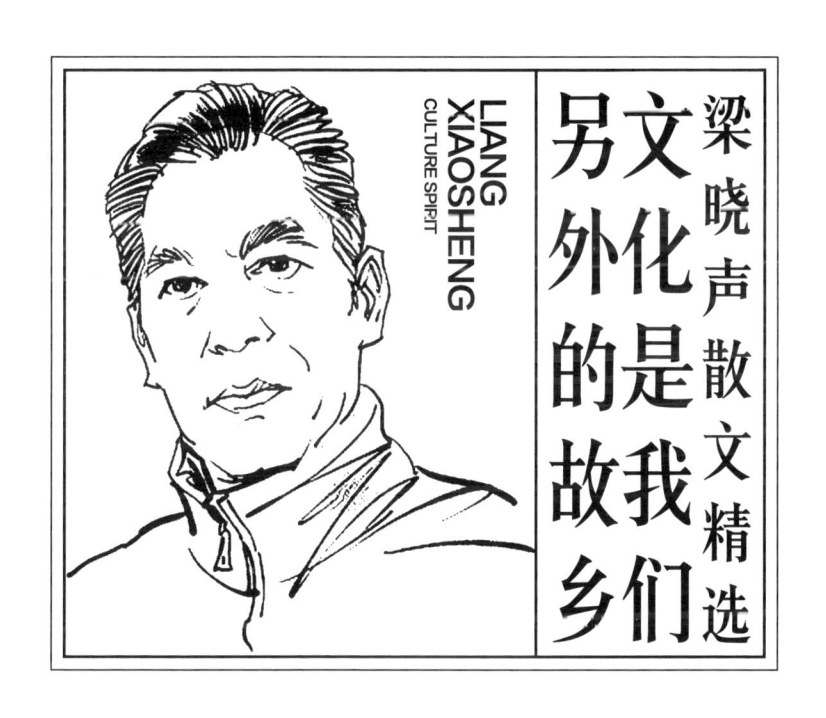

文化是我们另外的故乡

梁晓声散文精选

LIANG XIAOSHENG
CULTURE SPIRIT

中国工人出版社

图书在版编目（CIP）数据

文化是我们另外的故乡 / 梁晓声著. -- 北京：中国工人出版社，2023.6
ISBN 978-7-5008-8189-6

Ⅰ.①文… Ⅱ.①梁… Ⅲ.①散文集 – 中国 – 当代 Ⅳ.①I267

中国国家版本馆CIP数据核字（2023）第103753号

文化是我们另外的故乡

出 版 人	董　宽
策划编辑	王学良
责任编辑	傅　娉
责任校对	张　彦
责任印制	黄　丽
出版发行	中国工人出版社
地　　址	北京市东城区鼓楼外大街45号　邮编：100120
网　　址	http://www.wp-china.com
电　　话	（010）62005043（总编室）　62005039（印制管理中心）
	（010）62379038（社科文艺分社）
发行热线	（010）82029051　62383056
经　　销	各地书店
印　　刷	天津中印联印务有限公司
开　　本	710毫米×1000毫米　1/16
印　　张	16.5
字　　数	238千字
版　　次	2023年7月第1版　2023年7月第1次印刷
定　　价	58.00元

本书如有破损、缺页、装订错误，请与本社印制管理中心联系更换
版权所有　侵权必究

目录 Contents

Chapter 1 另外的故乡

- 002 —— 文明的尺度
- 005 —— 指证中国文化之摇篮
- 009 —— 关于文化的传统与现代之讨论
- 016 —— 仅靠文化的反省不能抚平大众的愤怒
- 022 —— 百年文化的表情
- 027 —— 中国人文文化的现状
- 035 —— 文化的报应
- 038 —— 关于传统文化之断想
- 043 —— 文化是我们另外的故乡
- 046 —— 中国"尼采综合征"批判

Chapter 2 不能保护，难以文明

- 068 —— 拒做儒家思想的优秀生
- 071 —— 关于爱情在文学中的位置
- 076 —— 关于爱情文学的"规律"
- 080 —— 沉思鲁迅
- 087 —— 沉思闻一多
- 092 —— 巴金的启示
- 097 —— 不能保护，难以文明
- 099 —— 关于民间意识形态与和谐社会

104 — 致程德培
110 — 致陈颖君
113 — 流响出疏桐
117 — 我看冯小宁和他的《红河谷》
120 — 我看《大气层消失》
123 — 尹力的"行板"
126 — 关于《好人书卷》
129 — 评《红樱桃》
131 — 日升日落寻常事
133 — 《血色清晨》——那一个清晨
136 — 世界是怎样结构的
139 — 人性永远的享受：美之温暖
145 — 一片冰心在玉壶
148 — 关于我们的"微妙"缺点
150 — 花自有魂水有魄
158 — 像水杉那样的散文
162 — 《客过亭》读后感
165 — 我们这些动物
168 — 放歌黄河第一诗
171 — 推荐《资本主义文化矛盾》

书评、书信

3
Chapter

4 Chapter 随想之旅

176 — 翰墨：五评读书明理
181 — 解梦：五评红楼梦影
184 — 光影：五评影像故事
187 — 大家：五评名家风采
191 — 孝道：六训孝敬长者
194 — 诲人：六训谆谆教导
198 — 为人：六训处世之道
201 — 脸谱：七话平民生态
206 — 阴阳：七话男女有别
211 — 生灵：八记动物语言
217 — 苦旅：九问文学之河
221 — 写者：九问文人文道
224 — 随想：十谈生命感悟
229 — 苦乐：十谈大千世界
233 — 琐记：十谈凡尘琐事

5 Chapter 我作的序

238 — 风能吹进诗里
241 — 上蹿下跳的人们
244 — 蜡炬成灰的过程
247 — 学子小说《女儿河》序
250 — 《中国病人》的调研报告
253 — 《足迹》序

文化是我们另外的故乡

—

Chapter 1

—

另外的故乡

在中国，
所谓"大众文化"和"精英文化"，
都被附加上了阶层的含义。
似乎，
大众文化即——
文化水平普遍有限的广大多数之人们才需要的文化。
而精英文化——
那一定是文化水平很高的少数人的文化。

文明的尺度

某些词汇似乎具有无限丰富的内涵，因而人若想领会它的全部意思并非一件简单的事情。比如宇宙，比如时间。不是专家，不太能说清楚。即使听专家讲解，没有一定常识的人，也不太容易真的听明白。但在现实生活之中，却仿佛谁都知道宇宙是怎么回事，时间是怎么回事。

为什么呢？因为宇宙和时间作为一种现象，或曰作为一种概念，已经被人们极其寻常化地纳入一般认识范畴了。大气层以外是宇宙空间。一年十二个月，一天二十四小时，每小时六十分钟，每分钟六十秒。

这些基本的认识，使我们确信我们生存于怎样的一种空间，以及怎样的一种时间流程中。这些基本的认识对于我们很重要，使我们明白作为单位的一个人其实很渺小，"飘乎若微尘"。也使我们明白，"人生易老天难老"，时间即上帝，人类应敬畏时间对人类所做的种种之事的考验。由是，我们的人生观价值观大受影响。

对于普通的人们，具有如上的基本认识，足矣。

"文明"也是一个类似的词汇。

东西方都有关于"文明"的简史，每一本都比霍金的《时间简史》厚得多。世界各国，也都有一批研究文明的专家。

一种人类的认识现象是有趣也发人深省的——人类对宇宙的认识首先是从对它的误解开始的，人类对时间的概念首先是从应用的方面来界定的。而人类对于文明的认识，首先源于情绪上、心理上，进而是思想上、精神上对于不文明现象的嫌恶和强烈反对。当人类宣布某现象为第一种"不文明"现象时，真正的文明即从那时开始。正如霍金诠释时间的概念是从宇宙大爆炸开始。

　　文明之意识究竟从多大程度上改变了并且还将继续改变我们人类的思想方法和行为方式，这是我根本说不清的。但是我知道它确实使别人变得比我们自己可爱得多。

　　二十世纪八十年代我曾和林斤澜、柳溪两位老作家访法。一个风雨天，我们所乘的汽车行驶在乡间道路上。在我们前边有一辆汽车，从车后窗可以看清，车内显然是一家人。丈夫开车，旁边是妻子，后座是两个小女儿。他们的车轮扬起的尘土，一阵阵落在我们的车前窗上。而且，那条曲折的乡间道路没法超车。终于到了一个足以超车的拐弯处，前边的车停住了。开车的丈夫下了车，向我们的车走来。为我们开车的是法国外交部的一名翻译，法国青年。于是他摇下车窗，用法语跟对方说了半天。后来，我们的车开到前边去了。

　　我问翻译："你们说了些什么？"

　　他说，对方坚持让他将车开到前边去。

　　我挺奇怪，问为什么。

　　他说，对方认为，自己的车始终开在前边，对我们太不公平。对方说，自己的车始终开在前边，自己根本没法儿开得心安理得。

　　而我，默默地，想到了那位法国父亲的两个小女儿。她们必从父亲身上受到了一种教育，那就是——某些明显有利于自己的事，并不一定真的是天经地义之事。

　　隔日我们的车在路上撞着了一只农家犬。是的，只不过是"碰"了那犬一下。只不过它叫着跑开时，一条后腿稍微有那么一点儿瘸，稍微而已。法国青年却将车停下了，去找养那只犬的人家。十几分钟后回来，说没找到。半小时后，我们决定在一个小镇的快餐店吃午饭，那位法国青年说他还是得开车回去找一下，不然他心里很别扭。是的，他当时就是用汉语说了"心里很别扭"五个字。而我，出于一种了解的念头，决定陪他去找。终于找到了养那只犬的一户农家，而那只犬已经若无其事了。于是郑重道歉，主动留下名片、车牌号、驾照号码……回来时，他心里不"别扭"了。接下来的一路，又有说有笑了。

我想，文明一定不是要刻意做给别人看的一件事情。它应该首先成为使自己愉快并且自然而然的一件事情。正如那位带着全家人旅行的父亲，他不那么做，就没法儿"心安理得"。正如我们的翻译，不那么做就"心里很别扭"。

中国也大，人口也多，百分之八九十的人口，其实还没达到物质方面的小康生活水平。腐败、官僚主义、失业率、日益严重的贫富不均，所有负面的社会现象，决定了我们中国人的文明，只能从底线上培养起来。二十世纪初，全世界才十六亿多人口。而现在，中国人口只略少于一百年前的世界人口而已。

所以，我们不能对我们的同胞在文明方面有太脱离实际的要求。无论我们的动机多么良好，我们的期待都应搁置在文明底线上。而即使在文明的底线上，我们中国人一定要改变一下自己的方面也是很多的。比如，袖手围观溺水者的挣扎，其乐无穷，这是我们的某些同胞一向并不心里"别扭"的事，我们要想法子使他们以后觉得仅仅围观而毫无营救之念是"心里很别扭"的事。比如随地吐痰，当街对骂，从前并未想到旁边有孩子，以后人人应该想到一下的。比如，中国之社会财富的分配不公，难道是天经地义的吗？我们听到了太多太多堂而皇之天经地义的理论。当并不真的是天经地义的事被说成仿佛真的是天经地义的事时，上公共汽车时也就少有谦让现象，随地吐痰也就往往是一件大痛其快的事了。

中国不能回避一个关于所谓文明的深层问题，那就是——文明概念在高准则方面的林林总总的"心安理得"，怎样抵消了人们寄托于文明底线方面的良好愿望？

我们几乎天天离不开肥皂，但肥皂反而是我们说得最少的一个词；"文明"这个词我们已说得太多，乃因为它还没成为我们生活内容里自然而然的事情。

这需要中国有许多父亲，像那位法国父亲一样自然而然地体现某些言行……

指证中国文化之摇篮

我以我眼回顾历史，正观之，侧望之，于是，几乎可以得出一个特别自信的结论——所谓中国文化之相对具体的摇篮，不是中国的别的地方，尤其并不是许多中国人长期以来以为的中国的大都市。不，不是那样。恰恰相反，它乃是中国的小城和古镇，那些千百年来在农村和大城市间星罗棋布的小城和古镇。

仅以现代史一页为例，我们所敬重的众多彪炳史册的文化人物，都曾在中国的小城和古镇留下过童年和少年时期成长的身影。小城和古镇，也都必然地以它们特有的文化底蕴和风土人情濡染过他们。开一列脱口而出的名单，那也委实是气象大观。如蔡元培、王国维、鲁迅、郭沫若、茅盾、叶圣陶、郁达夫、丰子恺、徐志摩、废名、苏曼殊、凌叔华、沈从文、巴金、艾芜、张天翼、丁玲、萧红……

这还没有包括一向在大学执教的更多的文化人士，如朱自清、闻一多们；而且，也没有将画家们、戏剧家们、早期电影先驱者们以及哲学、史学等诸文化学科的学者们加以点数……

我要指出的是——小城和古镇，不单是他们的出生地，也是他们初期的文化品格和文化理念的形成地。看他们后来的文化作为，那初期的烙印都是印得很深的。

小城和古镇，有德于他们，因而，也便有德于中国之近代的文化。

摇篮者，盖人之初的梦乡的所在也。大抵，又都有歌声相伴，哪怕是愁苦的，也是歌，必不至于会是吼。通常，也不一向是哀哭。

故我以为,"厚德载物"四个字,中国之许许多多的小城和古镇,那也是决然当之无愧的。它们曾"载"过的不单是物也,更有人也,或曰人物。在他们还没成人物的时候,给他们以可能成为人物的文化营养。

小城和古镇的文化,比作家常菜,是极具风味的那一种,大抵加了各种的作料腌制过的;比作点心,做法往往是丝毫也不马虎的,程序又往往讲究传统,如糕——很糯口的一种;比作酒,在北方,浓烈,"白干"是也,在南方,绵醇,自然是米酒了。

小城和古镇,于地理位置上,即在农村和城市之间,只需年景太平,当然也就大得其益于城乡两种文化的滋润了。大都市何以言为大都市,乃因它们与农村文化的脐带终于断了。不断,便大不起来。既已大,便渐生出它自己必备的文化了。一旦必备了,则往往对农村文化侧目而视了。就算也还容纳些个,文化姿态上,难免地已优越着了。而农村文化,于是产生自知之前,敬而远之。小城和古镇却不同,一方面,它们与农村在地理位置上的距离一般远不到哪儿去。它们与农村文化始终保持着亲和关系。它们并不想剪断和农村文化之间的脐带,也不以为鄙薄农村文化是明智之举。因为它们自己文化的不少部分,千百年来,早已与农村文化胶着在一起,撕扯不开了。正所谓藕断丝连,用北方话说——"打断骨头连着筋"。另一方面,小城和古镇,是大都市商业的脚爪最先伸向的地方,因为这比伸入国外去容易得多,便利得多。大都市商业的脚爪,不太有可能越过阻隔在它和农村之间的小城和古镇,直接伸向农村并达到获利之目的。它们在商业利益的驱使下,不得不与小城和古镇发生较密切的关系。有时,甚至不得不对后者表现出青睐。于是,它们便也将大都市的某些文明带给小城和古镇了。起初是物质的,随之是文化的。比如,小城和古镇起先也出现留声机的买卖了,随之便会有人在唱流行歌曲了。而小城和古镇的知识起来了的青年们,他们对于大都市里的文明自然是心向往之的。既向往物质的,更向往文化的。他们对于大都市里的文明的反应是极为敏感的。而只有对事物有敏感反应的人,其头脑里才会有敏感的思想可言。故一个小城和古镇中的知识起来了的青年,他在还没有走向大都市之前,已经是相当有文化思想的人了,比大都市中的知识起来了的青年更有文化思想。因为他们是站在一个特殊的文化立场，即小城和古镇的文化立场；进言之，乃是一种较传统的文化立场来审视大都市文明的。那可能保守，可能偏狭，可能极端，然而，对于文化人格型的青年，立场和观点的自我矫正，只不过是早晚之事。他们有自我矫正的本能和能力。他们一旦成为大都市中人，再反观来自小城和古镇，往往又另有一番文化的心得。古老的和传统的文化与现代的和新潮的文化思想，在他们的头脑中发酵，化合，或扬或弃，或守或拒，反映到他们的文化作为方面，便极具个性，便凸显特征，于是使中国的现代现象由而景观纷呈。何况，他们的文化方面的启蒙者，亦即那些小城里的学堂教师和古镇里的私塾先生，又往往是在大都市里谋求过人生的人，载誉还乡也罢，失意归里也罢，总之是领略过大都市的文化的。他们对大都市文化那种经过反刍了的体会，也往往会在有意无意之间哺育他们所教的学生们。

谈论到他们，于是才谈论到我这一篇短文的自以为的要点，那便是——我以我的眼看来，我们中国之文化历史，上下五千年，从大都市到小城到古镇，原本有一条自然而然形成的链条；一个世纪又一个世纪，一代又一代形形色色的文化人归去来兮往复不已的身影，作为其中典型的代表人物是孔子。他人生的初衷是要靠他的学识治国平天下的，说白了那初衷是要"服官政"的。当不成官，他还有一条退路，即教书育人。在还有这一条退路的前提之下，才有孔门的弟子三千，贤者七十。他们中之大多数，后来也都成了"坐学馆"的人或乡间的私塾先生。而且其学馆，又往往开设在躲避大都市浮躁的小城和古镇。小城和古镇，由而代代的才人辈出，一个世纪又一个世纪地输送到大都市；大都市里的文化舞台，才从不至于冷清。又，古代的中国，一名文化了的人士，一辈子为官的情况是不多的。脱下官袍乃是经常的事。即使买官的人，花了大把的银子，通常也只能买到一届而已。即使做官做到老的人，一旦卸却官职，十有七八并不留居京都，而是举家还乡。若他们文化人的本性并没有因做官而彻底改变，仍愿老有所为，通常所做的第一件第一等有意义的事，那便是兴教办学。而对仕途丧失志向的人，则更甘于一辈子"坐馆"，或办私塾。所谓中国文化人士传统的"乡土情结"，其实并不意味着对农村的迷恋，而是在离农村较近的地方固守一段也还算有益于他人、有益于国家民族的人生，即授业育人的人生。上下五千年，至少有三千年的历史中，每朝每代，对中国文化人的这一退路，还是明白应该给留着的。到了近代，大清土崩瓦解，民国时乖运蹇，军阀割据，战乱不息，强寇逞凶，疆土沦丧——纵然在时局这么恶劣的情况之下，中国之文化人士，稍得机遇，那也还是要力争在最后的一条退路上孜孜以求地做他们愿意做的事情的……

然而，在一九四九年以后的历次政治运动中，他们连一心想要做的都做不成了。他们配不配做，政治上的资格成了问题。一方面，从大都市到小城到古镇到农村，中国之一切地方，空前需要知识和文化的讲授者，传播者；另一方面，许许多多文化人士和知识分子在运动中被无情地打入另册，从大都市发配甚或押遣原籍——亦即他们少年时期曾接受过良好文化启蒙的小城和古镇。更不幸者，被时代如扫垃圾一般扫回到了他们所出生的农村。然后是"反右"，再然后是"文革"，文化人士和知识分子魂牵梦萦的故乡，成了他们人生厄运开始的地方。而农村、古镇、小城、大都市之间，禁律条条，人们不得越雷池半步……

一条由文化人士和知识分子们的自然流动所形成的文化的循环往复的链条，便如此这般地被钳断了，受到文化伤害最深重的是小城和古镇。从前给它们带来文化荣耀感的成因，一经彻底破坏，在人们心里似乎就全没了意义和价值……

碎玉虽难复原，断链却是可以重新接上的。

今天，我以我的眼看到，某些以文化气息著称的小城和古镇，正在努力做着织结文化经纬的事情。总有一天，某些当代的文化人士和知识分子，厌倦了大都市的浮躁和喧嚣，也许还会像半个多世纪以前那样，退居故里。并且，在故里，尽力以他们的存在，氤氲一道道文化的风景。

是啊，那时，中国的一些小城和古镇，大概又会成为中国文化的摇篮吧？

关于文化的传统与现代之讨论

一、首先我觉得，我们所议之题未免太大了。年轻时还敢于对完全超出于自己认知范围的话题贯发主观议论。不知自己的浅，不知"文化"二字涵盖之深、之广。年轻啊，有自以为是的毛病，所以会那样。而且年轻时所见之文化现象，那是多么单纯的现象。尤其在中国，单纯到了单调的地步。但现在的情况太不同了，文化已如大河决堤，遍地成沼，令人不知从何谈起。对于我肯定是这样的。既然来了，不说话明摆着是不妥的了。那还莫如干脆不来，却也不应该还像年轻时那么信口开河。来前我又不太清楚我们要谈什么，是受墨生的诚挚相激才来的。我想我得作一番说明——我是写小说的，不是研究文化的专家。墨生是画家、美术评论家。八成我们口中所谈之文化，谈来谈去，都离不开各自的专业。作家是怎么看待美术的？美术家又是以什么眼光看待文学的？——若我们能在此点上碰撞出点儿思想的火花，就不算白白浪费时间了。

二、文化评判标准。文学也罢，美术也罢，要对之进行评判，那标准首先肯定是很个人化的。个人的经验是从哪里来的？绝不会是胎里带来的，而是后天形成的，是从前人那儿吸取的，也是对自己所处的当代之评判现象的整合结果。所以我认为，评论这件事——我还是更愿意用"评论"一词，而拒斥"评判"一词。因为文艺作品的品质如何，所含文化元素的多少有无，是没有办法用卡尺或天平进行规格式的量化的"判定"的。只能通过评和论，有时甚至只能通过彼此相对立的评和论，来使文艺作品的价值意义渐渐地接近客观位置。而那所谓"客观"，又不是定位了就不变的。比如福楼拜、巴尔扎克，他们的文学成就一度被评论得很高，但在他们死后，也一度被贬得很低；后来其文学成就恰恰又在被贬到最低谷时再次被肯定，再次受到尊重。可谓百余年间，三起三落。我想，美术界也是这样的。典型的例子就是梵·高。

我个人有如下的观点，那就是——评论文艺作品的标准一定是要有的，但一定不应该是像法律条文那样多多益善，越细越好。那么一来，艺术家和他们的艺术活动，不就接近着是在犯罪边缘的人人避之唯恐不及的活动了吗？

我的学生给我提过这样的问题——文学评论有较为客观的标准吗？倘有，那是什么？

我的回答是——凡解构主义解构来解构去，解构到最后还是不敢予以否定，进而还是只能保持肃然的那些人类迄今为止的文化原则，便是文艺评论必须也予以尊重的文艺标准。如和平主义、人道精神、悲悯情怀、平等思想、审美作用、想象魅力等。据那样一些原则，百千年来，文学的经典一直被公认为是经典。

对于美术我是外行。但我认为，如上一些文化的原则，其实也每每体现在美术作品中。当然，主要是体现在古典主义、现实主义绘画之中。我得承认，对于现代的文学作品和美术作品，我是一个太缺乏亲和热情的欣赏者。这是由我的文化思想之形成背景所决定的。它形成时，现代主义文艺观和文艺作品，在中国还没出现。在我头脑中也就没有。我对体现在建筑、雕塑、舞蹈方面的艺术现代性也特别喜欢。但是对于在形式上做太多文章的太现代的文学和显然给人的视角以不舒服感觉的美术作品，至今我确乎是喜欢不起来的。

但我信奉那句话——"凡存在的，即合理的。"其"理"，我认为并非指人文含意上的"情理""文化伦理"，而是指因果逻辑关系上的"事理"。

所以，即使我认为倾向显然不良的文艺现象，我也要先思考明白——作为结果，导致它的前因是什么？倘我要对那现象发批判之声，则我要求自己一定要着重指出那前因。即使不便直指而斥，也一定要曲意表达。如果连曲意表达都没有空间，那么我可能也就对那结果三缄其口不发声音了。

三、在特定的文艺时期——特定的文艺时期总是由特定的政治的、经济的、科技的时代大特征所决定的。比如，电影一定是诞生在声、光科技成为时代大特征的前提之下——特定文艺时期的文艺和文艺家本身，往往就具有了文艺符号的性质。符号性也可以理解为象征性。文艺作品和文艺家本身，一旦具有那样一种象征性，无论如何也等于是一种被肯定。起码是被认同。比如卓别林、猫王，成为现代绘画大师的毕加索，还有成为自然主义文学流派代表人物的左拉。但，每一个历史时期都具有其标识性的时代现象，则不可能不反映在时代文化中。所以每一个时代也就具有了它的文化的符号性。至于这一类文化符号如何反映在后来的文艺现象中才算是有价值有意义的反映，我还没有认真思考过，所以几乎没有发言权。我认为，倘不面对具体的文艺作品，仅作空对空的泛论，大约是说不明白什么的吧？

四、如何评判成就。我认为这纯粹是评论家的事情，也纯粹是广大文艺受众的事情。

作为一个写小说的人，我最不愿动脑筋去想的就是这一类问题。因为以我现有的认知水平，根本不可能把它想得明明白白。也根本不可能是在想得明明白白了以后，再朝那个所谓"成就"，也就是"最高"的目标去进取。这是文艺与科技与企业很不相同的一点。从事文艺的人应该明白此点。火箭上天，宇航员登月，这是硬碰硬的科技水平的证明。比尔·盖茨和微软公司乃是获得巨大成就的人和企业，这也是无可争议的。但是对于文艺和文艺家，没有什么"世界之最"。一幅画它在拍卖行的成交价可以创"世界之最"或"一国之最"，但那并不能完全说明其艺术价值。一部书、一张唱片，也会创下世界或一国的发行之最，同样也不能完全说明艺术成就。

刚才我已经说过了，我是写小说的，墨生是画家，我们都是以创作为主业的人，我们干吗非在此摆出一副正儿八经的架势，似乎非要把这一个连古今中外的一概评论家、理论家都莫衷一是的问题几句话掰扯清楚呢？

作为小说家，我一如既往认真来创作就是了。我希望墨生也要这样来画。如果我们天定了是仅有二三流水平的人，那也要努力把二三流的水平发挥好。这世界不可能仅只是需要大师就可以了的世界。不，世界不是这样的。每一个文艺家只要认真了，便自有存在的意义。不要争论什么评判标准，成就界定的发言权，那会滋扰创作的。

五、我的头脑之中断不会产生以颠覆传统挑战传统为乐事的文艺观。如果我还有年轻时那一股挑战激情，那么我也绝不会将它体现在挑战文艺之传统方面。在中国，这种挑战其实从来不至于是大的冒险。根本不需要有什么可敬的挑战精神，也无无畏可言。因为这只不过是文艺这个"界"内的事。而在这个"界"里，今天的情况已相当开放，谁都不会也不大可能仅仅因了一个人挑战传统便将一个人怎么样。

但我也绝不是一个坚定不移地捍卫所谓传统文艺观的人。文艺之传统的观念，那是注定了要被后人来突破、修正、补充、丰富的，否则人类的文艺现象早就终结了。

比如我自己的创作，早年奉行批判现实主义，对脱离现实关注的现代主义写作现象很不以为然，每每讥刺为"早产的怪胎"，但是后来，我连续写了三部长篇——《浮城》《尾巴》《红晕》，都是很荒诞的小说。我为什么会这样呢？无他，感觉在那时的创作环境之下，我所奉行的批判现实主义难以为继了。

所以现在的我认为——固守传统的，自己执着地固守就是，大可不必视一概现代的文艺现象都是传统的文艺敌人，不批倒批臭则传统朝不保夕似的。而探索现代的，亦不必动辄即言传统的没落和不可救药，仿佛文艺倘不现代起来，就该寿终正寝似的。

胡适说："要怎么收获，先那么栽。"

这话对后来的我影响很大。

我想要这样的文艺，所以必须号召同仇敌忾，一道去铲除那样的文艺——这才是一个文艺家最不可取的立场。

而且我以我眼来看——没有什么始终如一的传统（对于个人可能有这样的情况，对于人类总体的文艺现象绝不是这样），只有不断更新的传统。所以才产生传统与现代相结合的文艺探索现象。

若固守传统的，觉得传统边缘了，因在边缘上固守而寂寞了，孤独了，不妨换位思考一下——想当初现代主义的文艺也很边缘，也很寂寞；探索现代主义的文艺家，也是孤单过的。

人类的文艺之事，十年河东，十年河西而已。

且它又有很强的自我调适的能力——传统太过僵化了，便以现代来激活它；现代太过泛滥了，便以弘扬传统来澄清它。谁想灭掉文艺本身这种规律都是没法子的。

传统耶？现代耶？孰高？孰低？谁雅？谁俗？——只有一个上帝，那就是时间。

所以我又认为，文艺的创作者，当少谈点儿主义、标准什么的——那主要是评者们论者们的使命。

文艺的创作者的使命，当是在自愿选择的那一个方向上好好地创作。因为是自愿的，谁都应该无怨无悔。纵使寂寞，亦然也。

至于有某些文艺的现象，比如某些所谓的行为艺术，俗不可耐，哗众取宠，专以贩丑市邪为能事——在我看来，那本就不是什么文艺，根本不必纳入我们的话题。

六、如何对待大众文化？谈这个问题，我觉得首先我们应该统一认识，或曰统一概念，即——什么是大众？它又是相对于另外的一种什么概念而言的？西方人怎么理解大众一词？我们中国人怎么理解？我们是否依然在沿用从前所理解的概念？倘竟是，这一概念的从前和现在发生了质变没有？如果我们不搞清这些"细节"，只不过语焉不详地姑妄言之，那我们又陷入了自以为是之境。

窃以为——大众者，广大的多数而已。

这是一种特别西方的理解。

我们中国人从前所理解的大众，每每是"劳苦大众"的概念的缩意。到了新中国成立后，认为"大众"不再劳苦，于是"劳苦大众"成了"工农兵大众"。"大众"又成了"工农兵"的代名词。到了二十世纪八十年代以后，知识分子认为"工农兵"理应被文化来启蒙，于是又有了相对应的"精英文化"一说。

因而可以这么认为，在中国，所谓"大众文化"和"精英文化"，都被附加上了阶层的含义。

似乎，大众文化即——文化水平普遍有限的广大多数之人们才需要的文化。

而精英文化——那一定是文化水平很高的少数人的文化。

这是一种特别中国特色的理解。西方人早已不这么理解大众，也早已不这么看待大众文化了。而且，在西方，也早已并不特别鼓吹什么所谓的"精英文化"了，因为哪些人才是文化的精英倘已可疑，我们自然不知所谓"精英文化"实为何物。

例如，电影显然是大众文化。那么，到现在为止，在电影院看过《无极》的大众又有多少？七十元的票价，一般大众看得起吗？我们统计一下便知，在任何一座城市的前几场的票价，皆由收入中高以上的人们买了去。民工是大众吧？但是有哪一个民工肯花七十元看一场电影呢？大学里的师生、公司职员、公务员、传媒从业者，差不多都有大学以上的文化水平吧？可恰恰是文化水平较高的人群首先一睹为快，是否就证明了《无极》反而是一部精英电影了呢？

再如，帕瓦罗蒂在中国的演唱会是高雅文化，但一张最便宜的门票将近一千元，大学教授也不愿攀附那风雅了。而若你要白给一个民工一张票，附带还送给他一套高档西服，还言明车接车送，言明他将被扣了的工钱你给他补上，哪一个民工又不愿意呢？他又为什么偏要拒绝高雅的文化呢？

所以，我们妄言之文化的受众，其实由以下因素的区别而区别：

第一，文化区别；第二，年龄区别；第三，收入区别；第四，工作性质的区别。

工作性质决定一个人究竟拥有多少闲适的时间；收入决定一个人舍得花多少钱去享受怎样的文化。我们都知道的，高档次的文艺演出其票价也高；年龄决定哪一类文艺场合只适合哪一种年龄的人。一个老者出现在"歌仔会"上并大呼小叫是很不正常的现象。最后才是由文化区别所决定的欣赏范围的区别。但这种区别，实际上早已由前三种区别而模糊了界线。一概的时尚杂志，在中国恰是较高文化人群的读物。而时尚的，原本是属于大众的。在西方正是这样。

在中国，以我看来，实际情况是这样的——八九亿农民除了看电视，此外并不享有什么文艺欣赏的主动选择权；青少年由于青春期的特征，追逐娱乐文艺是自然而然的，过了青春期就好了；许多学历较高甚至很高的人，自然是各行业的骨干，耽于压力，也每以时尚的快餐式的文艺类型减压，亦在情理之中。稀缺一现的文艺，则往往成了高级社会身份的象征。这在别国也是如此。

大众非是天生只配对文艺仅有娱乐要求的广大众多的人群。所谓"大众文化"也自有它该有的文化品格。"大众文化"的最高品格即为大众诠释普通人之人生意义的品格。我个人对自己的告诫是——如果自己嫌大众所好之文艺未免太俗了，那么就为他们创作自己认为好的。我觉得作为一个文艺创作者，这种态度比一味抨击的好。

仅靠文化的反省不能抚平大众的愤怒

时下，民间和网上流行着一句话——羡慕嫉妒恨，往往从电视中也能听到这句话。

依我想来，此言只是半句话。大约因那后半句有些恐怖，顾及形象之人不愿由自己的嘴说出来。倘竟在电视里说了，若非直播，必定是会删去的。

后半句话应是——憎恨产生杀人的意念。确实是令人身上发冷的话吧？我也是断不至于在电视里说的。不吉祥，不和谐。写在纸上，印在书里，传播方式局限，恐怖"缩水"，故自以为无妨掰开了揉碎了与读者讨论。

羡慕、嫉妒、恨——在我看来，这三者的关系，犹如水汽、积雨云和雷电的关系。

人的羡慕心理，像水在日晒下蒸发水汽一样自然。从未羡慕别人的人是极少极少的，或者是高僧大德及圣贤，或者是不自然不正常的人。

羡慕到嫉妒的异变，是人大脑里发生了不良的化学反应。说不良，首先是指对他者开始心生嫉妒的人，往往是经历了心理痛苦的。那是一种折磨，文学作品中常形容为"像耗子啃心"。同时也是指被嫉妒的他者处境堪忧。倘被暗暗嫉妒却浑然不知，处境大不妙也。此时嫉妒者的意识宇宙仿佛形成着浓厚的积雨云了。而积雨云是带强大电荷的云，它随时可能产生闪电，接着霹雳骤响，下起倾盆大雨，夹着冰雹。想想吧，如果闪电、霹雳、大雨、冰雹全都是对着一个人发威的，而那人措手不及，下场将会多么的悲惨！

但羡慕并不必然升级为嫉妒。

正如水汽上升并不必然形成积雨云。水汽如果在上升的过程中遇到了风，风会将水汽吹散,使它聚不成积雨云。接连的好天气晴空万里,阳光明媚,也会使水汽在上升的过程中蒸发掉,还是形不成积雨云。

那么,当羡慕在人的意识宇宙中将要形成嫉妒的积雨云时,什么是使之终究没有形成的风或阳光呢?

文化。除了文化,还能是别的吗?

一个人的思想修养完全可以使自己对他者的羡慕止于羡慕,并消解于羡慕,而不在自己内心里变异为嫉妒。

一个人的思想修养是文化现象。

文化可以使一个人那样,也可以使一些人、许许多多的人那样。

但文化之风不可能临时招之即来。文化之风不是鼓风机吹出的那种风,文化之风对人的意识的影响是逐渐的。当一个社会普遍视嫉妒为人性劣点,祛妒之文化便蔚然成风。蔚然成风即无处不在,自然亦在人心。

劝一个人放弃嫉妒,这也是一种文化现象。劝一个人放弃嫉妒不是那么简单容易的事,没有点儿正面文化的储备难以成功。起码,得比嫉妒的人有些足以祛妒的文化。莫扎特常遭到一位宫廷乐师的强烈嫉妒,劝那么有文化的嫉妒者须具有比其更高的文化修养,而那位宫廷乐师无幸遇到那样一位善劝者,所以其心遭受嫉妒这只"耗子"的啃咬半生之久,直至莫扎特死了,他才获得了解脱,但没过几天他也一命呜呼了。

文化确能祛除嫉妒。但文化不能祛除一切人的嫉妒。正如风和阳光,不能吹散天空的每一堆积雨云。

美国南北战争时期,一名北军将领由于嫉妒另一位将领的军中威望,三天两头向林肯告对方的刁状。无奈的林肯终于想出了一个主意,某日对那名因嫉妒而怒火中烧的将军说:"请你将那个使你如此愤怒的家伙的一切劣行都写给我看,丝毫也别放过,让我们来共同诅咒他。"

那家伙以为林肯成了自己同一战壕的战友,于是其后连续向总统呈交信件式檄文,每封信都满是攻讦和辱骂,而林肯看后,每每请他到办公室,与他同骂。十几封信后,那名将军省悟了,不再写那样的信,他羞愧地向总统认错,并很快就动身到前线去了,还与自己的嫉妒对象配合得亲密无间了。

省悟也罢，羞愧也罢，说到底还是人心里的文化现象。那名将军能省悟，且羞愧，证明他的心不是一块石，而是心宇，所以才有文化之风和阳光。否则，林肯的高招将完全等同于对牛弹琴，甚至以怀化铁。但毕竟，林肯的做法，起到了一种智慧的文化方式的作用。

苏联音乐家协会某副主席，因嫉妒一位音乐家，也曾不断向勃列日涅夫告刁状。勃氏了解那无非是些鸡毛蒜皮的积怨，反感其滋扰，于是召见他，不动声色地说："你的痛苦理应得到同情，我决定将你调到作家协会去！"——那人听罢，立即跪了下去，着急地说自己的痛苦还不算太大，完全能够克服痛苦继续留在音协工作……因为，作家协会人际关系极为紧张复杂。

勃氏的方法，没什么文化成分，主要体现为权力解决法。而且，由于心有嫌恶，还体现为阴招。但也很奏效，那位音协副主席以后再也不滋扰他了。然效果却不甚理想，因为嫉妒仍存在于他的心里，并没有获得一点点释放，更没有被"风"吹走，亦没被"阳光"蒸发掉。而嫉妒在此种情况之下，通常总是注定会变为恨的——那位音协副主席同志不久疯了，成了精神病院的长住患者，他的疯语之一是："我非杀了他不可！"

一个人的嫉妒一旦在心里形成了"积雨云"，那也还是有可能通过文化的"风"和"阳光"使之化为乌有的。只不过，善劝者定要对那人有足够的了解，制定显示大智慧的方法。而且，在嫉妒者心目中，善劝者须是被信任受尊敬的。

那么，嫉妒业已在一些人心里形成了"积雨云"将又如何呢？

文化之"风"和"阳光"仍能证明自己潜移默化的作用。但既曰潜移默化，当然便要假以时日了。

若嫉妒在许许多多成千上万的人心里形成了"积雨云"呢？

果而如此，文化即使再自觉，恐怕也力有不逮了。

成堆成堆的积雨云凝聚于天空，自然的风已无法将其吹散，只能将其吹走。但积雨云未散，电闪雷鸣注定是要发生的，滂沱大雨和冰雹也总之是要下的。只不过不在此时此地，便在彼时彼地罢了。但也不是毫无办法了——最后的办法乃是向"积雨云"层发射驱云弹。而足够庞大的"积雨云"层即使被驱云弹炸散了，那也是一时的。往往上午炸开，下午又聚拢了，复遮天复蔽日了。

将以上自然界积雨云之现象比喻人类的社会，那么发射驱云弹便已不是什么文化的化解方法，而是非常手段了，如同是催泪弹、高压水或真枪实弹……

将嫉妒二字换成"郁闷"一词，以上每一行字之间的逻辑是成立的。

郁闷、愤懑、愤怒、怒火中烧——郁闷在人心中形成情绪"积雨云"的过程，无非尔尔。

郁闷是完全可以靠文化的"风"和"阳光"来将之化解的，不论对于一个人的郁闷，还是成千上万人的郁闷。

但要看那造成人心郁闷的主因是什么。倘属自然灾难造成的，文化之"风"和"阳光"的作用一向是万应灵丹，并且一向无可取代。但若由于显然的社会不公、官吏腐败、政府无能造成的，则文化之"风"便须是劲吹的罡风，先对起因予以扫荡。而文化之"阳光"，也须是强烈的光，将一切阴暗角落一切丑恶行径暴露在光天化日之下。文化须有此种勇气，若无，以为仅靠提供娱乐和营造暖意便足以化解民间成堆的郁闷，那是一种文化幻想。文化一旦开始这样自欺地进行幻想，便是异化的开始。异化了的文化，只能使事情变得更糟——因为它靠粉饰太平而遮蔽真相，遮蔽真相便等于制造假象。也便不能不制造假象。

那么，郁闷开始在假象中自然而然地变向愤懑。

当愤懑成为愤怒时——情绪"积雨云"形成了。如果是千千万万人心里的愤怒，那么便是大堆大堆的"积雨云"在社会上空形成了。

此时，文化便只有望"怒"兴叹，徒唤奈何了。不论对于一个人一些人，还是许许多多千千万万的人，由愤怒而怒不可遏而怒从心头起恶向胆边生，往往是迅变过程，使文化来不及发挥理性作为。那么，便只有政治来采取非常手段予以解决了——斯时已不能用"化解"一词，唯有用"解决"二字了。众所周知，那方式，无非是向社会上空的"积雨云"发射"驱云弹"……

相对于社会情绪，文化有时体现为体恤、同情及抚慰；有时体现为批评和谴责；有时体现为闪耀理性之光的疏导；有时甚至也体现为振聋发聩的当头棒喝……但就是不能起到威慑作用。

正派的文化，也是从不对人民大众凶相毕露的。因为它洞察并明了，民众之所以由郁闷而愤懑而终于怒不可遏，那一定是社会本身积弊不改所导致。

集体的怒不可遏是郁闷的转折点。

而愤怒爆发之时，亦正是愤怒开始衰减之刻。正如电闪雷鸣一旦显现，狂风暴雨冰雹洪灾一旦发作，便意味着积雨云的能量终于释放了。于是，一切都将过去，都必然过去，不过时间长短罢了。

在大众情绪转折之前，文化一向发挥其守望社会稳定的自觉性。这种自觉性是有前提的，即文化感觉到社会本身是在尽量匡正着种种积弊和陋制的；政治是在注意地倾听文化之预警的。反之，文化的希望也会随大众的希望一起破灭为失望，于是会一起郁闷，一起愤怒，更于是体现为推波助澜的能量。

在大众情绪转折之后，文化也一向发挥其抚平社会伤口、呼唤社会稳定的自觉性。但也有前提，便是全社会首先是政治亦在自觉地或较自觉地反省错误。文化往往先行反省。但文化的反省，从来没能代替过政治本身的反省。

文化却从不曾在民众之郁闷变异为愤怒而且怒不可遏的转折之际发生过什么遏止作用。那是文化做不到的。正如炸药的闪光业已显现，再神勇的拆弹部队也无法遏止强大气浪的膨胀。

文化对社会伤痛的记忆远比一般人心要长久，这正是一般人心的缺点，也是文化的优点。文化靠这种不一般的记忆向社会提供反思的思想力。阻止文化保留此种记忆，文化于是也郁闷。而郁闷的文化会渐陷于自我麻醉、自我游戏、自我阉割、了无生气而又自适，最终完全彻底地放弃自身应有的一概自觉性，甘于一味在极端商业化的泥淖打滚或在官场周边争风吃醋……

与从前相比，方方面面都今非昔比。倘论到文化自觉，恐怕理应发挥的人文影响作用与已然发挥了的作用是存在大差异的。

与从前相比，政治对文化的开明程度也应说今非昔比了。但我认为，此种开明，往往主要体现在对文化人本人的包容方面。包容头脑中存在有"异质"文化思想的文化人固然是难能可贵的进步。但同样包容在某些人士看来有

"异质"品相的文化本身更为重要。

我们当下某些文艺门类不要说人文元素少之又少，就连当下人间的些微烟火也难以见到了。真烟火尤其难以见到。

倘若最应该经常呈现人间烟火的艺术门类恰恰最稀有人间烟火，全然地不接地气，一味在社会天空的"积雨云"堆间放飞五彩缤纷的好看风筝，那么几乎就真的等于玩艺术了。

是以忧虑。

百年文化的表情

●

千年之交，回眸凝睇，看中国百余年文化云涌星驰，时有新思想的闪电，撕裂旧意识的阴霾；亦有文人之呐喊，儒士之捐躯；有诗作檄文，有歌成战鼓；有鲁迅勇猛所掷的投枪，有闻一多喋血点燃的《红烛》；有《新青年》上下求索强国之道，有"新文化运动"势不两立的摧枯拉朽……

俱往矣！

历史的尘埃落定，前人的身影已远，在时代递进的褶皱里，百余年文化积淀下了怎样的质量？又向我们呈现着怎样的"表情"？

弱国文化的"表情"，怎能不是愁郁的？怎能不是悲怆的？怎能不是凄楚的？

弱国文人的文化姿态，怎能不迷惘？怎能不《彷徨》？怎能不以其卓越的清醒，而求难得之"糊涂"？怎能不以习惯了的温声细语，而拼作斗士般的仰天长啸？

当忧国之心屡遭挫创，当同类的头被砍太多，文人的遁隐，也就是自然而然的了。

倘若我们的目光透过百年，向历史的更深远处回望过去，那么遁隐的选择，几乎也是中国古代文人的"时尚"了。

那么我们就不能不谈《聊斋志异》了。蒲松龄作古已近三百年；《聊斋志异》成书面世二百四十余年。所以要越过百年先论此书，实在因为它是我最喜欢的文言名著之一。也因近百年中国文化的扉页上，分明染着蒲松龄那个朝代的种种混杂气息。

蒲公笔下的花狐鬼魅，鬼女仙姬，几乎皆我少年时梦中所恋。

《聊斋志异》是出世的。

蒲松龄的出世是由于文人对自己身处当世的嫌恶。他对当世的嫌恶又由于他仕途的失意。倘若他仕途顺遂，富贵命达，我们今人也许——就无《聊斋》可读了。

《聊斋》又是入世的，而且入得很深。

蒲松龄背对他所嫌恶的当世，用四百九十余篇小说，为自己营造了一个较适合他那一类文人之心灵得以归宿的"拟幻现世"。美而善的妖女们所爱者，几乎无一不是他那一类文人。自从开始写《聊斋》，他几乎一生浸在他的精怪故事里，几乎一生都在与他笔下那些美而善的妖女眷爱着。

但毕竟，他背后便是他们嫌恶的当世，所以那当世的污浊，漫过他的肩头，淹向他的写案——故《聊斋》中除了那些男人们魂牵梦萦的花精狐魅，还有《促织》《梦狼》《席方平》中的当世丑类。

《聊斋》乃中国古代文化"表情"中亦冷亦温的"表情"。他以冷漠对待他所处的当世；他将温爱给予他笔下那些花狐鬼魅……

《水浒》乃中国百年文化前页中最为激烈的"表情"。由于它的激烈，自然被朝廷所不容，列为禁书。它虽产生于元末明初，所写虽是宋代的反民英雄，但其影响似乎在清末更大，预示着"山雨欲来风满楼"……

而《红楼梦》，撇开缠绵悱恻的爱情故事的主线，读后确给人一种盛极至衰的挽亡感。

此外还有《儒林外史》《官场现形记》《二十年目睹之怪现状》《老残游记》《孽海花》——构成着百年文化前页的谴责"表情"。

《金瓶梅》是中国百年文化前页中最难一言评定的一种"表情"。如果说它毕竟还有着反映当世现实的重要意义，那么其后所产生的不计其数的所谓"艳情小说"，散布于百年文化的前页中，给人，具体说给我一种文化在沦落中麻木媚笑的"表情"印象……

百年文化扉页的"表情"是极其严肃的。

那是一个中国近代史上出政治思想家的历史时期。在这扉页上最后一个伟大的名字是孙中山。这个名字虽然写在那扉页的最后一行，但比之前列的那些政治思想家都值得纪念。因为他不仅思想，而且实践，而且几乎成功。

于是中国百年文化之"表情"，其后不但保持着严肃，并在相当一个时期内是凝重的。

于是才会有"五四"，才会有"新文化运动"。

"新文化运动"是中国百年文化"表情"中相当激动、相当振奋、相当自信的一种"表情"。

鲁迅的作家"表情"在那种文化"表情"中是个性最为突出的。《狂人日记》振聋发聩；"彷徨"的精神苦闷跃然纸上；《阿Q正传》和《坟》，乃是长啸般的"呐喊"之后，冷眼所见的深刻……

"白话文"的主张，当然该算是"新文化运动"中的一个事件。倘我生逢那一时代，我也会为"白话文"推波助澜的。但我不太会是特别激烈的一分子，因为我也那么地欣赏文言文的魅力。

"国防文学"和"大众文学"之争论，无疑是近代文学史上没有结论的话题。倘我生逢斯年，定大迷惘，不知该支持鲁迅，还是该追随"四条汉子"。

这大约是近代文学史上最没什么必要也没什么实际意义的争论吧？

"内耗"每每也发生在优秀的知识分子之间。

但是于革命的文学、救国的文学、大众的文学而外，竟也确乎另有一批作家，孜孜于另一种文学，对大众文化进行着另一种软性的影响——比如林语堂（他是我近年来开始喜欢的）、徐志摩、周作人、张爱玲……

他们的文学，仿佛中国现代文学"表情"中最超然的一种"表情"。

甚至，还可以算上朱自清。

从前我这一代人，具体说我，每每以困惑不解的眼光看他们的文学。怎么在国家糟到那种地步的情况之下还会有心情写他们那种闲情逸致的文学？

现在我终于有些明白——文学和文化，乃是有它们自己的"性情"的，当然也就会有它们自己自然而然的"表情"流露。表面看起来，作家和文化人，似乎是文学和文化的"主人"，或曰"上帝"。其实，规律的真相也许恰恰相反。也许——作家们和文化人们，只不过是文学和文化的"打工仔"。只不过有的是"临时工",有的是"合同工",有的是"终生聘用"者。文学和文化的"天性"中,原有娱悦人心,仅供赏析消遣的一面。而且,是特别"本色"的一面。倘有一方平安,文学和文化的"天性"便在那里施展。

这么一想,也就不难理解林语堂在他们处的那个时代与鲁迅相反的超然了;也就不会非得将徐志摩清脆流利的诗与柔石《为奴隶的母亲》对立起来看而对徐氏不屑了;也就不必非在朱自清和闻一多之间确定哪一个更有资格入史了。当然,闻一多和他的《红烛》更令我感动,更令我肃然。

历史消弭着时代烟霭,剩下的仅是能够剩下的小说、诗、散文、随笔——都将聚拢在文学和文化的总"表情"中……

繁荣在延安的文学和文化,是中国自有史以来,气息最特别的文学和文化,也是百年文化"表情"中最纯真烂漫的"表情"——因为它当时和一个最新最新的大理想连在一起。它的天真烂漫是百年内前所未有的。说它天真,是由于它目的单一;说它烂漫,是由于它充满乐观……

新中国成立后,前十七年的文学和文化"表情"是"好孩子"式的。偶有"调皮相",但一遭眼色,顿时中规中矩。

"文革"中的文学和文化"表情"是面具式的。是百年文化中最做作最无真诚可言的最讨厌的一种"表情"。

"新时期文学"的"表情"是格外深沉的。那是一种真深沉。它在深沉中思考国家,还没开始自觉地思考关于自己的种种问题……

八十年代后期的文学和文化"表情"是躁动的,因为中国处在躁动的阶段……

九十年代前五年的文化"表情"是"问题少年"式的。它的"表情"意味着——"你"有千条妙计,"我"有一定之规……

九十年代后五年的文化"表情"是一种"自我放纵"乐在其中的"表情"。"问题少年"已成独立性很强的"青年"。它不再信崇什么。它越来越不甘再被拘束,它渴望在"自我放纵"中走自己的路。这种"自我放纵"有急功近利的"表情"特点,也有急赤白脸的"表情"特点,还似乎越来越玩世不恭……

据我想来，在以后的三五年中，中国当代文学和文化，将会在"自我放纵"的过程中渐渐"性情"稳定。归根结底，当代人不愿长期地接受喧嚣浮躁的文学和文化局面。

归根结底，文学和文化的主流品质，要由一定数量一定质量的创作来默默支撑，而非靠一阵阵的热闹及其他……

情形好比是这样的——百年文化如一支巨大的"礼花"，它由于受潮气所侵而不能至空一喷，射出满天灿烂，花团锦簇；但其断断续续喷出的光彩，毕竟熠熠生辉地照亮过历史，炫耀过我们今人的眼目。而我们今人是这"礼花"的最后的"内容"……

我们的努力喷射恰处人类的千年之交。

当文学和文化已经接近自由的境况，相对自由了的文学和文化还会奉献什么？又该是怎样的一种"表情"？什么是我们自己该对自己要求的质量？

新千年中的新百年，正期待着回答……

中国人文文化的现状

我先朗诵一首台湾诗人羊令野的《红叶赋》：我是裸着脉络来的，唱着最后一首秋歌的，捧出一掌血的落叶啊。我将归向我第一次萌芽的土。风为什么萧萧瑟瑟，雨为什么淅淅沥沥，如此深沉的漂泊的夜啊，欧阳修你怎么还没有赋个完呢？我还是喜欢那位宫女写的诗，御沟的水啊缓缓地流，小小的一叶载满爱情的船，一路低吟到你跟前。

现在是一个多元化的时代，对文学的理解也以多元为好，一个人过分强调自己所理解的文学理念的话，有时可能会显得迂腐，有时会显得过于理想主义，有时甚至会显得偏激。而且最主要的是我并不能判断我的文学理念，或者说我对文学现象的认识是否接近正确。人不是越老越自信，而是越老越不自信了。这让我想起数学家华罗庚举的一个例子，他说人对社会、对事物的认识，好比伸手到袋中，当摸出一只红色玻璃球的时候，你判断这只袋子里装有红色玻璃球，这是对的，然后你第二次、第三次连续摸出的都是红色玻璃球，你会下意识地产生一个结论：这袋子里装满了红色玻璃球。但是也许正在你产生这个意识的时候，你第四次再摸，摸出一只白色玻璃球，那时你就会纠正自己："啊，袋子里其实还有白色的玻璃球。"当你第五次摸时，你可能摸出的是木球，"这袋子里究竟装着什么？"你已经不敢轻易下结论了。

我们到大学里来主要是学知识的，其实"知识"这两个字是可以，而且应当分开来理解的。它包含着对事物和以往知识的知性和识性。知性是什么意思呢？只不过是知道了而已，甚至还是只知其一，不知其二。同学们从小学到中学到高中，所必须练的其实不过是知性的能力，知性的能力体现为老师把一些得出结论的知识抄在黑板上，告诉你那是应该记住的，学生把它抄在笔记本上，对自己说那是必然要考的。但是理科和文科有区别，对理科来说，知道本身就是意义。比如说学医的，他知道人体是由多少骨骼，多少肌肉，多少神经束构成的，在临床上，知道肯定比不知道有用得多。

文科之所以复杂，是因为它不能仅仅停止在"知道"而已，尤其在今天这样一个资讯发达的时代。比如说我在讲电影、中外电影欣赏评论课时，就要捎带讲到中外电影史；但是在电影学院里，电影史本身已经构成一个专业，而且一部电影史可能要讲一学年。电影史就在网上，你按三个键，一部电影史就显现出来了，还需要老师拿着电影史画出重点，再抄在黑板上吗？

因此我讲了两章以后，就合上书了。我每星期只有两堂课，对同学来说，这两堂课是宝贵的，我恐怕更要强调识性。我们知道了一些，怎样认识它？又怎样通过我们的笔把我们的认识记录下来，而且这个记录的过程使别人在阅读的时候，传达了这种知识，并且产生阅读的快感？本学期开学以来，同学们都想让我讲创作，但是我用了三个星期六堂课的时间讲"人文"二字。大家非常惊讶，都举手说："人文我懂啊，典型的一句话就够了——以人为本。"你能说他不知道吗？如果我问你们，你们也会说"以人为本"；如果下面坐的是政府公务员，他们也知道以人为本；若是满堂的民工，只要其中一些是有文化的，他们也会知道人文就是以人为本。那么我们大学学子是不是真的比他们知道得更多一点呢？除了以人为本，还能告诉别人什么呢？

如果我们看一下历史，三万五千年以前，人类还处在蒙昧时期，那时人类进化的成就无非就是认识了火，发明了最简单的工具武器；但是到五千年前的时候已经很不一样了，出现了城邦的雏形，农业的雏形，有一般的交换贸易，而这时只能叫文明史，不能叫文化史。

文化史，在西方至少可以追溯到公元前三千五百年，那时出现了楔形文字。有文字出现的时候才有文化史，然后就有了早期的文化现象。从公元前三千五百年再往前的一千年内，人类的文化都是神文化，在祭祀活动中，表达对神的崇拜；到下个一千年的时候，才有一点人文化的痕迹，也仅仅表现在人类处于童年想象时期的神和人类相结合生下的半人半神人物传说。那时的文化，整整用一千年时间才能得到一点点进步。

到公元前五百年时，出现了伊索寓言。我们在读《农夫和蛇》的时候，会感觉不就是这么一个寓言吗？不就是说对蛇一样的恶人不要有恻隐吗？甚至我们会觉得这个寓言的智慧性还不如我们的"杯弓蛇影"，不如我们的"掩耳盗铃"和"此地无银三百两"。我们之所以会有这种想法，是因为我们不能把寓言放在公元前五百年的人类文化坐标上来看待。公元前五百年出现了一个奴隶叫伊索，我个人认为这是人类第一次人文主义的体现。想一想，公元前五百年的时候，有一个奴隶通过自己的思想力争取到了自己的自由，这是人类史上第一个通过思想力争取到自由的记录。伊索的主人在世的时候曾经问过他："伊索，你需要什么？"伊索说："主人，我需要自由。"他的主人那时不想给伊索自由。伊索内心也不知道自己能不能获得，他经常扮演的角色也只不过是主人有客人来时，给客人讲一个故事。伊索通过自己的思想力来创造故事，他知道若做不好这件事情，他决然没有自由；做好了，可能有自由，也仅仅是可能。当伊索得到自由的时候，已经四十多岁了，他的主人也快死了，在临死前给了伊索自由。

当我们这样来看伊索、伊索寓言的时候，我们会对这件事，会对历史心生出一种温情和感动。这就是后来人文主义要把自由放在第一位的原因。在伊索之后才出现的苏格拉底、柏拉图、亚里士多德，师生三位都强调过阅读伊索的重要性。我个人把它确立为人类文明史中相当重要的人文主义事件。还有耶稣出现之前，人类是受上帝控制的，上帝主宰我们的灵魂，主宰我们死后到另一个世界的生存。但是到耶稣时就不一样了，从前人类对神文化的崇拜（这种崇拜最主要体现在宗教文化中），到耶稣这里成为人文化，这是一种很大的进步。即使耶稣这人是虚构出来的，也表明人类在思想中有一种要摆脱上帝与自己关系的本能。耶稣是人之子，是由人类母亲所生的，是宗教中的第一个非神之"神"。我们要为自己创造另一个神，才发生了宗教上的讨伐。最后在没有征服成功的情况下，说："好吧，我们也承认耶稣是耶和华的儿子。"因为流血已不能征讨人类需要一个平凡的神的思想力。

那时是人文主义的世界，我们在分析宗教的时候，发现基督教义中谈到了战争，提到，如果战争不可避免，获胜的一方要善待俘虏。关于善待俘虏的话一直到今天都存在，这是全世界的共识，我们没有改变这一点，我们继承了这一点，我们认为这是人类的文明。还有，获胜的一方有义务保护失败方的妇女和儿童俘虏，不得杀害他们。这是什么？是早期的人道主义。还提到富人要对穷人慷慨一些，要关心他们孩子上学的问题，关心他们之中麻风病人的问题。后来，萧伯纳也曾谈到过这样的问题，及对整个社会的认识，认为当贫穷存在时，富人不可能像自己想象中一样过上真正幸福的日子，请想象一下，无论你富到什么程度，只要城市中存在贫民窟，在贫民窟里有传染病，当富人不能用栅栏把这些给隔离开的时候，当你随时能看到失学儿童的时候，如果那个富人不是麻木的，他肯定会感到他的幸福是不安全的。

我突然想到一个问题：英国、法国都有这么长时间的历史了，但我似乎从来没有接触过欧洲的文化人所写的对于当时王权的歌颂。但在孔老夫子润色过的《诗经》里，包括风雅颂。风指民间的，雅是文化人的，而颂就是记录中国古代的文化人士对当时拥有王权者们的称颂。这给了我特别奇怪的想法，文化人士的前身，和王权发生过那样的关系，为什么会那样？古罗马在那么早的时期已经形成了三权分立、元老院，元老院的形式还是圆形桌子，每个人都可以就关系到国家命运的事物来阐述自己的观点，并展开讨论。在那样的时候，也没有出现对渥大维称颂的诗句，而《诗经》却存在着，因为我们那个时候的封建社会没有文明到这种程度。

被王权利用的宗教就会变质，变质后就会成为统治人们精神生活的方式，因此在十四世纪时出现了贞洁锁、铁乳罩。当宗教走到这一步，从最初的人文愿望走入了反人性，在这种情况下出现的《十日谈》就挑战了这一点，因此我们才能知道它的意义。再往后，出现了莎士比亚、达·芬奇，情况又不一样了，我们会困惑：今天讲西方古典文学的人都会知道，莎士比亚的戏剧中充满了人文主义的气息，按照我们现在的看法，莎士比亚的戏剧都是帝王和贵族，如果有普通人的话，只不过是仆人，而仆人在戏剧中又常常是可笑的配角，我们怎么说充满人文主义呢？要知道在莎士比亚之前，戏剧中演的是神，或是神之儿女的故事，而到这里，毕竟人站在了舞台上，正因为这一点，它是人文的，就这么简单，针对神文化。

因此我们看到一个现象，在舞台上真正占据主角的必然是人上人，而最普通的人要进入文艺，需经过很漫长的争取，不经过这个争取，只能是配角。在同时代的一幅油画《罗马盛典》中，中间是苏格拉底，旁边是亚里士多德、阿基米德等，把所有罗马时期人类文化的精英都放在一个大的盛典里，而且是用最古典主义的画风把它画出来。在此之前人类画的都是神，神能那样地自信、那样地顶天立地，而现在人把自己的同类绘画在盛典中，这很重要，然后才能发展到十六、十七世纪的文艺复兴和启蒙。我们今天看雨果作品的时候，看《巴黎圣母院》，感觉也不过是一部古典爱情小说而已，但有这样一个场面：卡西莫多被执行鞭笞的时候，巴黎的广场上围满了市民，以致警察要用他们的刀背和马臀去冲撞开人们。而雨果写到这一场面的时候是怀着嫌恶的，他很奇怪，为什么一个我们的同类在受鞭笞的时候，有那么多同类围观，从中得到娱乐？这在动物界是没有的，在动物界不会发生这样的情景：一种动物在受虐待的时候，其他动物会感到欢快。动物不是这样的，但人类居然是这样的。人文主义就是嘲弄这一点。

新中国成立以后的十几年间，由外国翻译过来的文学作品不像现在这样多，是有限的一些。一个爱读书的人无论借或怎么样，总是会把这些书都读遍的。屠格涅夫的《木木》和托尔斯泰的《午夜舞会》给我以非常深的印象。

《木木》讲的是屠格涅夫出身于贵族家庭，他的祖母是女地主。有一次他跟着祖母到庄园，看到一个高大的又聋又哑又丑的看门人。看门人已经成为仆人中地位最低的一个，没有人跟他交往。他有一只小狗叫木木，当女地主出现的时候，小狗由于第一次看到她，冲着女地主吠了两声，并且咬破了她的裙边。屠格涅夫的祖母命令把小狗处死。可想而知，那个人没有亲情、没有感情、没有友情，只有与那只小狗的感情，但他并没有觉悟到也不可能觉悟到我要反抗我要争取等，他最后只能是含着眼泪在小狗的颈上拴了一块石头并抚摸着小狗，然后把小狗抱到河里，看着小狗沉下去。

还有托尔斯泰的《午夜舞会》，讲的是托尔斯泰那时是名军官，在要塞做中尉。他爱上了要塞司令美丽的女儿，两人已经谈婚论嫁。午夜要塞举行舞会，他和小姐在要塞的花园里散步，突然听到令人恐怖的喊叫声，原来在花园另一端，司令官在监督对一个士兵施行鞭答。托尔斯泰对小姐说："你能对你的父亲说停止吗？惩罚有时体现一下就够了。"但是小姐不以为然地说："不，我为什么要那样做，我的父亲在工作，他在履行他的责任。"年轻的托尔斯泰请求了三次。小姐说："如果你将来成为我的丈夫，对于这一切你应该习惯。你应该习惯听到这样的喊叫声，就跟没有听到一样。周围的人们不都是这样吗？"确实周围的人们就像没有听到一样，依旧在散步，男士挽着女士的手臂是那样的彬彬有礼。托尔斯泰吻了小姐的手说："那我只有告辞了，祝你晚安！"背过身走的时候，他说："上帝啊，怎么会做这样一个女人的丈夫，不管她有多么漂亮。"这影响了我的爱情观，我想以后无论我遇到多么漂亮的女人，如果她的心地像那位要塞司令官的女儿一样，或者她像包法利夫人那样虚荣，她都蛊惑不了我，那就是文学对我们的影响。

我从北京大串联回来的时候，走廊里挂满了大字报。我看到我的语文老师庞盈，从厕所出来，被剃了鬼头，脸已经浮肿，一手拿着水勺，一手拿着小桶。我不是她最喜欢的学生，但我那时的反应就是退后几步，深深地鞠了个躬说："庞盈老师，你好！"她愣了一下，我听到小桶掉在地上，她退到厕所里面哭了。多少年以后她在给我的信中说："梁晓声，你还记得当年那件事吗？我可一直记在心里。"这也只能是我们在那个年代的情感表达而已。那时我中学的教导主任宋慧颖大冬天在操场里扫雪，没有戴手套，并且也被剃了鬼头。我跟她打招呼，"宋老师，我大串联回来了，也不能再上学了，谢谢你教过我们政治，我给你鞠个躬。"这是我们仅能做到的吧，但在那个年代这对人很重要。可能有一点点是我母亲教过我的，但是书本给我的更多一些。

正因为这样，再来看那些我从前读过的名著时，我内心会有一种亲切感。大家读《悲惨世界》的时候，如果不能把它放在那个时代的文化背景里来思考，那么我们为什么还要纪念雨果？他通过《悲惨世界》那样一些书，使人类文化中举起人文主义的旗帜。他的这些书是在流亡的时候写的，连巴黎的洗衣女工都舍得掏钱来买。书里面写的冉·阿让，完全可以成为杀人犯的；里面最重要的话语就是当米里艾主教早晨醒来的时候，一切都不见了，唯一的财产也被偷走了。而米里艾主教说："不是那样的，这些东西原本就是属于他们的。穷人只不过把原本属于他们的东西从我们这里拿走了。没有他们根本就没有这些。银盘子是经过矿工、银匠的手才产生的。"这思想就是讲给我们众多的公仆听的。正因为雨果把他的思想放在作品里面，一定会对法国的国家公仆产生影响，我们为此而纪念他。人道精神能使人变得高尚，这让我们今天读它的时候知道它的价值。

我们在看当下的写作的时候，会做出一种判断，那就是我们的作品中缺什么？也就是以我的眼来看中国的文化中缺什么？我们经常说，我们在经济方面落后于西方多少年，我们要补上这个课，要补上科技的一课，要补上法律意识的一课，也要补上全民文明素质的一课。但是你们听说过我们也要补上文化的一课吗？好像就文化不需要补课。这是多么奇怪，难道我们的文化真的不需要补课吗？

"五四"时期我们进行人文主义启蒙的时候，西方的人文主义已经完成了它的任务。也就是说，我们的国家进行初期人文启蒙的时候，西方的文化正处于现代主义思潮的时期。他们现在可以为文学而文学，为艺术而艺术，为形式而形式，甚至可以说他们可以玩一下文学，玩一下文艺，因为文学已经达到了它的最高值。我们不会理解现代主义，因为我们从来没有完成过。尽管五千年中我们的古人也说过很多话，其中比较有名的如"民为贵，君为轻，社稷次之"。这时人文到了一种很高的境界，可它没有在现实中被实践过。当我们国家陷入深重灾难的时候，西方已经在思考后人文了，关于和平主义，关于进一步民主，关于环保主义，关于社会福利保障。

我和两位老作家去法国访问，当时下着雨，一辆法国车挡在我们的前面，我们怎么也超不过去。后来前面那辆车停下了，把车开到路边。他说一路上他们的车一直在我们前面，这不公平，车上有他的两个女儿，他不能让她们觉得这是理所当然的。我突然觉得修养在普通人的意识里能培养到什么程度。

前几年我认识了一个德国博士生古思亭，中文名字非常美。外国人能把汉语学到这样的程度是相当不易的。那天一位中国同学请她吃饭，当时在一个小餐馆里，那位同学说这个地方不安全，打算换个地方。走到半路，古思亭对她说："要是面好了，而我们却走了，这是很不礼貌的。我得赶紧回去把钱交了。"从中我们可以看出人文到底在哪里。

人文在高层面关乎国家的公平、正义，在最朴素的层面，我个人觉得，人文不体现在学者的论文里，也不要把人文说得那么高级，不要让我没感觉到"你不说我还听得清楚，你一说我反而听不明白了"。其实人文就在我们的寻常生活中，就在我们人和人的关系中，就在我们人性的质地中，就在我们心灵的细胞中，这些都是文化教养的结果，这也是我们学文化的原动力，而且是我们传播文化的一种使命。

我最后献给大家一首诗：我是不会变心的／大理石／雕成塑像／铜／铸成钟／而我／是用真诚锻造的／假使／我破了／碎了／那一片片／也还是／忠诚。

文化的报应

某年某月某日，上海市某小区内，一名女大学生爬上四楼的窗台欲跳楼，引得楼下围观群众起哄，他们说着冷言冷语，或讥讽或嘲笑。最终，女孩纵身从四楼跳下，幸运的是，她落在已经铺好的气垫上，只有点轻伤。而令人寒心的是，竟然有围观者说："这么矮，根本摔不死。"

这种面对生命如此冷漠和麻木的情境，不禁使人想到鲁迅先生笔下的"看客"。是我们的社会出了问题？还是国民的劣根性在作祟？

这是个不那么容易回答的问题。当下，比寻找原因更重要的是，我们每一个人都需要拿镜子照一下自己，自己是否就是"看客"中的一员，甚至是"帮凶"呢？

一个人帮助别人，你就相信他是一个好心人就够了。相信其实就是这么简单的事情，但是在我们这里被解构了。我们总是把这种现象延伸到"社会出现了问题"，说社会使人们感到郁闷，因此导致这种现象。但是我个人觉得这种思维是不对的。因为如果是在一个受到长久的良好的文明和文化影响的国度里，即使社会存在的问题很多，人们也不会是这样的。即使在有阶级冲突的社会里，有品性的文化所张扬的也是一种超阶级的"人性当善"的力量。而我们的文化，人文含量太少，因此我不赞同把这都归结为社会问题。即使一个社会出现了问题，作为一个人，他的做人底线也不应该是看着自己的同胞将死，而当成乐子围观之。

我在小学五六年级的时候，看过一部苏联小说《前面是急转弯》，故事讲的是一个驾车者遇到别人出车祸了，到底是救还是不救的问题。不救者最后失去爱情，失去友谊，失去别人对他的尊重。同样是社会主义国家，他们在半个世纪前已经拍过这样的电影，说明这个国家相对地比较在意文化对人们的影响。但是我们在这方面，说来惭愧，做得非常不够。从鲁迅的小说《药》开始，到今天，除了用文化去影响我们的民族，似乎也没别的办法了。这将是漫长的文化任务，但也应是文化知识分子必须担起的任务。

我们文化的启迪影响力不够。我很担心我们将来有一天会受到文化的报应。我担心的是，我们的文化到现在如果还不赶紧真诚地补上人文这一课的话，有一天，文化的缺失会给我们带来悔之晚矣的后果。

我们对待文化的态度可分为两个时期。一个时期是我们相信文化的力量很大。但这个时期，我们其实是仅仅将文化当作政治的工具在利用，一种宣传的工具，而且这种宣传并不指向人心。那时文化只是一种政治的齿轮和螺丝钉，并没有把文化作为一种保证社会和谐运转的机器中的一环来看待。这个时期过去后，我们又转为一种沮丧的想法，觉得文化起不到那个作用了，甚至想干脆就放弃此种文化作用，因此现在的文化变成不起人文作用的文化了，丧失了文化的自觉性。

有些现象表面看起来是道德层面的问题，但是实际上是人性和心理层面的问题。一个当代人有时可能并不明白自己的心理是不健康的、邪性的，而恰恰心理不健康的人最可能拒绝承认这个事实。在这种情况下，靠一般的说教是没有用的，但是文艺有这种功能。文艺像一面镜子，不仅能照出人的容貌，还能照出人的内心。

现在很流行两个字——"作秀"。我们中国人每每将任何人的任何言行都冠以"作秀"二字，那么我们还相信什么不是"作秀"呢？我们没有愿意去相信的东西。按照我们的这种思维，华盛顿拒绝连任总统回家当木匠，是在作秀；林肯的简朴也是作秀；马丁·路德·金的演说更是作秀。如果一切的行为在中国人的眼里都是作秀的话，那么最后的叩问就是："中国人到底信什么？"而世上原本是有很多可以相信的东西的，只要你简单地去相信它就好。一个人帮助别人，你就相信他是一个好心人就够了。相信其实就是这么简单的事情，但是在我们这里却被解构了。

某青年往往因感情问题而萌发轻生之念。我不愿过多地责备他们。一个人到了要自杀的地步，一定是心理承受巨大痛苦的人，应该体现出人文关怀。

一个公民，应当具有自由、公平、正义的公民理念，公民社会的核心原则当是"我予人善，人待我仁"，我们不能把自己当作看客，我们每一个人都是中国的主人。社会好的话，有我们的一份功劳；社会不好的话，也有我们的一份责任。我们在骂社会、骂政府、骂别人的时候，也应该反思一下自己，是不是做到了对这个社会、这个国家应该负有的责任。

关于传统文化之断想

当下,"弘扬传统文化"一说,似乎方兴未艾。

窃以为,"传统"一词,也未尝不是时间的概念——意指"从前的"。而"从前的",自然在"过去"里。"过去"并没过去,仍多多少少地影响着现在,是谓"传统"。又依我想来,"传统文化"无非就是从前的文化。从前的文化中,有精华,也有糟粕。倡导"弘扬传统文化"者,自然是指从前的文化中的精华,这是不消说的。然而"文化"是多么广大的概念呀,几乎包罗万象。故不同的两个人甚或几个人都在谈论着文化,却可能是在谈论完全不同的两码事。

我自然是拥护弘扬优良的传统文化的。但我同时觉得,对于外国的文化包括西方的文化,"拿来主义"依然值得奉行,我这里指的当然是他们的优良的文化。我不赞成以"传统文化"为盾,抵挡别国文化的影响。我认为这种"守势"的文化心理,也许恰恰是文化自卑感的一种反映。

"弘扬传统文化"也罢,"拿来主义"也罢,还不是因为我们对自己文化的当下品质不甚满意吗?弘扬传统文化,能否有利于提升我们自己的文化的当下品质呢?答案是肯定的——能。能否解决我们自己的文化的当下一切品质问题呢?答案是否定的——不能。我们说传统文化博大精深,几乎包罗万象;但也就是几乎而已,并不真的包罗万象。

以电影为例,这是传统文化中没涉及的。以励志电影为例,这是我们当下国产电影中极少有的品种,有也不佳。但励志,对于当下之中国,肯定是需要着力弘扬的一种精神。

一方面，我们需要；另一方面，我们自己产生的极少，即使偶见，水平也并不高——那么，除了"拿来"，还有另外的什么法子呢？"拿来"并不等于干脆放弃了自己产生的能动性。"拿来"的多了，对自己产生的能动性是一种刺激。而这种刺激，对我国"励志电影"的水平是很有益的促进。

《幸福来临之际》是一部美国励志电影，由黑人明星所演。片中没有美女，没有性，没有爱情，没有血腥、暴力和大场面等商业片一向有的元素。它所表现的只不过是一位黑人父亲带着他的学龄前儿子，终日为最低的生存保障四处奔波，表现他每每走投无路的困境以及他对人生转机所持的不泯的百折不挠的进取信念罢了。然而它在全美去年的票房排行榜上名列前茅，使某些商业大片对它的票房竞争力不敢小觑。

然而我们的官方电影机构却不知为什么并没有引进这样一部优秀的电影。我们引进电影的眼似乎一向是瞄着外国尤其美国的商业大片的，并且那引进的刺激作用，或曰结果，国人都是看到了的。人家明明不仅只有商业大片，还有别种电影，我们视而不见似的，还"惊呼"美国商业大片几乎占领了中国电影院线，这是不是有点儿强词夺理呢？

我想，怎么分析这样一种文化心理才对，是犯不着非从古代思想家那儿去找答案的，更犯不着非回过头去找什么药方。非那么去找也是瞎忙活。问题出在我们当代中国人自己的头脑里。我们当代中国人患的究竟是一种什么样的文化病，还是要由我们当代中国人自己来诊断，自己来开药方的好。

话又说回来，引进了《幸福来临之际》又如何？在美国票房排行榜名列前茅，在中国就必然也名列前茅吗？恐怕未必。

那么另一个问题随之产生了——我们中国人看电影的心理怎么了？是由于我们普遍的中国人看电影的眼怎么了，我们引进电影的眼才怎么了吗？或者恰恰反过来，是由于我们引进电影的眼怎么了，我们普遍的中国人看电影的眼才怎么了吗？

我想，只归咎于两方面中的哪一方面都是偏激的，是有失公正的。于是我想到了我们古代的思想名著《中庸》。我将《中庸》又翻了一遍，却没能寻找到令我满意的答案。这使我更加确信，"包罗万象"只不过是形容之词。

面对当下，传统是很局限的。孔孟之道真的不是解决当下中国问题，哪怕仅仅是文化问题的万应灵丹。

顺便又从《论语》中找，仍未找到，却发现了一段孔子和子贡的对话——"子贡欲去告朔之饩羊。子曰：'赐也，尔爱其羊，我爱其礼'。"

礼，我亦爱也。似乎，国人皆爱。但是如果今天有许多人以爱礼为冠冕堂皇的理由，主张重兴祭庙古风，而且每祭必须宰杀活禽活畜，则我肯定是坚决反对的。我倒宁肯学子贡，"告朔之饩羊"。吾国人口也众，平常变着法儿吃它们已吃得够多了，大可不必再为爱的什么"礼"，而又加刃于禽畜。论及礼，尤其是现代的礼，我以为还是以不杀生不见血的仪式为能接受。

我啰唆以上的一些话，绝不意味着我对传统文化有什么排斥，更不意味着我对古代思想家们心怀不敬。

我认为，如果我们觉得我们对于传统文化理应采取亲和的态度，那么我们首先应该从最普通的也最寻常的角度去接近之，理解之。如果我们觉得对于古代思想家们应满怀敬意，那么我们应该学习他们以思想着为快乐的人生观。而不可太过懒惰，将"我思故我在"这句话，变成了"你（替我）思故我在"。

"父亲节"有媒体采访我，非要我谈谈对于"父爱"的体会。我拗不过，最后只得坦率讲出我的看法，那就是——我认为我们的传媒近年来关于"父爱""母爱"的讨论，一向是有显然误区的。仿佛在我们中国人这儿，父爱仅仅是指父亲对儿女的爱，母爱当然也仅仅是母亲对儿女的爱，不能说不对。但是太不全面，不完满，不是父爱和母爱的全部内涵。一味地如此这般地讨论下去，结果每每无形中导致儿女辈习惯于仅仅以审视的眼光来看父母。以父比父，以母比母，越比似乎越觉得父爱和母爱在自己这儿委实的"多乎哉，不多也"。

而我们的古人在诠释父爱和母爱方面，却比我们当代人要"人文"得多。父亲、母亲、亲人的这一个"亲"字，在古代是写作"親"的，加了一个"见"字，意味深长。"见"在古文中，与"视"是有区别的。在古文中，"视"乃动词，指"看"。"见"是指看的结果。"亲"字加上一个"见"字，是要通过文字提醒人们——父亲对你的爱，母亲对你的爱，你要看在眼里。视而不见，心灵里也就不会有什么反应。心灵里没有反应，父之亲也罢，母之亲也罢，亲人之亲也罢，也就全都等于虚无。虚无了，父爱也罢，母爱也罢，爱之再深再切，最终岂不还是应了那么一句话——"你爱我，与我何干？"

记者听得云里雾里，不甚了了。

我就只得又举了一个事例——上一学期，我对我所教的大三学子们进行期末考试，出了几道当堂写作题，其中一题是《雨》，允许写景，也可以叙事。写景者多，叙事者少。而一位来自农村的女生的写作，给我留下极深的印象。她的父亲是菜农。天大旱，菜地急需浇灌。父亲万般无奈之下，只得花了一百元雇人用抽水机抽水。钱也付了，地也浇了，老天爷却骤降大雨。钱是白花了，力气是白费了。女儿隔窗望着瓢泼大雨中身材瘦小的父亲拉着铁锨，仰面朝天一动不动的样子，知道父亲心疼的不是力气，而是那转眼间白花了的一百元钱。一百元钱等于父亲要摘下满满一手推车豆角，而且要推到二十几里外的集市上去，而且要全部卖掉。

女儿顿时联想到了父亲曾对她说过的一番话："女儿，你千万不要为上大学的学费犯愁。你就全心全意地为高考努力吧。钱不是问题，有爸爸呢！"

于是女儿冲出家门，跑到父亲那儿，拉着父亲的一只手，拽着父亲跑回了家里，接着用干毛巾给父亲擦头发，擦雨泪混流的脸；再接着，赶紧替父亲找出一身干衣服……

女儿偎在父亲怀里低声说："爸，我是那么爱你……"

而那位父亲，终于笑了。在我看来，这才是完满的父爱。

对于那个女儿，此时此刻的父亲，实在是更值得写成"父亲"的。而对于那位父亲，父爱不仅是付出，同时也是获得。

我当然并不是想要鼓吹繁体字。我只不过认为，如果我们真的要弘扬传统文化，其实很多时候不必大兴土木，劳民伤财。"我思，故传统在。"难以从传统里激活古为今用的，并且确实是我们的社会所急需的文化，我还是坚持那样的观点——"拿来主义"依然可行。

我在班上读了那名女生的作文，全班听得很肃静。我从那种肃静中感觉到，引起了不少同学的共鸣。于是我更加明白——文化之对于人心的影响，首先是好坏之分。过分强调"我们的""他们的"，是当质疑的文化思想。好比我教的那名女生，倘是外国留学生，我也要给她高分，其作文也要在全班讲读……

文化是我们另外的故乡

　　我这种想法，或我这种说法，大约是不会引起太多歧义的吧？

　　"人文伊始，文化天下"——其实意思也就是，自从世界上有了人类活动的现象，于是文明普及开来，遂有文化。

　　将文化边缘了的国家或民族，肯定难以强盛。即使强盛一时，终也不会长久。

　　而被文化边缘化了的国家或民族，无疑是可悲的。

　　虽然，文化之载体现已变得特别多样，但书籍这一最古老的文化载体仍对传播文化内容发挥着极其重要的作用，估计也是没有太多歧义的。

　　北京图书馆作为中国目前唯一的国家级图书馆，发起和认认真真地进行"文津图书奖"评选活动，所秉持的正是以上思想，并且也正是"文津图书奖"评委们的一致思想。

　　虽然，此次评选活动才是第二次，但是我们可以高兴地告诉人们，参选的书籍比第一次增多了二百余册。十部获奖图书，乃是从五百余部参选图书中经过几番投票认认真真地评选出来的。

　　五百余部参选图书是这样汇总的——三分之二左右是由全国各出版社积极选送的；三分之一中的大部分是由国家图书馆的具体工作人员根据年度全国出版信息按种类比例筛选的；另有少数，是评委们推荐的。评选过程是投票方式。一旦有两位以上评委对结果并不满意，那么便展开讨论，各抒己见，之后再投票，直至全体评委对结果基本满意为止。

　　而评选规则是这样的——小说、诗歌仍不列入评选范围，因为此两类图书已设有全国性的优秀文学奖。我们有自知之明，深感以我们的水平恐怕难以不负众望。但是评选活动并不完全排斥文学属性的图书，某些传记类、散文类、纪念文集类图书，仍包括在评选范围之内。比如首届"文津图书奖"中，就有一部旨在纪念胡耀邦同志的文集高票数获奖，而那是一部传记内容与回忆、纪念内容相结合的图书。至于散文类图书，我们的评选原则有以下三点：一、获全国散文集优秀文学奖之外的图书；二、同样具有良好的文学品质；三、其内容使普通民众感到亲切，同时有助于提升民众情怀修养和精神风貌的图书。一言以蔽之，是具有"人文"普及性的散文类图书。

我们盼望在下一届评选中，会有那样的散文类图书获奖。

我们很高兴地告诉大家，在此次评选活动中，有两部书以特别关注社会现实的内容获得评委们的重视，便是《中国教育公平的理想与现实》和《医事：关于医的隐情与智慧》两部书。

对于在这两方面社会现实问题面前倍感困扰的人们，我们相信这两部书能够提供更全面更客观当然也更理性的认识，并引发思考；在公众意识方面，可进一步形成有利于改革两种社会现实问题的条件。

我们也愿借此机会，向国家公务员和国家领导干部们，向教育工作者、领导者和医务工作者、领导者们推荐以上两部书。我们认为，归根结底，对于教育事业均衡发展及医疗资源合理共享这两种社会现实问题，以上人士应比公众负有更大更多的改革热忱和责任。尽管，这两部书的作者并没有在书中提供出什么灵丹妙药式的解决方案，但我们认为这是完全可以原谅的不足。毕竟，事关一个十三亿多人口大国的严重的社会现实问题的解决，非是哪两个人的头脑所能形成完整方案的。有时候，将问题所在的方方面面的现象和原因予以综合和分析，实在也是书籍的意义。

在此次获奖的十部书中，自然仍有《上帝掷骰子吗》等四部科普类图书，以生动形象而又具有文学色彩的个性化风格所著的科普类图书，是我们在两次评选活动中一如既往地予以关注的。我们非常希望我国的青少年通过阅读这类图书，培养起对科学的浓厚兴趣。因为中国的将来，需要更多有志于科学、肯于献身科学的才俊。因为科学和文化水平，决定中国目前的崛起和腾飞能达到多高，多久，多远。

《中华文明史》(1～4卷)、《最有价值的阅读》、《万古江河：中国历史文化的转折与开展》等书籍，是此次获奖的人文类书籍。我们很希望做家长的也来读一读这类书籍。依我们想来，在中国现行教育体制和模式之下，仅仅将儿女交付给学校教育来培养，显然对下一代的良好成长是不够的。家长们也应特别能动性地负起引导孩子良好成长的责任，而这就不仅需要家长们在物质方面关爱和满足自己孩子的诉求，也更需要在文化方面予以引导和满足。那么，自己首先拥有一定的文化知识，显然也就更大程度上掌握了与孩子们进行文化知识交流的主动性。

我们自我调侃地感叹，我们所参与之事，类似售楼小姐之推荐楼盘。

但我们又十分欣慰地认为，我们所推荐的"楼盘"，乃是世界上空间最大的"楼盘"，几乎可以用大到是世界的一部分来形容。比之于目前房产商们的评价，我们所推荐的"楼盘"，也实在可以说是性价比较合乎商业原则的了。

每一部好书的封面都如同一扇门；谁打开它，就如同从某个方向迈入了科学和文化知识的世界。在那个世界里，知识的"楼盘"是无形的，于是便也似乎是无限大的。

因为好书的特征是这样的——当人读完并合上它的时候，必将引导人思考。

中国"尼采综合征"批判

二十世纪八十年代之初,一个幽灵悄悄地潜入中国。最先是学理的现象,后来是出版的现象,再后来是校园的现象,再再后来是食洋不化的盲目的思想追随,乃至思想崇拜现象——并且,终于地,相互浸润混淆,推波助澜,呈现为实难分清归类的文化状态。

因而,从当时的中国学界到大学校园,甚至,到某些高中生、初中生们,言必谈尼采者众。似乎皆以不读尼采为耻。

是的,那一个幽灵,便是尼采的幽灵。"思想巨人""上一个世纪最伟大的哲学家""大师""悲剧哲学家""站在人类思想山峰上的思想家""存在主义之父""诗性哲学之父"……

中国人曾将一切能想得到的精神桂冠戴在尼采幽灵的头上。刚刚与"造神"历史告别的中国人,几乎是那么习以为常地又恭迎着一位"洋神"了。

时至今日,我也分不大清,哪些赞誉是源于真诚,而哪些推崇只不过是出版业的炒作惯伎。

然而,我对中国学界在八十年代初"引进"尼采是持肯定态度的。因为在渴望思想解放的激情还没有彻底融化"个人迷信"的坚冰的情况下,尼采是一剂猛药。

尼采"哲学"的最锐利的部分,乃在于对几乎一切崇拜一切神圣的凶猛而痛快的颠覆。所以,尼采的中国"思想之旅"又几乎可说是恰逢其时的。

十几年过去了,我的眼看到了一个真相,那就是——当年的"尼采疟疾"在中国留下了几种思想方面的后遗症。如结核病在肺叶上形成黑斑,如肝炎使肝脏出现疤痕。

这是我忽然想说说尼采的动机。

在哲学方面，我连小学三年级的水平都达不到。但是，我想也许这并不妨碍我指出几点被中国的"尼采迷"们"疏忽"了的事实：

一，尼采在西方从来不曾像在中国一样被推崇到"热发昏"的程度。

"存在主义的演讲过程中，尼采占着中心的席位：如果没有尼采，那么雅斯贝尔斯、海德格尔和萨特是不可思议的，并且，卡缪的《西西弗斯的神话》的结论，听来也像是尼采的遥远的回音。"

这几乎是一切盛赞尼采的中国人写的书中，一而再，再而三地引用过的话——普林斯顿大学考夫曼教授的话。

然而，有一点我们的知识者同胞们似乎成心地知而不谈——"存在主义"也不过就是哲学诸多主义中的一种主义而已，并非什么哲学的最伟大的思想成果。占着它的"中心席位"，并不能顺理成章地遂成"思想天才"或"巨人"。

又，尼采两次爱情均告失败，心灵受伤，终生未娶；英年早逝，逝前贫病交加，完全不被他所处的时代理解，尤其不被德国知识界理解。这种命运，使他如同思想者中的梵·高。此点最能引起中国学界和知识者的同情。其同情有同病相怜的成分。每每导致中国学界人士及知识分子群体，在学理讨论和对知识者思想者的评述方面，过分热忱地以太浓的情感色彩包装客观的评价。

这在目前仍是一种流行的通病。

"上帝"不是被尼采的思想子弹"击毙"的。在尼采所处的时代，"上帝"已然在普遍之人们的心里渐渐地寿终正寝了。

尼采只不过指出了这一事实而已。

在西方，没有任何一位可敬的哲学家认为是尼采"杀死"了人类的"上帝"。只不过尼采自己那样认为那样觉得罢了。

而指出上帝"死"了这一事实，与在上帝无比强大的时候宣告上帝并不存在，甚或以思想武器"行刺"上帝，是意义决然不同的。尼采并没有遭到宗教法庭的任何敌视或判决，再清楚不过地说明了二者的截然不同。

上帝是在人类文明的进程中自然"老"死的。

关于尼采的断想

好在尼采的著述并非多么的浩瀚，任何人只要想读，几天就可以读完，十天内细读两遍也不成问题。他的理论也不是多么晦涩玄奥的那一种。与他以前的一般哲学家们的哲学著述相比，理解起来绝不吃力。对于他深恶痛绝些什么，主张什么，一读之下，便不难明了七八分的。

我还是比较能接受尼采是近代世界哲学史上的一位哲学家这一说法的。但——他对"哲学"二字并无什么切实的贡献。这样的哲学家全世界很多。名字聒耳的不是最好的。

尼采自诩是一位"悲剧哲学家"。

他在他的自传《瞧，这个人》中，声称"我是第一个悲剧哲学家"。大有前无古人的意思。

这我也一并接受。尽管我对"悲剧哲学家"百思不得其解。好比已承认一个人是演员，至于他声称自己是本色演员还是性格演员，对我则不怎么重要了。

在中国知识界第一次提到尼采之名的是梁启超，而且是与马克思之名同时第一次提到的。这是一九〇二年，尼采死后第二年的事。

梁氏认为，马克思的社会主义和尼采的个人主义，是当时德国"最占势力的两大思想"。

再二年后，王国维在《叔本华和尼采》一文中，亦对尼采倍加推崇，所予颂词，令人肃然，如："以强烈之意见而辅以极伟大之智力，高瞻远瞩于精神界"，并讴歌尼采的"工作"在于"破坏旧文化而创造新文化"。

又三年后，鲁迅也撰文推崇尼采。

"向旧有之文明，而加之抨击扫荡焉"；"然其为将来新思想之朕兆，亦新生活之先驱"。一向以文化批判、社会批判为己任的鲁迅，对尼采所予的推崇，在其一生的文字中几乎是独一无二的。可谓"英雄所见略同"，一东一西，各自为战，却不谋而合。

到一九一五年，陈独秀在《新青年》创刊号上发表文章，再次向中国青年知识分子"引荐"尼采，那正是中国新文化运动兴起之时，需要从西方借来一面思想解放的旗帜。比之于马克思的社会主义，尼采的个人主义更合那时中国青年知识分子的胃口，也更见容于当局。倘若中国的知识分子特别喜欢鼓吹文化的运动，而又能自觉谨慎地将文化运动限定在文化的半径内进行，中国的一概当局，向来是颇愿表现出宽谅的开明的。因为文化的运动，不过是新旧文化势力，这种那种文化帮派之间的混战和厮杀。即使"人仰马翻"，对于统治却是安全的。对于文化人，也不至于有真的凶险。

而一个事实是，无论尼采在世的时候，还是从他死后的一九○○年到一九一五年中国新文化运动兴起之时，其在德国、法国，扩而论之在整个欧洲所获的评价，远不及在中国所获的评价那么神圣和光荣。事实上，从他的《查拉图斯特拉如是说》问世到他病逝，其在西方哲学史上一直是一个争议不休的人物。只有在中国，才由最优秀的大知识分子们一次次交口称赞并隆重推出。这是为什么呢？

关于中国知识分子的角色想象

中国之封建统治的历史，比大日耳曼帝国之形成并延续其统治的历史要悠久得多。在"五四"前，中国是没有"知识分子"一词的。有的只不过是类似的译词，"智识分子"便是。正如马克思曾被译为"麦喀士"、尼采曾被译为"尼至埃"。

早期中国文人，即早期中国知识分子。

早期中国文人对自身作为的最高愿望是"服官政"。而"服官政"的顶尖级别是"相"，位如一国之总理。倘官运不通，于是沦为"布衣"。倘虽已沦为"布衣"，而仍偏要追求作为，那么只有充当"士"这一社会角色了。反之，曰"隐士"。"士"与"隐士"，在中国，一向是相互大不以为然的两类文人。至近代，亦然。至当代，亦亦然。"士"们批评"隐士"们的全无时代使命感，以"隐"作消极逃遁的体面的盾；或"假隐"，其实巴望着张显的时机到来。"隐士"们嘲讽"士"们的担当责任是唐·吉诃德式的自我表演。用时下流行的说法是"作秀"。或那句适用于任何人的话——"你以为你是谁？"无论"士"或"隐士"中，都曾涌现过最优秀的中国文人，也都有伪隐者和冒牌的"士"。

在当今，中国的文人型知识分子依然喜欢两件事——或在客厅里悬挂一幅古代的"士"们的词联，或给自己的书房起一个"隐"的意味十足的名。

然而，毕竟地，我认为，新文化运动是中国近代的"士"们的时代，不是"隐士"们获尊的时代。

中国的知识分子们，确切地说，中国的文人知识分子们，确乎地被封建王权、被封建王权所支持的封建文化压抑得太久，也太苦闷了。他们深感靠一己们的思想的"锐"和"力"，实难一举划开几千年封建文化形成的质地绵紧的厚度。正如小鸡封在恐龙的坚硬蛋壳里，只从内部啄，是难以出生的。何况，那是一次中国的门户开放时代，普遍的中国知识分子，尤其是中青年知识分子，急切希望思想的借鉴和精神的依傍。马克思的社会主义学说有煽动革命的嫌疑，何况当时以暴力推翻旧世界为己任的中国共产党还没成立。于是，尼采著述中否定一切的文化批判主张，成为当时中国社会思想者们借来的一把利刃。由于他们是文化人，他们首先要推翻的，必然只能是文化压迫的"大山"。马克思与尼采的不同在于，马克思主义认为，更新了一种政权的性质，人类的新文化才有前提。马克思主义否定其以前的一切政权模式，但对文化却持尊重历史遗产的态度。尼采则认为，创造了一种新文化，则解决了人类的一切问题。

尼采的哲学，其成分一言以蔽之，不过是"文化至上"的哲学，或曰"唯文化论"的哲学。再进一步说，是"唯哲学论"的哲学，也是"唯尼采的哲学论"的哲学。

"借着这一本书（指他的《查拉图斯特拉如是说》），我给予我的同类人一种为他们所获得的最大赠予。"

"这本书不但是世界上最傲慢的书，是真正属于高山空气的书——一切现象，人类都是躺在他足下的一个难以估计的遥远地方——而且也是最深刻的书，是从真理的最深处诞生出来的；像一个取之不尽的源泉，任何盛器放下去无不满载而归。"

语句的不连贯难道不像一名妄想症患者的嘟哝吗？"我用十句话说出别人用一本书说出的东西，说出别人用一本书没说出的东西。""这种东西（指他的书）只是给那些经过严格挑选的人的。能在这里作一个听者乃是无上的特权……""我觉得，接受我著作中的一本书，那是一个人所能给予他自己的一种最高荣誉。"

"能够了解那本书中的六句话（指《查拉图斯特拉如是说》）——也就是说，在生命中体验了它们，会把一个人提升到比'现代'人类中的优智者所到达的更高的境界。"

以上是尼采对他的哲学的自我评价。在他一生的文字中，类似地，或比以上话语还令人瞠目结舌的强烈自恋式的自我评价比比皆是。而对于他自己，尼采是这么宣言的："我允诺去完成的最后一件事是'改良'人类。""这个事实将我事业的伟大性和我同时代人的渺小性之间的悬殊，明显地表现出来了。"当我得以完整地阅读尼采，我不禁为那些我非常敬仰的，中国现代史中极为优秀的知识分子感到难堪。因为，我无论如何不能得出这样的结论——他们之所以优秀和值得后人敬仰，乃由于读懂了尼采的一本散文诗体的小册子中的六句话。我只能这么理解——中国历史上那一场新文化运动，需要一位外国的"战友"；正如中国后来的革命，需要一位外国的导师。于是自恋到极点的尼采，名字一次次地出现在中国新文化运动的文论中。这其实是尼采的殊荣。尼采死前绝想不到这一点。如果他生前便获知了这一点，那么他也许不会是四十五岁才住进耶拿大学的精神病院，而一定会因为与中国"战友"们的精神的"交近"更早地住进去……

在中国，我以为，一位当代知识分子，无论其学问渊博到什么程度，无论其思想高深到什么境界，无论其精神的世界自以为纯洁超俗到多高的高处，一旦自恋起来，紧接着便会矮小。

关于鲁迅与尼采

排除别人不提，鲁迅确乎是将尼采视为果敢无畏地向旧文化冲锋陷阵的战士（或用鲁迅习惯的说法，称为"斗士""猛士"）才推崇他的。

对比鲁迅的文字和尼采的文字中相似的某些话语，给人以很有意思的印象。尼采："我根本上就是一个战士，攻击是我的本能。""我的事业不是压服一般的对抗者，而是压服那些我们必须集中力量、才智和豪气以对抗的人——也就是可以成为敌手的那些对抗者……成为敌人的对手，这是一个光荣决斗的第一条件。""我只攻击那些胜利的东西——如果必要的话，我会等它们变成这样时才攻击它们。""我只攻击那些我在攻击时找不到盟友的东西。""我不是一个普通的人，我是炸药。"总而言之，尼采认为自己的"攻击"，是这个世界上唯一一种"超人"式的"攻击"。因而是他的"敌人"的自豪。鲁迅："要有这样的一种战士——已不是蒙昧如非洲人而背着雪亮的毛瑟枪的；也并不疲惫如中国绿营兵而佩着盒子炮。他毫无乞灵于牛皮和废铁的甲胄；他只有自己，但拿着蛮人所用的，脱手一掷的投枪。"这样的战士将谁们视为"敌人"呢？"那些头上有各种旗帜，绣出各样好名称：慈善家，学者，文士，长者，青年，雅人，君子……头下有各样外套，绣出各式好花样：学问，道德，国粹，民意，逻辑，公义，东方文明……""但他举起了投枪。"即使"敌人"们发誓，其实自己有益无害或并无大害也不行。"他微笑着，偏侧一掷，却正中了他们的心窝。"纵使"敌人"们友好点头也不行。因为那战士"知道这点头就是敌人的武器，是杀人不见血的武器，许多战士都在此灭亡，正如炮弹一般，使猛士无所用其力"。于是，战士一次次举起投枪。战士是一定要挑战那虚假的"太平"的。"但他举起了投枪！"那样的战士，他是"真的猛士，敢于直面惨淡的人生，敢于正视淋漓的鲜血"。鲁迅一生都在呼唤"这样的一种战士"，然而，于他似乎终不可得。事实上，"这样的一种战士"是要求太过苛刻的战士，因为几乎等于要求他视其以前的所有文化如粪土。因而鲁迅只有孤独而悲怆地，自己始终充当着这样的战士。他"于浩歌狂热之际中寒；于天上看见深渊。于一切眼中看见无所有；于无所希望中得救"。他想到自己的死并确信："待我成尘时，你将见我的微笑。"这都由于鲁迅对他所处的时代深恶痛绝。而那一个时代，也确乎地腐朽到了如是田地。然而，尼采真的是鲁迅所期望诞生的那一种战士吗？今天倘我们细细研读尼采，便会发现，写过一篇杂文提醒世人不要"看错了人"的鲁迅，自己也难免有看错了人的时候。鲁迅认为他以前的中国文化只不过是"瞒和骗"的文化，认为他所处的那个时代的文化，只不过是"瞒和骗"的继续，认为中国五千年文化的真相，只不过是"吃人"二字。鲁迅要从精神上唤醒的是自己的同胞。尼采要从人性上"改良"的是全人类。尼采认为在他以前，地球上的人类除少数智者，其余一概虚伪而又卑鄙，根本无可救药地活着。

因而慈悲者、说教者、道德家、知名的智者、学者、诗人，乃至贱氓（即穷愁而麻木的芸芸众生），一概都是不获他的"改良"，便该从地球上彻底消灭干净的"东西"。纵然少数他认为还算配活在地球上的人，也应接受一番他的思想（或曰哲学）的洗礼。

他唯一抱好感的是士兵，真正参与战争的士兵。他鼓励一切士兵都要成为他理想之中的战士："你们当得这样，你们的眼睛永远追求一个仇敌——你们的仇敌。你们中有许多人且要一见面就起憎恨。""你们要寻找你们的仇敌，你们要挑动你们的战争。""你们当爱和平，以和平为对于新的战争的手段——并爱短期的和平甚于爱长期的和平。"这句话的另一种说法是——为了发动更大的战争，你们需有短暂的和平时期储备你们再战的锐气。"战争和勇敢比博爱做着更伟大的事情。""你们问：'什么是善？'——能勇敢便是善。""你们必须骄傲你们能有仇敌。""所以你们这样过着你们的服从和战斗的生活吧！长生算什么呢？战士谁愿受人怜惜？"所以，希特勒向墨索里尼祝寿时，以尼采文集之精装本作为礼物相赠也就毫不奇怪了。

所以，第二次世界大战中，德军向士兵分发尼采那《查拉图斯特拉如是说》的小册子，命他们的士兵满怀着"比博爱做着更伟大的事情"的冷酷意志去征服别的国家和人民，也就毫不奇怪了。

所以，当德国士兵那么灭绝人性地屠杀别国人尤其犹太人时，可以像进行日常工作一样不受良知的谴责。因为"查拉图斯特拉"说："仇恨就是你们的工作。你们永远不要停止工作。"当然，法西斯主义的罪恶不能归于尼采。但，一种自称旨在"改良"人类的思想，或一种所谓哲学，竟被世界上最反动最恐怖的行为所利用，其本身的价值显然便是大打折扣了。鲁迅却又终究是与尼采不同的。鲁迅并不自视为中国人的，更不自视为全人类的思想的上帝。

鲁迅固然无怨无悔地做着与中国旧文化孤身奋战的战士，但他也不过就视自己是那样的一个战士而已。并且，在很多时候，很多情况之下，他十分清醒地知道，自己却连那样的战士也不是的，只不过是这俗世间的一分子。鲁迅自己曾在一篇文字中这样形容自己："我有一种自害的脾气，是有时不免呐喊几声，想给人们去添点热闹。譬如一匹疲牛罢，明知不堪大用了，但废物何妨利用呢？所以张家要我耕一弓地，可以的；李家要我挨一转磨，可以的；赵家要我在他店前站一刻，在我背上贴出广告道：敝店备有肥牛，出售上等消毒牛乳。我虽深知自己是怎样瘦，又是公的，并没有乳；然而想到他们为张罗生意起见，情有可原。只要出售的不是毒药，也就不说什么了。但倘若用得我太苦，是不行的，我还要自己觅草吃，要喘气的工夫；要专指我为某家的牛，将我关在他的牛牢内，也是不行的，我有时也许还要给别家挨几转磨。如果连肉都要出卖，那自然更不行。理由自明，无须细说……"

鲁迅这一种自知之明，与尼采的病态的狂妄自大，截然相反。鲁迅有很自谦的一面。尼采则完全没有。非但没有，尼采甚而认为自谦是被异化了的道德，奴性的道德。

他那一种狂妄自大才是人性真和美的体现。鲁迅是时常自省的。尼采则认为自省之于人也是虚伪丑陋的。仿佛，因为他拒绝自省，所以他才成为世界上独一无二的精神完人。并且一再地声明自己的身体也是健康强壮的。所以他，只有他，才有资格这样写书：《我为什么这样智慧》《我为什么这样聪明》《我为什么会写出如此优越的书》，我的书是——"一部给一切人看而无人能看懂的书"……

鲁迅是悲悯大众的。尼采不但蔑视大众，并简直可以说仇视大众。他叫他们为"贱氓"。他说："生命是一派快乐之源泉；但贱氓所饮的地方，一切泉水都中毒了。"他说："许多人逃避开某地即是要逃避了贱氓；他憎恨和他们分享泉水，火焰和果实。"

他说："许多人走到了沙漠而宁愿与猛兽一同感到干渴，只是因为不愿同污脏的赶骆驼的人坐在水槽的旁边。"他甚至无法容忍"贱氓"也有精神。"当我看出了贱氓也有精神，我即常常倦怠了精神。""我的弟兄们，我觅到了它！这里在最高迈的高处，快乐之泉为我而迸涌！这里生命之杯没有一个贱氓和我共饮！""真的，我们这里没有预备不净者的住处！我们的快乐当是他们的肉体与精神的冰窖！"即使今天，读着这样的文字，如果谁是"贱氓"中的一员，或仅仅是体恤他们的人，都不禁会内心战栗的吧？我感到这仿佛是以日耳曼民族的血统为世界上最高贵的血统的纳粹军官在大喊大叫。

尼采若是中国人，尼采若活在鲁迅的时代；或反过来说，鲁迅若能像我们今人一样得以全面地"拜读"尼采，那么，我想——尼采将是鲁迅的一个死敌吧？怎么可能不是？！鲁迅对尼采的推崇——一个由于不全面的了解而"看错了人"的历史误会，一位深刻的中国思想者对一个思想花里胡哨、虚张声势的"德国病人"的过分的抬举。

鲁迅是一次中国严重的时代危机的"报警者"。而尼采则不过是一种德国的精神危机爆发之后形成的新型"病毒"。

关于尼采的"超人"哲学

在尼采杂乱无章的、以热病般的亢奋状况所进行的思想或曰他的哲学妄语中，"超人"乃是他彻底否定一切前提之下创造出来的一种"东西"。用尼采自己的话说——他们是"高迈的人"，"最高的高人"。尼采自己则似乎是他们的"精神之父"。

"超人"究竟是怎样的人？

迄今为止，一切研究尼采的人都不能得出结论。

因为尼采一切关于他的"超人"的文字，都未提供得出任何较为明晰的结论的根据。

他不无愤怒地反对人们将他的"超人",与迄今为止世界上存在过的这一种人或那一种人相提并论。哪怕那是些堪称伟大的人,尼采也还是感到倘与他的"超人"混为一论,是对他可爱而高贵的"超人"孩子们的侮辱。

故我们只能认为那是迄今为止在地球上不曾出现过的人,是仅仅受精在尼采"思想子宫"里的人。既然业已受精成胎了,那么尼采自己是否能说明白他们的形态呢?尼采自己也从没说明白过。他只强调"超人"非是这种人,非是那种人;他似乎极清楚他的"超人"们究竟是什么样的一种人类,但就是不告诉世人。因为世人不是卑鄙虚伪的人,便是该被咒死光光的贱氓。"超人就是大地的意义。"尼采如是说。"他就是大海。"尼采如是说。"诚然。人类是条污秽的湍流。一个人必须成为一个大海,可以容纳污秽的湍流而不失其洁净。"这话也说得极好。"人是要超越自身的某种东西……一切生存者都能从他们自身的种类中创造出较优越的来。"这个道理也是极对的道理,但并非尼采发现的道理,几千年以前的稍有思想的人便懂得这个道理了。"上帝死了!——现在,是该由'高人'来支配世界的时候了!"然而,这一句话却是令人惊悸的了。原来否定了一个上帝只为制造另一个上帝。这"上帝"如是呐喊:"你们更渺小了,你们渺小了的人民哟!你们破碎吧,你们舒服的人们!时候到了,你们将毁灭了!""毁灭于你们的渺小的道德,毁灭于你们的渺小的怠慢(对尼采的哲学及尼采的'超人'孩子们的怠慢),毁灭于你们的乐天安命!"

这个上帝比"死了"的上帝更加严厉,"他"连渺小的人民乐天安命的渺小的权利都将予以毁灭、予以剥夺。"不久,他们将变成干草和枯枝!""那一时刻就要到了,它已逼近了,那伟大的日子!"读来不禁使人毛骨悚然。尼采赋予他的"超人"们两种"性格"——优种的傲慢和征服者的勇猛。这两种性格也是尼采极其自我欣赏的"性格"。后来,它们成为从将军到士兵的一切纳粹军人的集体精神,体现于纳粹军队的军旗、军服、军礼、军规、军犬乃至作战方式……

尼采生前,所谓尼采哲学在德国并不曾被认真对待;尼采死后的三十年间,他的思想渐在德国弥漫;又十年后,希特勒发动第二次世界大战,人们从纳粹军国主义分子们不可一世的"精神气质"中，能很容易地发现尼采"超人"哲学的附魂。

细分析之，"超人"哲学是反众生反人类的哲学，是比任何一种反动宗教还反动的哲学。因为宗教只不过从德行上驯化世人，而"超人"哲学咒一切非是"超人"的众生该下地狱。它直接所咒的是众生普遍又普通的生存权。

太将尼采当成一回事的中国人（而且在这个世界上，几乎只有中国人才这样），定会以尼采所谓"超人"哲学中那些用特别亢奋的散文诗句所表述的"精神"上"纯洁"自身的炽愿，当成某种正面的思想境界来肯定和颂扬。但是，此种代之辩解的立场是极不牢靠的。

因为一个问题是——如果某人不能成为那种精神上"高迈"的"最高的高人"将如何？那么他还配吗？答案肯定是——不配！那么，他便是虚伪卑鄙之徒，是"贱氓"。或有知识的行为文明的"贱氓"。甚而，简直是禽兽不如的虫豸！倘他们竟敢与"最高的高人"们共享某一食物，那么那食物"便会烧焦了他们的嘴"，仿佛"他们吞食了火了"。更甚而，"最高的高人"于是便有权"将自己的脚踏入他们的嘴里"。

但"最高的高人"们的"精神"所达到的"纯洁"的高度，又是怎样的一种高度呢？

"在最高迈的高峰的夏天，在清冷的流泉和可祝福的宁静之中——这是我们的高处，是我们的家——在将来的树枝之上，我们建筑我们的巢；鹰们的利喙当为我们孤独的人们带来食物！""如同罡风一样，我们生活在他们上面！""并以我们的精神夺去了他们精神的呼吸！"总之是坚决地不食人间烟火，亦不近人间烟火。而且，坚决地仇视人间烟火。"最高的高人"们的居处已是如此的"高迈"，食物又是那样的稀异，他们的"精神"上的"纯洁"程度高到何种境界，也就难以想象了。

自从有人类以来，有几个人能修成为那样的人？替尼采辩解的人们难道是吗？若并不是，便先已是虫豸了！便先已该被"最高的高人"们"将脚踏入他们嘴里"了！尼采自己难道就是吗？其实也断断不是。因为他活着的时候，几乎没有停止过的一种怨恨就是——世人，首先是他的国人对他的哲学的不重视。足见他又是多么地在乎凡人和"贱氓"们对他的感觉了。尼采在这个世界上一生只找到了一个知音，便是丹麦人莱德斯博士——因为后者在自己国家的大学里开讲"尼采哲学"……"超人"哲学——一种源于主宰人类精神的野心，通常每在知识者中形成瘟疫的思想疾病。疗药——对症则大力倡导"普通人"的哲学。

关于尼采和中国知识精英

凡尼采思想的熔岩在中国流淌到的地方，无不形成一股股混杂着精神硫黄气味的"尼采热"。

"生长"于中国本土的几乎一切古典思想，以及后来支撑中国人国家信仰的社会主义思想，对于二十世纪八十年代初的中国大小知识分子们而言，已不再能真实地成为他们头脑所需的食粮。

中国人提出了一个渴望提高物质生存水平的口号——"将面包摆在中国人的餐桌上"！面包者，洋主食也。在中国人看来，当时乃高级主食。

但中国知识分子们，在头脑所需之方面，表露着同样的渴望，提出同样的口号。故一边按照从前所配给的精神食谱进行心有不甘的咀嚼，并佯装品咂出了全新滋味的样子；另一边将目光向西方大小知识分子丰富的思想菜单上羡慕地瞥将过去。

如鲁迅当年因不闻文坛之"战叫"而倍感岑寂；中国那时的大小知识分子，无不因头脑的"营养不良"而"低血糖"。

正是在此种背景下，尼采"面包"来了，弗罗伊德"面包"来了。在大小中国知识分子眼里，它们是"精白粉面包"，似乎还是夹了"奶油"的。

与水往低处流相反，"弗尼熔岩"是往中国知识结构高处流去的。

撇开弗氏不论，单说尼采——倘一名当时的大学生居然不知尼采，那么他或她便枉为大学生了；倘一名硕士生或博士生在别人热烈地谈论尼采时，自己不能发表一两点见解以证明自己是读过一些尼采的，那么简直等于承认自己落伍了。如果一位大学里的讲师、副教授、教授乃至导师，关于尼采和学生之间毫无交流,哪怕是非共同语言的交流,那么仿佛他的知识结构在学生和弟子心目中肯定大成问题了。

这乃是一种中国特色的知识分子们的知识"追星"现象,或曰"赶时髦"现象。虽不见得是怎么普遍的现象,却委实是相当特别的现象。此现象在文科类大学里,在文化型大小知识分子之间,遂成景观。在哲学、文学、文化艺术、社会学乃至人的价值取向和道德观诸方面,尼采的思想水银珠子,闪烁着迷人的光而无孔不入。

但是,尼采的思想或曰尼采的哲学,真的那么包罗万象吗?

台湾有位诗人叫羊令野。他写过一首很凄美的咏落叶的诗。首句是:

> 我是裸着脉络来的,
> 唱着最后一首秋歌的,
> 捧出一掌血的落叶啊,
> 我将归向我第一次萌芽的土……

普遍的中国大小知识分子,其思想貌状,如诗所咏之落叶。好比剥去了皮肤,裸露着全部的神经:或裸露着全部的神经出国去感受世界,或裸露着全部的神经在本土拥抱外来的"圣哲"。每一次感受,每一次拥抱,都引起剧烈的抽搐般的亢奋——"痛并快乐着"。

当时,对于中国大小知识分子影响之久、之广、之深,我以为无有在尼采之上者。而细分析起来,其影响又分为三个阶段。或反过来说,不少中国知识分子借尼采这张"西方皮",进行了三次精神的或曰灵魂的蜕变。

第一阶段:能动性膨胀时期。主要从尼采那里,"拿来"一厢情愿的"改良"者的野心。区别只不过是,尼采要"改良"的是全世界的人类;而中国的知识分子们,尤其是文人型知识分子们,恰恰由于文化方面的自卑心理,已惭愧于面对世界发言,而只企图"改良"同胞了。这其实不能不说乃是一种积极向上的愿望和姿态,但又注定了是力有不逮之事。因为连鲁迅想完成都未能完成的,连新文化运动和"五四"都未能达到之目的,当代知识分子们也是难以接近那大志的。一国之民众是怎样的,首先取决于一国之国家性质是怎样的。所谓"道"不变,人亦不变。所以,在这一时期,尼采之"改良"的冲动体现于中国知识分子们身上,是比尼采那一堆堆散文诗体的呓语式的激情,更富于浪漫色彩的。

尼采的浪漫式激情是"个人主义"的;而当时中国知识分子的浪漫式激情却有着"集体主义"的性质……

第二阶段:能动性退缩时期。由于"改良"民众力有不逮,"改良"国家又如纸上空谈,甚至进而变为清谈,最后仅仅变为一种连自己也相互厌烦的习气。于是明智地退缩回对自己具有"根据地"性质的领域,亦即"生长"于来自的领域。

这当然只能退缩到文学、文化或所谓"学界"的领域。他们(某些知识分子)于是又恢复了如鱼得水的自信。

那时他们的口头禅是"话语权"。它并不是一种法律所要赋予人并保证于人的"话语"的正当权利。对于社会大众是否享有这样的权利,他们其实是漠不关心的。他们所要争夺到的,是以他们的话语为神圣话语的特权"制高点"。这使他们对于自己的同类某时缺少连当局亦有的宽容,经常显得粗暴、心理阴暗而又刁又痞。并且每每对同类使用"诛心战术"的伎俩,欲置之死地而后快。

尼采想象自己是一位新神,要用"锤"砸出一个由自己的意志"支配"的新世界。

尼采想象自己是一股"罡风",要将他以前的人类思想吹个一干二净。

是的,他们既像尼采般自大,也像红卫兵般狂傲,甚而,有点儿像盖世太保。他们取代的野心退缩了一下,立刻又在如鱼得水的良好感觉之下膨胀起来。

他们的一个特征是,几乎从不进行原创文本的实践。因为以此方式争夺到他们的"话语权"未免太辛苦,而且缓慢。他们也根本不愿潜心于任何理论的钻研,因为他们所要的并非是什么理论的成果。他们看上去似乎是批评家,但是他们的所谓批评一向充满攻击性的恶意。他们有时也为了需要"大树特树"他们眼里的"样板"。但是,被他们所"树"者或已经死了,或已经沉寂。这时,他们的姿态就如"最高的高人"指认出某些仅次于他们但高于众人的"高人"。对死者,他们显出活着的沾沾自喜的优胜;对沉寂者,他们显出"拯救"的意味。

他们的无论什么体裁的文本中,字里行间跳跃着尼采文本的自恋自赏式的主观妄想,有些文字简直令人觉得就是从尼采文体中"偷"来的。"偷"来的自高自大,"偷"来的浮躁激情,"偷"来的浅薄"深刻",以及"偷"来的极为表演的"孤独"……

那是饱食了"尼采面包",而从他们精神的"胃"里嗝出的消化不良的思想嗳气。

其时,他们的另一句口头禅便是"精英"。这一词在报刊上的出现率,与后来的"浮躁"等量齐观。它在他们的文章和语感中,浸足了"我们精英"的意识汤汁。其方式每以圈点"精英"而自成"精英"。既然已是圈点"精英"之"精英",其"话语特权"当然天经地义地至高无上。于是,文化思想界的"精英",似乎与商企界的"经理"一样多起来了。如是"精英"们中的某些,一方面表演着思想的"独立",另一方面目瞟着官场。在他们那儿,其实"最高的高人",便是最高的高官。一受青睐,其"独立"的思想随即官化。他们有一种相当杰出的能力,哪怕仅仅揣摸透了官思想的只言片语,便如领悟了"真传",于是附应,且仍能特别"精英"的模样……

然而,后来有一种比他们所自我想象的那一种作用更巨大的作用,便是商业时代本身的能动性。后者以同样粗暴甚至以同样刁和痞的方式,在他们还没来得及取代什么的时候,取代没商量地取代了他们,连同他们所梦想的话语特权……

于是,他们再也无处可以退缩,在最后的"根据地"萎缩了。

第三阶段:能动性萎缩时期。这一时期中国的"尼采弟子"们分化为两个极端相反的方面。他们中一部分人竟令人刮目相看地赶快去恭迎商业时代这一位"查拉图斯特拉",并双膝齐跪捧吻"他"的袍裾,判若两人地作出他们曾一度所不齿的最最商业的勾当,从而证明了他们与尼采精神的本质的区别。

因为尼采虽是狂妄自大的，但在精神上确乎是远离"商业游戏"的。

他们中的另一部分，却真的开始"回归"自我，在自己的一隅精神世界里打坐修行。这一点足以证明他们原本就是具有某种精神追求标准的人。也足以证明，他们先前的尼采式的社会角色，是发自内心的力图积极作为的一种知识分子的良好愿望，而非哗众取宠、装腔作势的虚假姿态。他们和前一类人从来就没一样过。尽管都曾聚在尼采思想的麾下。对于前一类人，尼采是一张"洋老虎"皮，披上了可使他们的狂妄自大和野心"看上去很美"；而对于他们，尼采是当时从西方飘来的唯一一团新思想的积雨云，他们希望能与之摩擦，产生中国上空的雷电，下一场对中国有益的思想的大雨。只不过，尼采这一团云，并不真的具有他们所以为的那么强大的电荷……

他们无奈的精神的自我架篱、自我幽禁，分明的乃是中国当代某一类思想型知识分子心理的失落、失望和悲观。

尼采那种仿佛具有无边无际的自我扩张力的思想，在中国进行了一番贵宾式的巡礼之后，吸收了中国思想天空的潮度，湿嗒嗒地坠于中国当代某一类思想型知识分子的精神山头，在那儿凝成了与尼采思想恰恰相反的东西——一种中国特色的可称之为"后道家思想"的东西。一种"出世"选择与不甘心态相混杂的东西……

以上三个阶段，即从自我能动性的膨胀到退缩再到自我幽禁的过程，也是许多根本不曾亲和过尼采的中国当代大小知识分子的精神录像。

尼采思想乃是在特定的历史时期，知识分子头脑中随时会自行"生长"出来的一种思想。有时它是相对于社会的一剂猛药，有时它是相对于知识分子自身的一种遗传病。

关于尼采其人

一八四四年，在德国，尼采相当幸运地诞生于一个较为富裕的家庭。这个家庭远离欧洲大陆的一切灾难、愁苦和贫困。他的生日恰巧是德国的国庆日。这个家庭使他从幼年至青年一直过着无忧无虑的幸福生活。

用尼采的话说："那就是我根本无须特别打算，只要有耐心，便可以自然而然地进入一个拥有更高尚和更优美事物的世界。在这个世界里，我可以自由自在地活着……"

尼采五岁丧父。

尼采感激并崇拜他的父亲——其父曾是四位公主的教师：汉诺威皇后、康斯坦丁女大公爵、奥登堡女大公爵、泰莱莎公主。她们都是德国最显贵的女人，当然，他的父亲是一个极其忠于王朝的人。

尼采的"哲学"几乎嘲讽了从"贱氓"到学者到诗人的世上的一切人们，包括上帝，而唯独对于世上的皇族和王权现象讳莫如深。

尼采的祖先是波兰贵族。

但他对此出身并不完全满意。

尼采如是说："当我想到在旅行中，甚至波兰人自己也会常把我当作波兰人时，当我想到很少有人把我看作德国人时，我就感到好像我是属于那些只有一点点德国人味道的人。"

但他强调："一方面，我毫不费力地做一个'优良的欧洲人'；在另一方面，也许我比现代德国人——即帝国时代的德国人，更为像德国人。"

但他强调："不过，我的母亲弗朗西斯卡·欧赫娜在任何一方面，都是一个典型的德国人。我的祖母厄德慕丝也是一样，她曾与歌德周围的人有过亲密的接触，经常出现在青年歌德日记里的'爱莫琴'即是她。"

毫无疑问，尼采纵然不是一个血统论者，也是极其看重出身、门第和血统的人。

故尼采认为："我可以第一眼就看出那些隐秘在许多人性深处看不见的污秽，这种看不见的污秽可能是卑劣血统的结果。"

故尼采的"哲学"，充满了对有着"卑劣血统"的人，即"贱氓"们的鄙视。"贱氓"在尼采的"哲学"里，正是按"成分论"划分的人群，而非从其他意义上划分的人群。

尼采的成长备受呵护与关爱——他身旁一直围绕着唯恐他受了委屈的女人：母亲、祖母、两个姑姑和妹妹，在那样一个家庭里，对于一个丧父的男孩，那些女人们的呵护和关爱是多么无微不至、多么甜腻，可想而知。

这是尼采成年后反感女性的第一个心理原因。

一种餍足后的反感。

尼采有过两次恋情，失败后终生未婚。

第二位女性"外表看起来可爱又有教养"。

没有结成婚姻的原因，从尼采这方面讲，是"她企图将一位思想天才玩弄于股掌之上"。

后来，婚姻对尼采遂成为不太可能之事——因为他已开始多少被人认为"精神有问题"。而这基本上是一个事实。

尼采的反宗教，确切地说反"上帝"心理，乃因他曾在大学修习过神学。不少与他同时代的青年知识分子，恰恰是在真正系统化地接受过神学教诲后才成为宗教文化的批判者的，比如曾是神学院学生的俄国的别林斯基。过分赞扬尼采否定"上帝"的勇气是夸大其词的。因为"上帝"于此之前差不多已经在世人心中"死了"，因为人类的历史已演进到了"上帝"该寿终正寝的时候了。

尼采是有教养的。他几乎能与周围任何人彬彬有礼地相处。当然，他周围的任何一个人都不会是一个"贱氓"。尼采是有才华的，他在古典语言学和文学见解方面的水平堪称一流。尼采的爱好是绝对优雅的——音乐和诗，而且品位极高，并几乎成为他的头脑进行思想之余的精神依赖的爱好。

尼采是一个天生的思想者，是一个迷恋思想活动的人，甚至，可以说是一个"思想狂"。没有人能够说得清楚，究竟是"思想强迫症"使尼采后来精神分裂，还是潜伏期的精神病使尼采无法摆脱"思想强迫症"。

他的思想中最有价值的方面在我看来有两点：一、一切道德应该尊重并建立在承认人首先是自私的这一前提之下，而不是建立在想象人应该是多么无私的基础之上。二、这个世界发展的真相与其说是由争取平等驱动着的，毋宁说更是因为竞争——确乎，尼采以前的人类历史证明了这一点。但即使关于以上两点，也绝非尼采思想的"专利"。在他之前，东西方的哲学家们几乎无不论及此两点。比如罗素关于道德曾一语中的："道德不应使对人快乐之事成为不快乐。"——言简意赅，说出了尼采絮絮叨叨说不清的人性真相。尼采的生活方式是纯洁的——远避声色犬马。类似康德的那一种禁欲的生活方式，只不过比康德在乎对美食的享受。"我甚至在音乐和诗歌方面也早已显示出伟大的天才。""我对自己有一种严厉清洁的态度，是我生存的第一个条件。""恐怕他们（指他的国人）很少会评断过关于我的事情……""然后事实上很多年以来，我差不多把每一封我所接到的信，都看作一种嘲弄。""在一种善意待我的态度中，比任何怨恨的态度中有更多的嘲弄意味……""周围一片伪装……"以上文字，比比皆是地出现在尼采的自传《瞧，这个人》中。"尼采迷"们便认为这正是他狂得可爱和敏感得恨不能将其搂抱于怀、大加抚慰的"鲜明的个性"之自我写照，然而世界上任何一位有责任心的精神病医生，都不会不从精神病学经验方面加以重视。

自恋、妄想、猜疑、神经质般的敏感——在今天，这些其实已成为早期诊断精神病的一种经验。因而有才华的尼采首先是不幸的，其次是值得悲悯的，再次才是怎样看待他的"哲学"的问题……尼采又是孤独的。执迷地爱好思想的人，内心里是超常地孤独着的。头脑被妄想型精神病所侵害着的人，内心也都是超常地孤独着的。尼采的心不幸承受此两种孤独。诗人的气质，思想的睿智，思辨的才华，令人扼腕叹息地被精神病的侵害，降低了它们结合起来所应达到的高质量。

在他那优美散文诗体的思想絮片之下，在他那些亢奋的、激情灼人的、浪漫四溢的"哲学"礼花的绚丽后面，我们分明看到的是人类一颗最傲慢的心怎样被孤独蚀损。

在这一点上，尼采使我们联想到梵·高。尼采在无忧无虑的体面生活中，被"思想强迫症"逼向精神分裂；梵·高在朝不保夕的落魄的生活中，被"艺术强迫症"逼向同样的命运。他们反而在那过程中证明了各自毕竟具有的才华，此乃人类的一种奇迹。

尼采的孤独又体现着一部分人类之人性的典型性——即在人类那部分既"文化"了又执迷于思想的知识分子们的内心里，上苍先天地播下了孤独的种子。他们的理念路线常诱导他们去思想这样一个亘古命题——人生的要义究竟在哪里？

文化是我们另外的故乡

Chapter 2

不能保护，难以文明

人类完全可以通过对野生动物的
关爱来提升人作为人的爱心和情怀。
那么，爱自己的同胞，
也就不必再是道德律条，
而是自然而然之事了。
同时，也不会再有人将爱护同胞和爱护野生动物
孰重孰轻的问题当成一个现实的问题了⋯⋯

拒做儒家思想的优秀生

文化是一个内涵极其广泛极其丰富的概念。我想仅就中国文化中的思想现象，而且主要是关于国家、民族、民主和知识分子们，亦即古代文人们与权力、权势关系的某些思想现象，汇报我自己的一点儿浅薄之见。

夏朝是中国历史上第一个传说和古人追述之中的朝代，始于公元前二〇七〇年，距今四千余年了。商朝是中国历史上第一个有文字记载的朝代，那么商朝应该说是中国真正意义上的思想史、文化史的端点。其后一概思想现象，皆由此端点发散而存。到了公元前五百年左右，就应该是春秋战国时代了，那是一个大动荡、"大改组"的历史阶段，统治权分分合合，合合分分，可谓波澜壮阔，时事惊心。也许正是因为那样一种局面，促使和刺激中国古代的思想者们积极能动地思考统一与统治的谋略。他们相互辩论，取长补短，力争使各自的思想更加系统、成熟，具有说服力。那是中国古代思想家们自发贡献思想力的现象，后人用"诸子百家"来形容。而孔子当之无愧地成为那一时期的思想家。

以当时而谈，孔子们的思想确乎是博大精深的。政治、军事、经济、民生、文化、风俗，人和自然、家庭、人以及自身的关系，比如生老病死，我们古代的思想家们当时都想到了。

我们古代的思想家们，是特别重视思想美感的，这一点是非常值得我们后人学习的。比如"天道酬勤，天行健，君子以自强不息；地势坤，君子以厚德载物"这句古代名言，道理并不深奥，但与天与地进行了修辞联系，语境宏大开阔，不仅具有思想美感，而且具有极为亲和的说服力。因为其修辞暗示显然是——且不论你能否做到，只要你愿意接受此思想，你仿佛就已经是君子了。而是君子的感觉，当然是人人都愿有的令人愉快的感觉。正确的思想，以美的语言或文字来传播，才更有利于达到其教化作用。我们古代的思想家们，不但重视思想力的美感，分明还深谙并尊重接受心理学。

看我们的当下，有些官员的话语，即使在宣传很正确的思想时，也往往是令人打瞌睡的，有时甚至是令人极其反感的。他们宣传思想的语言表达能力是难以令人恭维的，缺乏形象生动的词汇，仿佛一旦撇开人人耳朵都听出老茧来了的那一套"政治常用词"，便不会以自己的语言来表达了。还每以一种高高在上的思想特权者的盛气凌人的语势训人，使别人感到思想压迫。

我认为，他们尤其应该向我们古代的思想家们学习。我们古代的思想家们的思想，还是很精粹的。

比如"治大国若烹小鲜"这一绝妙比喻，即使从文学角度来看，也堪称佳句经典。"苛政猛于虎"，则一针见血。

曾经有一段时间，简单粗鄙的思想方式特别流行，比如"不破不立，破字当头，立在其中"。应该说这句话的本意是不错的。但"破"字，无论在古代还是当代，都更应该是一个包含智慧性的动词才对，是指尽量采取智慧性的主动态度。好比一盘看起来的死棋，也许并非真的每一个棋子都没有活步了。也许发现了哪一个棋子的一步活步，便全盘僵局改变，所以才有一个词叫"破局"。在做文章方面叫"破题"，数学、几何里叫"破解"。而在某些人士那里，"破"的意思似乎便是彻底"破坏"掉，以摧毁为能事。

我个人认为，铲倒性的思想力，难免更是思想冲动力。思想冲动力也是浮躁之思想力。目的纵然达到，代价往往巨大。中国古代的思想家们，在方法和目的之关系方面，是很重视代价大小的。

我觉得，中国古代的思想家们的思想遗产有如下特征：一、农耕时代以农为纲的思想；二、渴望明君贤主的抱负寄托思想；三、求稳抑变的保守主义思想，这里指的是后来成为历朝历代主流思想的儒家思想，法家思想现象另当别论；四、道德理想主义思想；五、文人实现个人功利前途的特质；六、唯美主义的思想力倾向。

总而言之，中国古代的思想家或思想力这一概念，同时也必然是封建时代思想家和思想力的概念。既然是封建时代的，再博大再精深，那也必然具有封建时代的杂质，存在服务于封建秩序的主观性。所以，我个人绝不是所谓"传统文化思想"的崇拜者。中国古代的思想家们之思想的一大兴趣点，往往更在于为帝王老师。这是我不崇拜的主要原因。好为帝王老师，难以做到在思想立场上不基本站在帝王者们一边。

当然，站在帝王身侧的一种思想立场，也往往贡献出有益于国泰民安的思想。比如孔子说："大道之行也，天下为公，选贤与能，讲信修睦。"——这样的思想，帝王们若不爱听，其实等于自言自语。

中国古代的思想家们，比较自信只要自己苦口婆心，是完全可以由他们教诲出一代代好的帝王的。

而西方古代思想现象的端点，却是从古希腊和古罗马时期发散开来的。古罗马帝国是形成过民主政体的雏形的，故在西方古代思想的成果中，"天下为公"是不需要谁教诲谁的，是人类社会的公理，像几何定义一样不必讨论。

两种端点是很不相同的，所谓"种子"不一样。

帝王统治不可能完全不依靠思想力。儒家思想乃是帝王们唯一明智选择的思想力，所以他们经常对儒家思想表现出半真半假的礼遇和倚重。这就形成一种王权对社会思想的暗示——于是后来的中国知识分子，或曰中国文人，越来越丧失了思想能动力，代代袭承地争当儒家思想的优秀生，做不做帝王的老师都不重要了，能否进入"服官政"的序列变得唯一重要了。当前，"儒家文化"似乎渐热，对此我是心存忧虑的。

关于爱情在文学中的位置

我还是文学少年时,那是颇爱看爱情小说的。我曾写文章公开承认,对于《钢铁是怎样炼成的》和《牛虻》两部书,少年的我首先是被书中的爱情部分所吸引的。连《希腊神话故事》中最吸引我的,也是关于天庭诸神的爱情纠葛。

我是文学青年时,便在分析文学的书中读到过这样的话了——爱、生、死乃是文学的"三大永恒主题"。其所言之爱,自然是男女之爱。而所言生、死,大约是指命运面临的严峻抉择。

于今想来,文学的所谓"永恒主题",当不仅是爱、生、死吧?当还有别的主题也称得上"永恒"的吧?比如人性原则和人道精神,比如平等观念、和平思想……

但我认为,爱在文学中的位置,确乎地近于水分。它使文学,确乎地只有它才使文学有时呈现"水灵灵"的状态。另外诸"主题",或使文学显得庄严,或使文学显得崇高,或使文学显得深刻、厚重与恢宏,却都不及"爱"那么能使文学显得缠绵悱恻。

谈论此点,回顾一下一九四九年以后的中国文学的面貌,以及那面貌的变化是必要的。

从一九四九年到一九六六年"文革"前,国史上曰"十七年"。这十七年中,出版了几十部"国产"长篇小说。较著名的,也就十几部。我当年读过的如下:

《红岩》《红日》《红旗谱》《创业史》,当年称"三红一创",还有《暴风骤雨》《林海雪原》《青春之歌》《战斗的青春》《野火春风斗古城》《平原枪声》《铁道游击队》《吕梁英雄传》《山乡巨变》《艳阳天》《上海的早晨》《雁飞塞北》《苦菜花》……或许还读过几部，记不清了。哦，还有当年两位蒙古族作家写的《草原烽火》和《科尔沁草原》，还读过一部属于少年儿童题材的长篇小说《强盗的女儿》。那也许是唯一的一部少年儿童题材的长篇小说。

以上作品中，皆有爱情章节。

但爱情只是一种成分。

如果所反映的是革命斗争年代的内容，那么爱情是革命斗争所加的成分；如果时代背景是新中国成立后，那么爱情是思想斗争及所谓路线斗争所加的成分。古今中外，无论怎样的一部长篇小说，倘完全摒除了爱情成分，那是很不可想象的。文学是人学。文学中的人物不曾爱或被爱，那是多么不可思议。连阿 Q 都暗恋过吴妈呢！

我要说的其实是这样一种情况——十七年中，中国未出版过一部"纯粹"的长篇爱情小说，即以写爱情为主的长篇小说。也就是说，真正算得上爱情小说的长篇，在十七年中是绝对缺席的。

当然，以上长篇中，某几部关于爱情的描写也是相当有水平的，更有几部给我留下了很深的印象。即使在今天重新以特别文学的眼光去看，在情节、细节、典型性格、典型语言方面，也是精彩的。比如《红旗谱》及其下部《播火记》。

哦！我刚才忘了一部，它叫《三家巷》。它在当年，颇有点儿爱情长篇的意味。

若非说在十七年中也有很"纯粹"的爱情作品，那么也只在民间传说、神话故事中。它们中有的拍成了电影，比如《画中人》《马兰花》《阿诗玛》《摩雅泰》《刘三姐》。

据我所知，因为周恩来总理关注到了爱情题材在革命文艺中的缺席现象，才有了那些电影的出现。

爱情在长篇小说中既已不能以"题材"的名义独立存在，那么在短篇中是否便被允许获"通行"了呢？

短篇中也几乎没有。

我当年读过一篇发表在《收获》上的短篇《悬崖》，内容似乎是写一名年轻的"机关同志"对自己处长的妻子动了那么点儿"爱"的心思，后经深刻反省，自行剪断情丝。篇名既曰《悬崖》，主题当然落在"勒马"上。在我的记忆中，似乎是忘年之交邓友梅写的。

"悬崖勒马"那么写也是不行的。

不久，我在某些文学刊物上就读到了大块儿的批判文章。

忘年之交陆文长当年也写过一篇《小巷深处》，内容是，一名新中国成立后被"改造成新人"的妓女，虽然已成"新人"，却没能重新获得爱和被爱的权利，小说对"她"极为同情。

一经发表，亦即遭批判。

短篇如此，诗歌不然吗？

诗啊，和爱情关系多么密切的文体呀！

也没有过什么纯粹的爱情诗。

著名诗人郭小川曾于当年写过一首《雪花飘飘的夜晚》，似乎试图突破禁区。发表不久，同样受到批判。而它一直被诗界私下里公认为诗人写得极好的一首诗。

还有一位诗人叫闻捷，就是在"文革"中遭审查时，与女作家戴厚英相爱过的那位诗人，一位很有才华的诗人。那一段被"禁止"的爱以他的自杀告终，在戴厚英心灵上也留下了极深的伤痕。

闻捷的诗中是很有几首大胆地咏叹爱情的，但他诗中恋爱着的人们，乃是新疆的少数民族，所以较为例外。倘是汉族，不知会怎样。

十七年中有过一首汉族词曲家创作的表达我们汉族爱情的歌曲吗？

没有。

"文革"一开始，那些作品中的爱情成分，皆定为作者们的罪状……

粉碎"四人帮"后，即从一九七七年到一九八七年的十年，亦即当代文学史称"新时期文学"的前十年，缺席了十七年加十年共二十七年的爱情，终于又被呼唤到文学作品中来了。比如：《枫》《老井》《被爱情遗忘的角落》

《挣不断的红丝线》《人生》《爱是不能忘记的》等。写出了以上爱情小说的作家，可以说都是我的朋友。路遥和张弦，已先后去世了。张弦和我的关系更密切些。他在当代作家中，我认为是相当有意识地为文学呼唤着爱情的。他尤擅长从女性的立场开掘爱情主题，而且在当年开掘得较深。此外，还有一位作家叫李宽定，当年写出系列的旨在表现女性命运的小说。他笔下的女性，命运的悲剧往往与爱情的失落同时经历着。张洁大姐当年为爱情在文学中的位置所发之声，也是影响很大的。此外和我同代的女作家中，铁凝与王安忆，在爱情题材的小说方面，当年也都有令人刮目相看的表现。

但那些关于爱情的小说，总体而言，都是破碎的爱、沉重的爱、受伤的爱、痛苦的爱、悲剧的爱、渴望复苏却难以复苏的爱。与诸位同学今天所读的爱情小说，是那么不同。

在此，我请诸位理解，说请多原谅也可以——刚刚经历了"文革"，他们笔下的爱情，又怎么可能不是那样的？！

"新时期文学"的后十年，即一九八七年至一九九七年的十年中，中国数次经历转型期，改革一波三折才获得了今天这么令世界瞩目的成果。而我这一代，以及我以上的几代作家，理念上又都认为文学应为促进时代变革发挥作用，因而笔触，往往会自觉不自觉地探入政治的、经济的、国家体制的等方面的沉疴痼疾中去……

中国爱情文学真正多起来，其实是二十世纪九十年代中期以后的事。

诸位既是大学生，也是中国的新生代，目前最"新"的，正知识化着的新生代，你们有权要求文学所涉及的题材更其广泛，你们有权要求看到你们喜欢看的爱情小说。是的，你们当然有权要求更合乎你们口味的爱情小说——正青春着，不读爱情小说；正初恋着，不读爱情小说。那还什么时候才读呢？难道等结了婚以后，有了孩子以后，为人父母了以后吗？那时的男人女人倘还热衷于读爱情小说，依我想来，对于他们的家庭，问题就严重了！

文学有责任考虑到正值青春期的男孩儿女孩儿，他们和她们的眼那是往往一定要睁大了在文学中浏览爱情的！

我自己，恐怕是难以在"爱情题材"方面殷忱倍增地为诸位"服务"了。

我没那能力了，也几乎没那热情了。

我猜，与我同代的"一小撮"，倘试图写出合乎你们口味的爱情小说，八成也不怎么容易。

但文学自有后来人啊！

长江后浪推前浪啊！

中国文学所处的时代，正空前地宽松着。

爱情会"大大的有"的！

你们倒是应多少有点儿思想准备，兴许它"呼啦"一下，泛滥得令你们的眼无处可躲……

关于爱情文学的"规律"

这个问题,可以肯定地告诉大家——不是我写作的长项。我也以小说、散文或杂感的文字形式对"爱情"说三道四过,但是从未认真思考爱情文学竟有哪些"规律"。

依我想来,倘爱情在现实生活之中是有"规律"的,那么将肯定反映于文学中。

爱情在现实生活之中究竟有无"规律"呢?我认为是有的。是什么呢?

我想,首先是爱上了一个人;其次是也争取被那个人所爱;最好是两件事同时发生。我只有这么可怜的一点儿常识。

同时发生的情况,通常叫双方"一见倾心",甚而"相见恨晚"。

倘一方已"名花有主",而另一方已为人夫,那么爱情对于双方,无疑地有点儿成为"事件"的意味了。这种"事件",如果成为文学、戏剧或影视的"中心事件",那么它们当然就是"言情"的了。言就是说,就是讲,就是写出来。这会儿我用这个词,毫无对爱情文学的轻慢企图。尽管非我长项。

比如《安娜·卡列尼娜》——在两句关于幸福的家庭和不幸的家庭的名言之后,托翁紧接着另起一行写道:"奥尔良斯基家里,一切都混乱了。"为什么呢?因为"妻子发觉了丈夫和他们家从前的一个法国女家庭教师有暧昧关系,她向丈夫声明她不能再和丈夫在一个屋子里住下去了。这样的状态已经继续了三天……妻子没离开自己的房间一步,丈夫三天不在家了。小孩子们像失了管教一样在家里到处乱跑……"

安娜是赶往哥哥家平息风波的,结果她在火车上遭遇了渥伦斯基,也与她命运的悲惨结局打了个照面儿……

托尔斯泰为什么不从火车站直接写起？奥尔良斯基与渥伦斯基在站台偶见，他向后者讲起了他那社交界人人皆知的妹妹，以及他那在全世界都很有名望的妹夫……

又为什么不干脆从火车上写起？坐在同一包厢里的渥伦斯基的母亲——同样也是贵妇的女人，正向安娜讲她那风流不羁的儿子……

不是因为别的，正是因为，托翁他有意一开始就将某一类爱情的发生当成一类"事件"来展现……

我不太了解女人对男人有多少种爱的方式。对于爱情在男人这儿的方式，我也仅能说出如下，并且是小说告知我的几种：

第一，情欲占有式——比如《卡门》，比如《白痴》。书中的男人因长期占有不成，杀死了女人。无论在生活中，还是在文学中，我认为都是男人可耻的行径。当然，两部作品的意图并不在于道德谴责。前者的创作显然更是由于塑造典型人物卡门而激发的；后者在于揭示出男人病态的强占欲……

第二，情愫怜惜式——比如《红楼梦》。黛玉不是大观园里唯一美的少女，也不是最美的。宝玉对她的爱，有"人生观"比较一致的原因，但另一个原因也许是，黛玉是在大观园里错综复杂的人际关系中，最容易陷入孤单无依之境的一个"妹妹"。除了是姥姥的贾母，谁还会真的替她的人生着想呢？所以宝玉一定要对她负起怜香惜玉的责任。生活之中许多男人对女人的爱，往往萌生于此点，或大量掺杂着那样的成分。文学作品中自然便不乏例子。宝玉和黛玉之间，甚至有点儿柏拉图的意味。他梦见秦可卿，与袭人初试云雨情，但与黛玉，虽心心相印，却又并不耳鬓厮磨，眉目传情。即或传，传的也常是各自心思。他们仅在一起偷看过一次《西厢记》罢了。宝玉对黛玉，是较典型的怜惜式的爱。是怜惜，不是怜悯。怜悯往往是同情的另一种说法。而怜惜，我以为，几乎是一个有性别的词，几乎专用以分析男人对女人的爱情才比较恰当。对象或人或物，都属娇弱、精致、易受损伤的一类，故"惜"之。"惜"是珍视之意。"惜"而甚，遂生出"怜"。"怜惜"一词，细咀嚼之，有怕，有唯恐的意味。怕自己"惜"得不周，怕所"惜"之人或物，结果真的被损伤了。因为太过精致，便又是经不起损伤的，属于须"小心轻放"一类。黛玉各方面都是个太过精致的人儿。故宝玉爱她，每爱得小心翼翼。在宝玉，是心甘情愿；在黛玉，是她最为满足的一种被爱的感觉。太过精致的人儿，所祈之爱，每是那样的……

第三，负罪式。比如《复活》。

第四，纨绔式。比如《悲惨世界》中芳汀的命运，便是由纨绔的大学生造成，他们"只不过是想开心开心"。

第五，背信弃义式。如《杜十娘》中的李甲。

第六，心胸狭隘的例子，如《奥赛罗》。自尊刚愎的例子，如高尔基的《马卡尔·楚德拉》——女人要向她求婚的男人当众吻她的脚。她并不是不爱他，但她高傲得那样，一种特质的草原游走部落女人的高傲性格；结果他当场杀死了她，随后才跪下吻她的脚。义无反顾，宁要爱情不要王位的例子，那就算温莎公爵做得最干脆了……

女性对男人的爱，以文学作品而言，从前打动我的是《茶花女》和《简·爱》，《乱世佳人》也是不能不提的，那是双方都很执着的一种爱。执着，又企图驾驭对方。双方终于还是谁也没有驾驭得了谁，于是只有爱吧！某种爱有克服一切外在的和内心障碍的能量。

我理解诸位提出你们的问题，其实是在想——如果有些规律，循而写之，不是讨巧吗？那么，在现实生活中，有谁是预先谙熟了爱情的一切规律再开始恋爱的吗？循着所谓创作的规律去写作，那也只能写出似曾相识的作品。当然我也很不赞同"想怎么写就怎么写"的主张。无论在现实生活中，还是文学作品中，爱情发生和进行的过程本质上都是差不多的，甚至可以说是千篇一律，连在神话中都是这样。靠什么区别？——靠情节。靠什么使那情节可信而又有吸引阅读的魅力？——靠细节。诸位若有心表现校园里的爱情"事件"，常觉力不从心的是什么，我猜首先是情节和细节两方面。情节司空见惯也没什么，爱情本身就是司空见惯的现象。但为一写而储备的细节也司空见惯，那就还不到该落笔的时候。如果根本没什么细节储备，那就先别急着铺开稿纸。当然，现在诸位都不像我这样用笔写了——那就先别急着开启电脑。开启了，十指频敲，也是敲不出多少意思的。

有一种现象是——企图靠修辞替代细节，而那是替代不了的。一个好的细节，往往胜过几大段文字，反过来并不是那样。以为单靠情节就不必在细节上费心思，那也是徒劳的。谈开去，中国影视，在哪些方面往往功亏一篑？——细节呀！人们对《英雄》颇多微词，以我的眼看，几乎没有剧情细节，而只有制作的细腻。

情节是天使；细节是魔鬼。

天使往往不太超出我们的想象，一旦出现，我们接着能预料到怎样；魔鬼却是千般百种的，总是比天使给我们的印象深得多……

我曾鼓励我的选修班的同学写校园爱情。校园里既然广泛发生着爱情，为什么不鼓励写呢？几名女生也写了，写得很认真。但我又不知如何看待，连意见也提不出。因为我此前没思想准备，不知校园里爱情也进行得如火如荼，不了解当代学子的恋爱观，甚至不了解诸位都在什么时候什么情况下幽会……

所以在指导校园爱情文本写作方面，我很惭愧，自觉对不起我的学生。但以后我会以旁观的眼注视大学校园里的爱情现象。旁观者清，那时我或会有点儿建议和指导什么的……

沉思鲁迅

在阴霾的天穹上,凝聚着一团大而湿重的积雨云——我常想,这是否可比作鲁迅和他所处的时代的关系呢?那是腐朽到了糜烂程度而又极其动荡不安的时代。鲁迅企盼着有什么力量能一举劈开那阴霾,带给他自己也带给世人,尤其中国底层民众,又尤其许许多多迷惘、彷徨,被人生的无助和民族的不振所困扰,连呐喊几声都将招致凶视的青年以光明和希望。然而他敏锐的,善于深刻洞察的眼所见,除了腐朽和动荡不安,还是腐朽和动荡不安。更不可救药的腐朽和更鸡飞狗跳的动荡不安。

他环顾天穹,深觉自己是一团积雨云而孤独。他是他所处的时代特别嫌恶然而又必然产生的一个人物。正如他嫌恶着它一样。

于是他唯有以他自身所蕴含的电荷,与那仿佛密不可破的阴霾,亦即那混沌污浊的时代摩擦、冲撞。中外历史上,较少有一位文化人物,自身凝聚过那么强大的能量。对于中国,那能量超过了卢梭之对于法国。然而相对于他所处的时代,那也只不过是一种凄厉的文化的声音而已。他在阴霾的天穹上奔突着,疾驰着,迫切地寻找着或能撕碎它的缝隙。他发出闪电和雷鸣,即使那时代的神经紧张,也义无反顾地消耗着自己。既不能撕碎那阴霾,他有时便恨不得撕碎自己,但求化作多团的积雨云,通过积雨云与积雨云,也就是自身与自身的摩擦、冲撞,击出更长的闪电和更响的雷鸣……

这,是否便是中国近代文化史上的鲁迅呢?

鲁迅当然是文学的。

文学的鲁迅所留给我们的文本,不是多得足以"合并同类项"的文本中的一种，而是分明地区别于同时代任何文本的一种。鲁迅的文学文本，是迄今为止最具个性的文本之标本。它使我们明白，文学的"个性化"意味着什么。鲁迅更其是文化的。

文化包括文学。所以鲁迅是很"大"的。倘仅以文学的尺丈量鲁迅，在某些人看来，也许鲁迅是不伦不类的；而我想，也许所用之尺小了点儿。

仅鲁迅一个人，便几乎构成中国近代文学和文化史上不容忽视的一页了——那便是文化的良知与一个腐朽到糜烂程度的时代之间难以调和、难以共存的大矛盾。

倘中国近代文学和文化史上无此页，那么我们今人对它的困惑将不是少了，而是多了。文学体现于个人，有时只需要一张写字桌。文化体现于个人，有时只需要黑板和讲台。文学家和文化，有时只需要阴霾薄处的似有似无的微光的出现；有时仅满足于动荡与动荡之间的假幻的平安无事。

文学和文化处在压迫它的时代，那是也可以像吊兰一样，吊着活的。这其实不必非看成文学和文化的不争，也是可以换一个角度看成文学和文化的韧性的。

然而鲁迅要的不是那个。满足的也不是那个。倘是，中国便不曾有鲁迅了。鲁迅曾对他那时代的青年说过这样的话：第一是要生存；第二是要温饱；第三是要发展。其实在某些时代的某些情况之下，一切别的人们，所起码需要的并不有别于青年们。

鲁迅的激戾，乃因他每每的太过沮丧于与他同时代的文化人士，不能一致地、迫切地、义无反顾地想他所想，要他所要。因而他常显得缺乏理解，常以他的"投枪和匕首"伤及原本不愿与他为敌，甚至原本对他怀有敬意的人。

于是使我们今人不得不面对这样一个事实——战斗的鲁迅有时候也是偏执的鲁迅……在四月的春寒料峭的日子里，在沙尘暴一次次袭扑北京的日子里，在停了暖气家中阴冷的日子里，我又沉思着鲁迅了。事实上，近几年，我一再地沉思过鲁迅。

这乃因为，鲁迅在近几年的大陆文坛，不知怎么，非但每成热点话题，而且每成焦点话题了。

不知怎么？

不对了。

细细想来，对于鲁迅重新进行评说的文化动向的兴起，分明是必然的。有哪一位中国作家，在半个世纪之久的中国，尤其是在八十年代以前的三十年里，其地位被牢牢地神圣地巩固在文化领域乃至社会思想理论领域甚至政治意识形态领域呢？除了鲁迅，还是鲁迅。在中国，在八十年代以前的三十年里，在以上三大领域，鲁迅实在是一个仅次于毛泽东的名字。而鲁迅的书，则是仅次于《毛泽东选集》的书。而鲁迅的言论，则是仅次于《毛主席语录》的言论。在"文革"中，鲁迅的言论被正面引用的次数，仅次于《毛主席语录》被引用的次数。

我确信，倘鲁迅当年活在世上，肯定是不情愿的。倘不情愿而又无可奈何，那么他内心里肯定是痛苦的吧？其痛苦肯定大于他感到被曲解、误解、攻击和围剿的痛苦吧？在人类的历史长河中，某些著名的人物，生前或死后被当成别人们的盾别人们的矛的事是常有的。鲁迅也被不幸地当成过，不是鲁迅的不好，是时代的浅薄。"文革"不仅是疯狂的时代，而且是理性空前浅薄的时代。那样的一个时代的特征就是特别的需要可披作"虎皮"的大旗，鲁迅在死后而不是生前被当成那样的大旗，又何尝不是他的幸运……

又，鲁迅生前论敌甚多，这乃是由鲁迅生前所贯操的杂文文体决定了的。或曰造成的。杂文是议论文体。既议人，则该当被人所议。既一一议之，则该当被众人所议。纵然论事，也是难免议及于人的。于是每陷于笔战之境。以一当十的时候，便形成被"围剿"的局面。鲁迅的文笔尖刻辛辣，每使被议者们感到下笔的"狠"。于是招致以眼还眼，以牙还牙。鲁迅是不惧怕笔战的。甚至也不惧怕孤家寡人独自"作战"，而且具有以一当十百战不殆的"作战"能力，故在当时的中国文坛，形象就很无畏。"东方不败"的一种形象。又因他在当时所主张的是"普罗文化"亦即"大众文化"，而"大众"在当年又被简单地理解成"无产阶级"，并且他确乎地为他的主张每每剑拔弩张，奋不顾身，所以后来受到毛泽东的高度评价，称颂其为"伟大的无产阶级文化的战士和旗手"。

有人对鲁迅另有一番似乎中性的客观的评价。那就是林语堂。

他曾写道：与其说鲁迅是文人，还莫如说鲁迅是斗士。所谓斗士，善斗者也。闲来无事，以石投狗，既中，亦乐。

大致是这么个意思。

林语堂曾与鲁迅交好过的。后来因一件与鲁迅有关与自己一点儿关系都没有的稿费争端之事，夫妇二人欣然充当斡旋劝和的角色，结果却说出了几句使鲁迅大为反感的话。鲁迅怫然，林语堂亦怫然，悻悻而去。鲁迅在日记中记录当时的情形是"相鄙皆见"四个字。

从某些人士的回忆录中我们知道，鲁迅其后几日心事重重，闷闷不乐。

鲁迅未必不因而失悔。

而林语堂关于"斗士"的文字，发表于鲁迅逝世后，他对鲁迅曾是尊敬的。那件事之后他似乎收回了他的尊敬。而且，二人再也不曾见过。

林语堂不是一位尖刻的文人。然其比喻鲁迅为"斗士"的文字，横看竖看，显然地流露着尖刻。但若仅仅以为是百分之百的尖刻，又未免太将林语堂看小了。我每每品味林氏的文字，总觉得也是有几分替鲁迅感到"何必"的意思在内的。而有了这一层意思在内，"斗士"之喻与其说是尖刻，莫如说是叹息了。起码，我们后人可以从文字中看出，在林语堂眼里，当时某些中国文坛上的人，不过是形形色色的"狗"，并不值得鲁迅怎样认真地对待的。如某些专靠辱骂鲁迅而造势出名者。那样的某些人，在世界各国各个时期的文坛上，是都曾生生灭灭地出现过的，是一点儿也不足为怪的。

鲁迅讨伐式或被迫迎战式的杂文，在其杂文总量中为数不少。比如仅仅与梁实秋之间的八年论战（与抗日战争的年头一样长），鲁迅便写下了百余篇长短文。鲁迅与论敌之间论战，有的发端于在当时相当严肃相当重大的文学观的分歧和对立。论战双方，都基于某种立场的坚持。都显出着各所坚持的文学的，以及由文学而引起的社会学方面的文人的或曰知识分子的责任感。有的摆放在今天的中国文坛上，仍有促使我们后代文学和文化人士继续讨论的现实意义。有的由于时代的演进，自行化解，自行统一，自行达成了共识，已无继续讨论,更无继续论战的现实意义。而有的论战的发端,即使摆放在当时来看,也不过便是文化人和知识分子之间的一向文坛常事。孰胜孰败,是没什么非见分晓的大必要的……

然而一九四九年以后,鲁迅的名副其实的论敌们,或准论敌们,或虽从不曾打算成为鲁迅的论敌,却被鲁迅蔑斥为"第三种文人"者,都纷纷转移到香港、台湾乃至海外去了。我们今人,谁也不能不说他们当时的转移是明智的。而没有做那种选择的,后来的人生遭遇都是那么的令人唏嘘。

我读鲁迅,觉得他的心还是特别的人文主义的。并且确信,鲁迅是断不至于也将他文坛上的论敌们,视为不共戴天的仇敌,时刻欲置之死地而后快的。他虽写过《论"费厄泼赖"应当缓行》,那也不过是论战白热化时文人惯常的激烈。正如梁实秋当年虽也讽刺鲁迅为"一匹丧家的'乏'牛",但倘自己得势,有人主张千刀万剐该"牛",甚或怂恿他亲自灭掉,梁实秋也是会感到侮辱自己的。

我近日所读关于鲁迅的书,便是华龄出版社出版的《鲁迅梁实秋论战实录》。正是这本书,使我再次沉思鲁迅,并决定写这篇文字。书中梁实秋夫妇与鲁迅孙子周令飞夫妇的台北合影,皆其乐融融,令人看了大觉欣然。往事作史,尘埃落定,当年的激烈严峻,现今竟都变得轻若绕岭游云了。我想,倘鲁迅泉下有知,必亦大觉欣然吧?

鲁、梁当年那场持久论战,在我读来既是必然发生的"战役",也未尝不是"剪辑错了的故事"。

鲁迅的经历,决定了他是一位深深入世,抛尽了一切出世念头,并且坚定不移地确定了自己入世使命的文化知识分子。

鲁迅书中曾有这样的话:

说从前好的,自己回去;

说现在好的,留在现在;

说将来好的,随我前去!

那与其说是豪迈的鼓呼,毋宁说更是孤傲的而又略带悲怆意味的个人声明——他与他所处的"现在",是没什么共同语言的。他对社会、国家和民族的寄托,全在将来!而他的眼从"现在"的大面积的深而阔的伤口里,已看到正悄悄长出的新肌腱的肉芽!

今天,我们当代中国之文化人和文化知识分子,与其非要从鲁迅身上看清他原来也不过怎样怎样,还莫如以历史为镜,为鉴,照出我们自己之文化心理上的不那么文化的疤痂。

当然,鲁迅斥梁实秋为"资本家的'乏'走狗",也是只图一时骂得痛快,直往墙角逼人。研读梁实秋与鲁迅的论战文字,谁都不难得出一个公正的结论,即梁实秋谈的是纯粹的文学和文化之事,如其在大学讲台上授课。二十四岁从美国哈佛大学文学院获得了硕士学位归国任教的梁实秋,当年显然是属于这样一类知识分子——只要垫平一张讲课桌由其讲授文学的课程,课堂以外之事是既不愿关心更不愿分心而为的。当年此类文化知识分子为数是不少的。《青春之歌》中的余永泽,身上便有着他们的影子。当然在持革命人生观的当年的青年们看来,那是很不足取的。其实,倘我们今人平静地来思考,却更应该从中发现这样一种人类普遍的生存规律,那就是——只要天下还没有彻底的大乱,甚或,虽则天下业已大乱,但凡还有乱中取静的可能,人类的多数总是会一如既往地做他们想做和一向做的事情的:小贩摆摊、游民流浪、瘾君子吸毒、妓女卖淫、工人上班、农夫下田、歌女卖唱、叫花子行乞、私塾先生教三字经百家姓千字文、大学教授备课授课、学子们孜孜以学……哪怕在集中营里,男人和女人也要用目光传达爱情;哪怕在前线的战壕里,有浪漫情怀的士兵,也会在冲锋号吹响之前默诵他曾喜欢过的某一首诗歌……梁实秋的"悠悠万事,唯文学为大",正符合着人性的较普遍之规律。深刻如鲁迅者,认为是苟活着并快乐着。但是若换一种宽厚的角度看待之,也未尝不是人性的普遍性的体现。对于梁实秋的"文学经"的种种理论,鲁迅未必能全盘驳倒批臭。因为分明的,仅就文学的理论而言,梁实秋也在不遗余力地传播着他自美国接受的一整套体系,并且认为是他的使命和责任。正如鲁迅认为自己做"普罗文学"的主将和旗手是义不容辞之事。

如果说鲁迅倡导"普罗文学",即"大众文学",无论当时或现在都有积极的意义;那么他根本否定"第三种文人"也就是根本否定第三种文学和文化，亦即超阶级意识的文学和文化的存在价值，则是大错特错了。在此点上鲁迅其实是自相矛盾的。因为他甚至连对古代艳情禁毁小说都曾笔下留情，表现包容的一面。在此点上，他使本来尊敬他的某些人，后来也对他敬而远之了。而此点对新中国成立以后的中国文学和文化的负面影响之深远，当然是鲁迅所始料不及的吧？令我们今人重审鲁、梁之间当年的"持久战"，不能不替我们这一代人特别崇敬的鲁迅感到遗憾，甚至感到几分尴尬。

如果说梁实秋传播经典文学之所以成为经典的某些确是真知灼见的理论，尤其试图引西方的文学理论指导中国的文学实践，此念虔诚，并且是有功之举；那么他当年同时以极为不屑的态度嘲讽"大众文学"的弱苗是在今天也有必要反对的。按他当年的标准，《阿Q正传》《骆驼祥子》《祥林嫂》《为奴隶的母亲》《八月的乡村》等简直就登不了文学的大雅之堂了。

而可以肯定的是，梁实秋现在是会放弃他当年的错误的文学立场的。他比鲁迅幸运。因为他毕竟有矫正错误的机会。永远沉默了的鲁迅，却只有沉默地任后人重新评说他当年的深刻所难免的偏激和片面而已。正应了"文章千古事，落笔细思量"一句话。想想令我替文人们悲从中来……一位在自身所处的时代鱼缸里的鱼似的，游弋在文学的，而且是所谓高雅的那一种文学的理论中；一位在自身所处的时代，倍感周遭伪朽现实的混浊，以及对自己造成的窒息；一位在当年专以文学论文学；一位在当年借杂文而隐论国家，隐论民族——根本是表象上"杀作一团"，实质上狭路撞着各不礼让的一场论战，是文学和文化在那个时代空前浮躁的一种现象。正如今天的文学和文化也受时代的影响难免浮躁。

俱往矣！

社会之所以不管怎样的病入膏肓，却毕竟总还"活"着，乃因有人在不懈地做着对我们和我们的下一代极为必要之事；而时代之所以变革，则乃因有勇猛的摧枯拉朽者。

两者中都有值得我们钦佩的。鲁迅——旧中国阴霾天穹上，一团直至将自己的电荷耗尽为止的积雨云。鲁迅又如同星团，而别人们，在我看来，即或很亮过，也不过是星。星团大过于星……

沉思闻一多

多么异常呵，想到一位写了那么多好诗的诗人，首先想到的竟不是他的诗，而是他的死！

他那些如丝一样缠绵，如泉一样明澈，如花一样美丽，如火一样热烈，如瀑布一样激情悬泻，如儿童的哭诉一样打动人心的诗啊——在诗人死后五十六年的这一个夏季，在一个安静的中午，我首先想到的竟不是他的诗，而是他鲜血溅流的死！

斯时亮丽的阳光，洒在他的诗集，和他厚厚的年谱上。

而诗人的死，竟是因为——他不但爱诗，而且，像爱诗一样爱我们的国！

多么压抑呵，想到闻一多，首先想到的竟不是他的才华，不是他的学者气质、教授风范，甚至也不是他那为我们后人所极为熟悉的，嘴角叼着烟斗忧郁地思考着的样子，而是他付出了生命代价的拍案而起！

就因为他的拍案而起，他就成了敌人——成了他所处的时代的特务们的敌人！成了特务们背后的戴笠们的敌人！成了戴笠们背后的蒋介石们的敌人！进而成了整个独裁统治机器的敌人！

而诗人竟也就索性倔然傲然地，以自己是一个敌人的姿态，挺立在他的立场上无所畏惧地挑战了：

"今天，这里有没有特务！你站出来，是好汉的站出来！你出来讲！凭什么要杀死李先生！……"

"前脚跨出大门，后脚就不准备再跨进大门！"

而诗人原本是那么地善良，那么地主张平和，那么地对世界充满了理想主义的憧憬；连是诗人，也曾是一位打算一生"为艺术而艺术"的"新月派"的诗人，即使面对专制得特别黑暗的现实，也不过仅仅将他的一捧捧悲愤糅入他的诗句里……

这样的一位近代诗人惨遭杀害，那么古代的诗人杜甫也就合当被砍头了！

然而杜甫却并非死于非命。

然而闻一多却被子弹像射击敌人一样地杀害了，而且是卑鄙的背后射击。

想来，那样的一种时代，它确乎的已走进了尽头。

想来，那样的一种独裁统治，它确乎的已该灭亡。

想来，一种连抒情诗人也被逼得变成了斗士的时代和政治，肯定是一种坏到了极点的时代和坏到了极点的政治。虽然它本身坏到了那样一种程度，是由于诸多内外矛盾的冲撞导致的结果。虽然在那样一种情况之下，连诗人也变成了斗士，往往意味着是历史的决定。正如普罗米修斯的盗火，是由于听到了人间的呼救之声。

想来，一种好的时代和政治，它似乎应该是没有什么斗士的时代。那时诗人只爱诗不再是逃避现实的选择。那时诗人只爱诗也即意味着爱国。那时诗即诗人的国。而且不被误解。

那时如闻一多一样的诗人，将以另外的一颗心灵感觉着《红烛》；将以另外的一双眼睛注视着他的《发现》。

想来，尽管我们后人将诗人之死祭在肃然起敬的坛上；尽管诗人当得起我们后人永远的缅怀和纪念；尽管我们永远称颂诗人的无所畏惧——但是一想到诗人被特务的子弹所射杀这种事情，我们还是会不禁地一阵阵心痛啊！正如闻一多是那样地心痛李公朴的死。正如李公朴们是那样地心痛万千底层百姓的挣扎着的生存……

多么自然啊，在首先想到诗人的死之后，我更感动于他的《红烛》了；我也更理解他的《发现》了，更能体会到他面对《死水》的喟叹了，更能以珍惜的心情看待他那些极浪漫极抒情的诗篇了。由那么纯粹的浪漫和抒情到《发现》的如梦初醒到面对《死水》的嫌恶，该是何等痛苦的一个过程啊！如果这过程反过来，无论对诗人还是对一个国家，该是多么值得庆幸的事啊！中国为此，成了世界近代史上付出生命代价最最巨大的一个国家。而尤以诗人闻一多的死，在当时最震骇了它。

因为诗人只不过对暗杀的行径，表达了他作为一个国人终于难以遏制的愤慨。

> 红烛啊！
> 这样红的烛！
> 诗人啊，
> 吐出你的心来比比。
> 可是一般颜色？

写出这样诗句的诗人，仿佛早已预示下了，他将为他爱诗般爱着的国，溅淌出比红烛的颜色更红的鲜血……

> 我来了，我喊一声，迸着血泪，
> "这不是我的中华，不对，不对！"
> 我来了，因为我听见你叫我；
> 鞭着时间的罡风，擎一把火。
> 我来了，不知道是一场空喜。
> ……
> 那不是你，那不是我的心爱！
> 我追问青天，逼迫八面的风，
> 我问，拳头擂着大地的赤胸。
> 总问不出消息；我哭着叫你，
> 呕出一颗心来，——在我心里！

写出这样诗句的诗人，分明已在宣告着，他为了他的国，是肯于连地狱也下的。一切诗人之所以是诗人，皆发乎于对诗的爱。却并非所有爱诗的诗人都同时爱国。有的诗人仅仅爱诗而已，通过爱诗这一件事而更充分地爱自己；或兼及而爱自然，而爱女人，而爱美酒……这样的诗人，永远都是任何一个时代所不伤害的，甚至是恩宠有加的。这样的诗人的命况永远是比较安全的。即使沦落，也起码是安全的。有的诗人，却被时代所选择了去用诗唤醒大众和民族。他们之成为斗士，乃是不由自主的责任。因为他们之作为诗人，几乎天生的已有别于别的诗人。当他们感觉他们的诗已缺乏斗士摧枯拉朽的力量，他们就只有以诗人之躯，拼着搭赔上他们的鲜血和生命了。

相对于一个国家，如爱诗爱自然爱女人一般爱国的诗人，都有着诗人的大诗心。

相对于我们的世界，如爱诗爱自然爱女人一般用诗鼓呼和平的诗人，都是更值得世界心怀敬意的。在他们的诗面前，在他们那样的诗人面前。

中国台湾有一位诗人叫羊令野，他写过一首咏叹红叶的诗：

> 我是裸着脉络来的，
> 唱着最后一首秋歌的，
> 捧出一掌血的落叶啊！
> 我将归向我第一次萌芽的土……

闻一多，一九四六年的中国之一片"捧出一掌血的落叶！"一支迎着罡风奋不顾身地点燃了自己于是骤然熄灭的红烛！

他原本是"裸着脉络"为诗而来到世界上的，却为他的国的民主和伸张政治之正义，而卧着自己的血归于他"第一次萌芽的土"。那土地一九四六年千疮百孔。

在世界近代史上，他是唯一一位被子弹从背后卑鄙地射杀的诗人。

虽然我们想到他时，首先想到的是他的死，其后才是他的诗——却也正因为这样，他的诗浸着和红烛一样红的血色，渲透了文学的史，染红了叫作"中华人民共和国"的一个新国家之诞生的生命史。……

闻一多这个名字因而本身具有了交于一切诗的诗性……

巴金的启示

巴金老人在世时，我是见到过他两次的。

第一次是一九七七年五月二十三日，上海举行纪念毛泽东《在延安文艺座谈会上的讲话》的活动。一次规模很大的活动。正式出席的有三百余人，曰"代表"。前一年十月已经粉碎了"四人帮"，而我那一年的九月毕业。我是以复旦大学中文系特约学生"代表"的身份参加的。复旦大学中文系也就分到了一个学生"代表"的名额。我之所以将"代表"二字括上引号，乃因都非是民主方式选举产生的，而是指定的。

于我，那"代表"的资格是选举的也罢，是指定的也罢，性质上都是没有什么区别的——无非就是一名在校的中文系学生参加了一次有关文艺的纪念活动而已。如今想来，对于当时那三百余位正式"代表"而言，意义非同小可。正因为都是指定的，那体现着粉碎"四人帮"以后的中国政治，对众多文艺界人士的一种重新评估；一种政治作用力的、而非文艺自身能力的、展览式的、集体的亮相。中老年者居多，青年寥寥无几。我在文学组，两位组长是黄宗英老师和茹志鹃老师；我是发言记录员。文学组皆老前辈，连中年人也没有。除了我一个青年，还有一名华东师大的女青年，也是中文系的在校生。

巴金老人当年便是文学组的一名"代表"，还有吴强、施蛰存、黄佐临等。我虽从少年时期就喜爱文学，但对于有些名字我是极其陌生的。比如施蛰存，我就闻所未闻。我少年时期不可能接触到他的作品。新中国成立后，除了某些老图书馆，新建的图书馆包括大多数大学的图书馆里，根本寻找不到他的作品。新中国成立后，他的作品大约也是没再版过的吧？考虑到学科的需要，复旦大学中文系的阅览室虽然比校图书馆的文学书籍更"全面"一些，虽然我几乎每天都到阅览室去，但三年里既没见过施蛰存的书，也没见过林语堂、梁实秋、胡适、徐志摩、张爱玲、沈从文的书。这毫不奇怪。新中国成立后，尤其是"文革"中，全国一概的图书馆，是被一遍一遍篦头发一样篦过的。他们的书不可能被我这一代人的眼所发现。

然而，巴金老人的书当年却是赫然在架的。

如今想来，我觉得巴金老人比起他们，那还是特别幸运的。作为作家，他虽然在"文革"时期被"冰冻"了起来，但是他的作品，毕竟还能在一所著名大学中文系的阅览室里存在着。

尽管粉碎"四人帮"了，但文学老人们在会上的言语既短少又谨慎。在会间休息，相互之间的交谈那也是心照不宣，以三言两语流露彼此关心的情谊而已。每个人的头上，依然还戴着"文革"中乃至自从新中国成立以后被强加的莫须有的罪名。那是一些依然戴着这样或者那样的罪名却又蒙幸参加纪念活动的"代表"。

由于我几乎读过巴金老人的那时为止的全部作品，对他自然是崇敬的。上楼下楼时，每每搀扶着他。用餐时，也乐于给前辈们添饭，盛汤。但是我没和他交谈过。心中是想问他许多关于文学的问题的，但又一想肯定都是他当时难以坦率回答一个陌生的文学青年的问题，于是不忍强前辈所难……

第二次见到巴金老人，是在上海，在他的家里。已忘记了我到上海参加什么活动。八九人同行，又是我最年轻。内中还有当时作协的领导，所以我一言未发，只不过从旁默默注视他。也可以说是欣赏一位文学老人。那一年似乎是一九八五年。他已在一年前的第四届作代会上被选为中国作协主席。

那一次他给我留下的印象用两个字就可以概括——慈祥。

后来巴金老人出版的几本思想随笔，我也是很认真地读过的。

对于我个人，他那一种虔诚的忏悔意识和要求自己以后说真话的原则，给我留下深刻印象。于今，前一种印象越来越淡薄了，后一种印象更加深刻了。依我想来，当政治的巨大脚掌悬在某些人头上，随时准备狠狠踩踏下去的时候，无论那些人是知识分子抑或不是，由于懦弱说了些违心的话——那实在是置身事外的人应该予以理解和原谅的。后来人说前朝事也罢，在安全的方位抱臂旁观也罢。尤其那违心话的性质仅仅关乎自己对自己的评价的时候，并没有同时牵连别人安危的时候。巴金老人在"文革"中所说某些违心话，便是如上的一些话而已。他当选中国作协主席以后，对自己所做的反思和忏悔，自然是极可爱极可敬的，也完全值得我们后辈尤其是后辈知识分子学习。但若将中国发生"文革"那样的事情与中国知识分子应该集体地怎样居然没有集体地怎样直接联系起来进行评判，我则认为是很小儿科的评判。巴金老人自己并没用他的文字发表过以上的言论。但以上言论"文革"后一直是有的。它的小儿科的性质乃至于——忽略了相对于政治的巨大脚掌，一个或一些被剥夺了话语权的知识分子，几乎便渺小得形同蝼蚁这样一个事实。我以为正确的评判的立场也许恰恰相反，首先应该受到谴责的是那一只巨大的脚掌。它不该那么不道德，它怎么又偏可以那么不道德地肆无忌惮呢？这一定有它自身的规律。将思想的方向一味引向对知识分子的分析，恰恰会使真正值得深入分析并大声说出分析结果的现象，于是获得赦免。在中国知识分子不知怎么一下子热衷于分析知识分子自身的过剩的思想泡沫中，我以为真正值得深入分析的现象，在中国还一直并没有被分析得多么深入。也可以说，实际上几乎等于获得了赦免。

以我的耳听来，违心的话，热衷于而渐成习惯的假话、套话、照本宣科的毫无个人态度的话，总之，等等令人听了心里恼火大皱其眉的高调门儿的话，委实还是太多了！

巴金老人自己并不好为人师。他从未摆出诲人不倦的面孔，以知识分子导师的话语和文章来"告诫"要求中国知识分子"应该"说真话。所以我将"应该"括上引号，也将"告诫"括上引号。巴金老人只不过通过解剖分析和批判自己以身作则。

而依我的眼看，他的以身作则是起到了一定影响作用的。而依我的耳听，假话虽仍此起彼伏不绝于耳，但是真正发自中国知识分子之口的假话，确乎比以往的任何年代都少了。中国知识分子已找回了一点儿说假话应该感到的羞耻。尽量说真话；难以坦陈真言之时便不说话；尽量避免说假话、套话；以不进谄言不说媚语为底线……是的，我以为大多数知识分子，对于自己话语是逐渐具有一种较为自尊自重的原则态度了。假话现象，分明已像云朵一样，随风积聚到另外的平台上去了。恕我直言——官场上的假话目前最多，坏影响也最大。出于知识分子之口的假话现象固然是少了，但并不意味着人们同时从知识分子口中听到的真话于是多了。依我的眼看来，依我的耳听来，仅仅说格外保险的"知识"话语的知识分子多了。知识分子总是不甘寂寞的。既为知识分子，干脆只言说"知识"，确乎明哲保身，于是蔚然成风。这是一种仅仅飘浮在关于中国知识分子的话语品质的底线之上的现象。这不是一个高标准。但相比于从前的年代，总归也还算是一种进步。有底线毕竟比完全没有好。然而依我的眼看来，依我的耳听来，民众对于中国知识分子的期望，是越来越变成失望了。民众对知识分子的要求显然比知识分子目前对自身的要求高不少。民众企盼知识分子能如古代的"士"一般，多一些社会担当的道义和责任。我们太有负于民众了。我自己从青年时期便幻想为"士"，然而我自己的知识分子原则，也早已从理想主义的高处，年复一年地，徐徐降下在底线的边缘了。

于是每每联想到冰心老人生前写过的一篇短文——《无士当如何？》。

有时我甚至想——也许中国人对中国知识分子（这里主要指的是文化知识分子）的社会定位太过中国特色也太过超现实主义了吧？也许"士"的时代只适合于古代吧？正如"侠"的时代和骑士的时代，只能成为人类的历史？

但已降在文化知识分子人格底线边缘的我，对于自己说假话还是不能不感到耻辱；倘听到我的同类说假话还是不能不感到嫌恶。真话不一定总是见解正确的话。不是"二百五"的人也一定应该明白——对于许多事情，正确的话那肯定不会仅仅发自一个社会发言的立场。有时发自两个截然不同甚至对立的立场的社会发言，往往各有各的正确性。而假话，却肯定是粘带着千般百种的私利和私欲的话。故假话里产生不了任何有益于社会公利的意义。即使不正确的真话，也将一再证明着人说真话的一种极正当的极符合人性的权利。

什么时候，假话终于没了大行其道八面玲珑的市场；或即使不正确的真话，也不再是一种罪过——那时，只有那时，真话里才能产生真正的思想力。

用不说假话的原则来凸显出假话的丑陋；在这个底线前提下，我相信，中国文化知识分子的担当道义，总有一天会成为一种令民众满意的角色特征。

不能保护，难以文明

谈到文明，人们每言构建。所以，我们的地球家园，构建之成果比比皆是，但文明缺憾，同样比比皆是。而这一反差，在我们中国，分明更是不争的事实。

近年，情况确乎好转了不少。普遍的我们的同胞，都渐渐开始明白自然生态环境、历史遗址、野生动物需要加以保护的道理了。这是值得欣慰的。单说在保护野生动物方面，我国制定的法律法规越来越多，越来越细了；监管的力度，也越来越大了。但保护它们，是否真的成为我们的本能了呢？我不敢妄下结论。

不久前的一天，偶然听到几个孩子在争论，引起了我的思考。一个孩子说："你属蛇的，我顶怕蛇了，你叫我怎么能跟你成为好朋友呢？"属蛇的孩子说："别怕我，世界上如果没了蛇，老鼠就成灾了……""那又怎么样？用药把老鼠都药死！""要是没有了老鼠，蛇吃什么？连蛇也没有了！""谁在乎世界上有没有蛇了呀！""没有了蛇，以后的人连蛇的印象都没有了！""没有就没有！你有龙的印象吗？你有凤的印象吗？你不照样活得好好的？影响你什么了呀？""对人类有影响，生物链会断掉的！""又扯什么生物链了！恐龙都灭绝了，人类少点儿什么了呀……"这些个孩子争论不休。于是我又联想到了另一件事，几位朋友相聚，其中一人知道我也是野生动物保护协会的特邀作家，不无挖苦意味地说："野生动物当然是应该保护的，但我最烦夸大其词的宣传，仿佛少了某一物种，人类就会灭绝似的！至于吗？我问你，少了鳄鱼，人类的命运真的就大难临头了吗？"

我一时不知该怎么回答。

"对于那些死于黑矿井、黑砖窑的农民工,你们这种人多一些悲天悯人的情怀不是更好吗?"他的第二句话,令我面红耳赤,许久哑口无言。

接连数日,我一直在想那些孩子们的争论和那位朋友的挖苦。现在,终于思考出了一点儿心得,便是生物链之学说,我个人是信服的,但那是生态学方面的很专业的道理。许许多多我们的国人,其实是半信半疑的。要使一个生活在北京的中国人相信非洲草原上如果消失了鬣狗对自己会直接构成多大危害,个中道理肯定是大费口舌的。即使信了,那也不过是由于对自然法则的一种害怕。害怕报复而已。人心有敬畏,当然比没有好。

但仅仅有畏惧,似乎还不够,还不足以证明文明。因为远古的我们的先祖,其实内心对自然界种种现象的敬畏,比今人多得多。但他们不仅互相残杀,还人吃人。

我的意思是——对自然生态环境的保护,如果于害怕报复的心理之外,再加上"感恩"二字来认识,也许才更容易成为深深植根于心的本能意识。而对野生动物的保护,我们的认识其实也应更丰富一些。"关爱生命"这句话不应仅仅理解为关爱自己的生命,理解为关爱同类的生命也还是有局限的。

人类完全可以通过对野生动物的关爱来提升人作为人的爱心和情怀。那么,爱自己的同胞,也就不必再是道德律条,而是自然而然之事了。同时,也不会再有人将爱护同胞和爱护野生动物孰重孰轻的问题当成一个现实的问题了……

关于民间意识形态与和谐社会

●

　　社会和谐或不和谐，主要是由民生问题来决定的。当然，这是指处理好了民族问题的前提之下。但人是高级的"动物"，只解决民生问题肯定是不够的。民生质量要求，乃是人民大众的基本权利。诸类民生诉求，皆须经由合法权利得以体现。而一涉及权利，自然也就绕不开民主。故民生与民主，是和谐社会的表里。正如一件较好的衣服要有"里子"，倘竟没有，尽管外表还中看，其实只不过是"样子货"。中国特色的社会主义也要有"中国特色"的民主，然究竟什么是"中国特色"的民主呢？除了主流即官方一直毫不松懈地、不断加大力度所强化宣传的"必须坚持党的领导"——其他方面，也要积极地建设、探索。

　　中国政治人士们一向认为，意识形态属于上层建筑——包括政治理论、政权纲领、社会思想、文化、教育。文艺属于文化范畴，也存在于教育界；故彼人士们一向认为，连文艺也应纳入上层建筑来看待之。文艺家们，自然也便都被视为或大或小地能够影响意识形态的人们了。因而是影响国家秩序稳定与否的人们，于是成为风口浪尖上的人们，于是成为宠辱不由自身的人们。当然，宠也罢，辱也罢，通常还是由得自身的。歌功颂德，必受宠也。反之，成为可包容的、被警惕的或活该受辱的人。

　　现在，情况发生了很大变化。所谓"意识形态"，不仅属于"上层建筑"，也分明属于"下层建筑"了。文化多元化已成为不以任何人的意志为转移，并且不可阻挡的世界潮流、中国大趋势。

　　于是，意识形态的多元化亦在所难免。

所谓"意识形态",基本可分为三方面——政治人士们一定要强力推行的政治意识;知识分子们一定要努力发声的知识分子意识;民间必然存在的大众意识。

按照历史之悠久排序,民间意识形态由来最久,是以上两种意识形态的母体。所谓政治意识形态和知识分子意识形态,都是从民间意识形态分离出去的意识形态。

"人文伊始,文化天下",指的便是人类文明雏形乍现,民间意识形态也随之产生。其后,从民间孕育了古代知识分子,于是有了知识分子的意识形态。孔子、老子、孟子、庄子等古代思想家,起先无不是民间之一员耳。

早期的世界没有政党,只有帝王集团。他们的种种思想,一言以蔽之,便是王权意识形态——总结权谋之术和提升统治之术的意识形态。

政治意识形态,乃近代以来,政党出现以后的意识形态。

民间意识形态、知识分子意识形态、官方政治意识形态,三者关系怎样,决定中国更深层的社会稳定与否,和谐与否。这是深于民生问题的稳定,也是深于民生问题的和谐。

依我看来,目前之中国,似乎正形成着"三足鼎立"的意识形态局面。大幕已然拉开,"演义"还在后头。

政治意识形态仍是最强势的意识形态。

知识分子意识形态,总体上并不能获得民间的信任。这乃因为,知识分子这个群体,由于经常表现出投机性、诏媚性,每每沽名钓誉的趋功近利性,在品质方面已被民间打了低分。对于中国知识分子们,这自然是可悲的。但一个事实乃是,某些知识分子正开始重拾良知责任,发挥着促进社会进步的正面作用。

而民间意识形态,虽然仿佛有了"根据地",但得来太易,也就不知普遍珍惜,往往其声芜杂,宣泄多于理性,哗众取宠的表演多于发乎内心的表达。但毕竟,有时真的伸张了正义。

总体上看,民间意识形态所表达的,基本上还是"草根"之声,而非公民之声。

哪一天"草根"阶层们自觉到自己是公民了,随之明白了公民与社会的权利关系与义务关系了——那么民间意识形态在品质上就"飞跃"了,而政治意识形态,则就不但会留意倾听,而且要持敬畏的态度了。

于是,中国社会之深层和谐,将会有望在相互制约中达成……

文化是我们另外的故乡

—

Chapter 3

—

书评、书信

一部好书就是这样——犹如一个好人。
在某些时候，
某些情况之下，好人一开口说话，
你就知道他（或她）是好人了。
甚至，好人并没开口说话，
但他们的一个举动，一种行为，
也会使你得出结论——那是一个好人。

致程德培
——谈《雪城》及其他

德培文兄：

收到你的来信很高兴。目前办一个刊物不容易，欲办好更难。你既然已经开始办了，种种的困难必在前面等着你呢。我愿成为《文学角》的一个忠实读者，并将竭力支持你。

目前，我已在写《雪城》的下部。明天将要在京召开一次座谈会，由《十月》编辑部与黑龙江省电视台联合举办，座谈电视剧的得失。我是原作者，少不得要参加的。当然也少不得须说些什么。可并不知应该说什么。想必你已知道，影视部已通告全国各电视台——暂缓播放。已在播放的，立即停止。又据说北京市委有指示——在京各报不得宣传。很希望打听明白其中原因，却难以打听明白，也便索性不打听了，不想明白了。有关部门总是比作家站得高、看得远的。停播也许自有停播的道理。你说是不是？作家除了尊重这种权力大概也别无他法。但我还是抱着挺乐观的态度相信，党的十三大之后，文艺政策绝不至于更加紧束，定会有一个生动活泼的文艺局面再度出现的。正因我如此执着地相信明天，人家总说我是"理想主义者"。其实我不是。过去曾是，现在不是了。我以为所谓"理想主义者"不能较成熟地思考事情。

《雪城》电视剧后期制作时，我参与现场补写一些对话、心声和旁白，断断续续地看了几集。我栖于影视圈内，所看国外优秀影视多了，欣赏品位不免渐高，也学得挑剔了，或曰"矫情"也未尝不可。故我看《雪城》，能够跳出原作的欣赏心态，以专业的眼光，像看别人的作品一样去判定。

《雪城》的成功之处，广大电视观众和评论家们是会有评论的。而我借这篇短文，想指出几点不足之处，亦是我国电视较普遍存在的缺憾：

一、群众角色之随意"凑合"。我看过某些导演拍电影电视，缺少一位什么角色，现场指定一个人，"嗨，就是你吧！化化妆，站这儿，表情严峻一点儿！"于是银幕或屏幕上出现了这样的情况——主要演员在前景认认真真地做戏，群众角色在后景无动于衷。好比我们站在照相馆的假景前照风景照——效果必定是虚假的。而我认为，电影或电视，是靠一个又一个画面引导观众进入一种"真实"的虚假氛围的，不，应该说虚假的"真实"氛围更准确。那点儿"真实"梢有破绽，虚假则变为彻底的虚假，观众想要跟你进入情境之中也难以进入了。

我相当欣赏某些外国电影或电视中群众角色挑选之审慎。有时只是一个镜头，一个特写，一种表情，一句台词，却使人难以忘记。我尤其欣赏某些苏联战争影片中的老母亲的形象。系着黑头巾，站在村口或路旁，目送着上前线的儿子。面容上深深的皱纹，坚韧而忧郁的眼睛……我常常因此而被感动得落泪。我国的优秀影片中也不乏其例。但"嗨，就是你吧！"的情况还是太多。

二、配角之不当。主要配角，往往还不至于太随便。但次要配角，则马虎多了。其实在任何艺术中，就其整体性来说，是无所谓主要和次要的。好比一首乐曲，每一个音符都是很主要的。又好比一首诗，甚至每一个标点符号都是很主要的。

英国大诗人渥茨华斯当编辑的时候，有人寄给他几首无标点诗，附言道："我对标点一向是不在乎的，烦代劳随便标上吧！"他回信道："我对诗一向是不在乎的，请下次寄些标点来，诗我替你添上好了！"

我举这样一个例子绝不包含对一切无标点的诗或小说的嘲讽。只想说明，在电影和电视剧中，亦存在有"标点"，且用得恰到好处，恰能大大增加诗意和韵味的情况。它可能是一个画面、一个特写、一个道具、一个似乎微不足道的角色。《雪城》中有三处体现了导演的匠心——以雪地中滚动的帽子体现小说中"西西弗斯的石头"那种失落。而蒲棒是小说中没有的，因为小说中没有，我看了电视剧甚至很为我的小说遗憾。蒲棒在剧中几次出现，有时是"逗号"，有时是"感叹号"，有时是"删节号"……以蜡烛的交相辉映象征情爱的美好和圣洁，也是高明的。

相比之下，在第一集中，姚玉慧弟弟的女友选得太随便。她本应是一个漂亮的、充满青春活力的、内心没有任何擦痕的、心直口快的姑娘。她对返城知青的偏见并无恶意，仅仅是不理解、心直口快而已。在这样一位姑娘面前，也只有在这样一位姑娘面前，不漂亮的、青春活力长期受到压抑的、内心布满许多擦痕的、善于掩饰自己的、失去了大部分自我的姚玉慧，情感上所遭到的撞击才有韵味。而剧中的倩倩，既不漂亮，也看不出什么青春的朝气，眼睛也不是明亮亮的，仿佛目前一些俗姑娘的样子。一位市长的英俊的儿子，爱上这么一位姑娘其实是很"糟心"的事……

有的作家是因为自己已经写了上部，才写下部。而我是为了下部，才写出那近五十万字的上部的。更进一步说，使我最初萌发这部长篇的写作冲动的，其实并非上部这些内容，而是下部。是一九八六年。我注意到，当年上山下乡过的一批知青，其观念、心态、思想、精神，以及各自的命运的延伸，放在改革时期的大背景下，比放在任何年代背景下都会体现得更五彩缤纷。有的奋力向前投入改革的洪流，有的向后沉湎于过去的回忆。有的重新领略生活，有的在消极地应付生活。有的当厂长，有的当了"二道贩子"。有的精神升华了，有的灵魂沦落了。他们在今天大分化、大改组，重新排列组合到社会的各个层次。他们每个人自身都在发生着异变。正是为了能够这样地写出下部，我才那样地写出上部。审视我自己，我知道因为我的观念变了，才看到这种变异。否则我看不到。它明明发生着我不会视而不见。

我对我们这一代是过于偏爱了。所以我过去的作品中，写到这一代，总是流露出过多的赞赏，而在下部，我张扬了批判意识和否定意识。我在上部"竖立"起来的人物，在下部我将他们毫不留情地按倒在地。

这一代人如果不发生某些变异，则太可悲了点是不是？他们不应紧紧抓住过去，他们不应从过去寻找自我，那是找不到一个真实的活生生的自我的。而他们——包括我自己，又太爱喋喋不休地回忆和述说过去了！

所谓改革的很重要的一方面，在于改变当代人的思想方法和思维方式。

决定我们命运的，不是我们的际遇，而是我们对过去的际遇的看法。

时代在变迁。在早年的教会中，圣徒以坚韧不拔的精神和能人所不能的德行而受人敬仰。有天早晨，圣凯文将手臂伸出窗外祈祷，一只黑乙鸟落在他手臂上搭窝，停留了两三个星期。而他静止不动，耐心等小鸟从蛋中孵化出来，竟至于站立而死。早年的教会认为这则故事是教训我们要像圣徒一样坚忍，但对当代人来说，即使是个虔诚的信徒吧，这个教训可能是——祈祷时千万别把手臂伸出窗外。

根本就是这么回事儿。

打住，聊点题外话。我们至今还未曾谋面，如果不是庆西彼此达意，估计我们老死不相往来。于我，有一种潜在的心理，以为作家与评论家交友，大有"套近乎"的嫌疑。而我又信奉着一句话——看一个人的品格如何，更要看这个人对于他无利的人采取什么态度。我无法做到对所有于我无利的人温良恭俭让，又极想要维护住一种所谓品格的完善，故采取的是一种与可能于我有利的人敬而远之、疏而交往的态度。

其实这是迂腐。老夫子气。自以为高贵的同时，却未免将评论家们的品格估计得太低了。是一种人的亵渎。说来可笑。庆西、杭育，本兄弟俩。而庆西又是我的"北大荒战友"。可我赠自己的集子给杭育，对庆西却"吝啬"了。盖因他是青年评论家。

我想，于评论家们——指一部分而言，未必就没有与我相同的心态。比如你评我的《在旧庄院的废墟上》便不曾寄给我看看。是我自己无意中看到的。

我想，这乃是我们这一代人，在品格问题上受旧观念的束缚。反过来应该是多么好——作家有了新作，寄给自己信赖的评论家看看，评论家评了作家的某一篇作品，也寄给作家们看看。在这相互的主动中，作家与评论家，达到"横向沟通"，互为促进，进而促进文坛本身的生动、和谐、活跃。这是再正常不过的事啊。倘作家与评论家都老死不相往来，甚而漠然视之，那并不说明文坛之可爱，也不说明我们品格的高贵。是不是？

只要我们自己不俗，则人与人的交往便不至于被俗所染。当然，倘有的作者，将作品寄给评论家的同时，附言"请多多关照，大力鼓吹鼓吹"，那还是有些可耻。如果竟要指点评论家"你怎样怎样评，而不要怎样怎样评"，则就有点不要脸面了。你说是不是？

评论不是文学的旗帜。文学的旗帜只能是文学本身。

但评论是张扬任何旗帜的风。无风，则任何一面旗帜都根本招展不起来。而偃旗的景象那是没什么值得观看的。

但愿我们的作家与作家、评论家与评论家，尤其作家与评论家之间，建立起更广泛的、更开阔的、健朗而不庸俗的关系，使我们的文坛上有一座座立体交叉桥般的景观……再扯回到《雪城》，尽管有种种不足之处，但在那时能拍出来，已很不容易了。第一集火车站的大场面，只用了一百元。那么冷的天，不给钱谁情愿给你去当群众演员！可剧组当时经济吃紧。据说请了些解放军。看来还是解放军好。不过再好，大概也是"一锤子买卖"了！

如今，一部电影的平均制片费，已由1984年的四十五万元，提高到目前的八十五万元了。而我们北京电影制片厂，平均制片费达到九十万元。处处都得要钱啊！ 1983年、1984年，三万元可拍上下两集电视剧。目前恐怕一集也拍不成。

我前几天在厂里看导演拍戏，现场大叫"群众演员哪？群众演员哪？钱分下去了，怎么不见个人影！……"

过去，不给钱也挺高兴当当群众演员，不觉得光荣，起码也觉得挺好玩儿的。今天，不给钱不当。给了钱，可能在现场晃几晃，就溜掉了。也真难为当导演的。

我的老父亲当过几次群众演员了。他觉得光荣。一想到以后自己死了，形象还可以留下，就很认真。有天早晨，我见他几次走到室外，自言自语："糟糕，下雨了，这可怎么办？"

我问："什么事啊？"

他郑重地说："我们原定于今天拍戏！"

好像他是大主角。

我说："少操这么多心，关您什么事儿？"

他瞪了我一眼,生气地说:"人家给了我两元钱!"

像我老父亲这样的群众演员如今可不多,所以,我也就常常少些挑剔,多些谅解了……

代问王安忆、王小鹰、程乃珊等上海朋友们好!

代问吴亮文兄好!

祝一切如意!

致陈颖君
——读《过年》

陈颖君：

　　惠书收到。经历了北京那些非常时日，获君之千里悬询，感念深矣，独愀然而泣下！随寄《过年》复样，拜读再三——我读你发表的和未发表的作品，共四篇了。总的感觉是一句——"琴音三叠道初成。"我们至今未曾谋面，但文交已三年有余了。所幸彼此坦诚，贵在互勉。三年前我预言——你的灵性和才情总会显现，并且强调绝非奉承。

　　今读《过年》，为你高兴。这是真的。文如其人，于小说家而言，却也未必。于散文家，大抵乃品格和性情的写照，难以骗得了人。

　　国内小说家中，佼佼女性颇多。她们亦偶作散文，我读过的甚少，故不敢妄加评论。但能像她们的小说一样使我欣赏的，如凤毛麟角。我这一看法，限定在四十岁以下的女作家群。我自己亦偶作散文，然思绪与思维常受某种小说定式所囿，往往是发了一篇僵文，写了满纸拙词。

　　我读《过年》，是一刻的欣赏。一刻过后，是一阵的品味。品味过后，是默默的沉思。首先我欣赏的是语言。我读小说也罢，散文也罢，顶不耐烦顶不能忍受的，是文字的矫情和虚张声势——在表面的词句之下，便使我看透了"才子""才女"或"准才子""准才女"们那点儿自我表现的心思。真情实感往往被污浊了。这其实是很令人为之遗憾的事。也许这已是我的迂腐之见。

　　《过年》毫无文字的矫情。更无虚张声势的"才情"的直抛硬掷。它温馨。它是娓娓的絮絮的欢欢的，又是怅怅的。似行云流水。那怅怅的心的空落情致的寂寥隐在欢欢的言和行的后面，活脱儿地，将一位女孩儿在辞旧迎新之夜，身有所托魂无所依的孤单，似有所期实无所企的迷惘，淋漓于字里行间。那便是你吗？似你非你的，我也不去管他。只这通篇的无着无落无奈，借着些小小的愉悦，不显山不露水的，一笔笔浓淡相宜的墨迹似的，濡入我内心里去了。"怎么一晃又一年了？……""怎么就一年了……""叫着说去年拜年见的面，怎么又一年了？……""大年初一，玩儿似的……"如上的文字，喃喃复复的，撺撒在《过年》之中，读来使我顿生无形的沉重感。我已计划写《一九八八——一九八九——一个作家的自白》，或许是太应了我的心境的缘故？尤其后一句——"大年初一，玩儿似的。"——颇俏皮，我竟发怔。内心所想竟是——不玩儿似的，又待怎的？又能怎的？

是什么谋杀了我们的童稚之心，我们过年的那份儿虔诚呢？常常的，我想，莫如还是让我是个孩子吧！"生命生命这好家伙……"——林子祥是歌星？是不是歌星也不去管他了。只一个执拗的疑问困惑着我缠绕着我——难道人生不能更郑重些更庄严些更真的丰富多彩些了吗？生命对人不是仅有一次吗？问你，你也是答不上来。问我自己——我已自问过一百多遍，问得自己都觉得自己发傻了。你还是代我去问问那个林子祥吧！也许他知道？"深红，浅红，纷纷扬扬，一天一地。我手上那一枝战战兢兢，出落得越发妖娆……""小簪一枚从后面绾起长发。簪上铜滴里叮咚，女儿家的心事都凝在里面。摇摇曳曳，欲诉还休。镜子跟前照照，换了个人……""他对着墙上的字画发呆，裱画台尽头，漆黑的竹瓶内插一把白菊，花瓣箭般四射，幽幽的一股冷香……"这些文字，都是颇耐读的。长短句的骈配，增了几分词曲的韵味儿。白而不俗。文而不儒。未工自雅。

我猜你是读过多遍《红楼梦》和《聊斋志异》的吧？"摇摇曳曳，欲诉还休"——合了丝弦，是可以轻弹浅唱的。

"会了他，还有诊诊，齐上宝珍老师家拜年兼贺寿。未进门便闹嚷嚷一片，新年进步身体健康恭喜发财生日快乐财源广进寿比南山红鸾星动青春常驻，乐得喘不过气儿来。正闹着，乜叔叔'杀'到，身后还有萧立芳，叫着说去年拜的年，怎么又一年了。吃吃茶嗑嗑瓜子剥剥糖果切切蛋糕，夸赞诊诊好手艺第一次做蛋糕居然像模像样，拔下我的发簪惊叹现在竟然还有这样标致的东西,一晃天黑了……"

此段中,去了些"现代"的词,真是有些"红楼"笔痕了!写家长里短而跃然纸上,曹雪芹乃中国文史第一大家。换人写来,很可能成了絮叨。写庸常平琐才见功力。所以我说你"琴音三叠道初成"。最后,"我手上那一枝战战兢兢,出落得越发妖娆……"一句中,"出落"二字,似欠灵气。"出落"乃过程。手中花儿转眼间的不变而异,其实是作用于人的心理的折照。"战战兢兢"的情况之下不能正常导致某一结果——故"出落"二字不足以活现那一瞬附了主观色彩的花的"神态"——若改为"愕憪"二字,不知如何?即兴一想,不必当真。

近来我太忙乱,却什么事情又似乎都未做。开会、学习,学习、开会——占去了每个星期的大部分时间。匆匆忙忙的,偷了点儿空闲,草成此篇,算是"读后感",也算是"公开的复信"罢!就此打住!遥祝一切如意!

流响出疏桐
——铁凝和她的剧本

铁凝是中国新时期文学的一员主将。如果"新时期文学"这一概念不遭全盘否定的话，那么铁凝的文学成绩是它重要的一笔。

铁凝、王安忆、张抗抗，于南北中领新时期文学之风骚，至今仍是一代中青年女作家中令人瞩目的佼佼者。她们以各自独特的风格，落落大方地伫立于文坛。"新时期文学"——作为一个曾经喷薄而昂奋的阶段，我认为，已然处在庄严的日落时分。

明天的文学，毫无疑问地，将有更多的成熟且执着的新人大书特书它的续篇。因而我们看到，铁凝、王安忆、张抗抗，经过十余年"新时期文学"的孕育，正要孵化出来，去寻找她们各自的、通往另一个阶段的轨迹。

它究竟是怎样的我们不得而知，也缺少预见的根据。她们以后会是怎样的，我们也不得而知。但有一点是我们明白的——她们都是将文学和生命连在了一起的女作家。她们都不曾"玩"过文学。她们的创作也不曾有过矫情和媚俗的浊痕。她们将是严肃对待文学的作家。《红衣少女》使铁凝和电影结下缘分。于是便有了《村路带我回家》，便有了《哦，香雪》呈现在银幕上。这三部电影，仅仅这三部电影，已足以构成铁凝的电影。用诗、用散文式评论，倒莫如以音乐的观点来评论更恰如其分。那是箫吟般的电影。那是淡淡的忧郁却纺出缕缕温馨的流响。那是从疏桐间或竹林幽处传达出的乐声，箫吟般的独吹独奏的乐声。当然，这样评价并不意味着摒除了导演的艺术再创作。恰恰相反，我认为铁凝是幸运的。王好为作为导演不失为铁凝的知音。箫吟般的电影也旨悟于王好为对铁凝的深层次的理解，并最后实现于王好为工而不匠的实践。

《哦，香雪》是铁凝也是王好为最近的一部电影，是铁凝根据自己一九八二年的获奖短篇小说改编的。"搁浅"数年，也许对铁凝和王好为来说，都是有意义的沉淀。

似乎有过一种说法——认为文学艺术的创作过程——小说也罢、诗也罢、散文杂文也罢、电影电视也罢、绘画雕塑也罢、音乐也罢，都不必是作家或艺术家情感投入的过程。不必，也就是不必而已。倘鼓吹到"必然"不是的理论高度——仿佛感情投入的小说"必然"不是正宗小说，感情投入的诗"必然"不是正宗的诗……乃至感情投入的音乐"必然"不是正宗的音乐，感情投入的歌唱也就简直不是歌唱……那么，我们也就只能当是一派的胡说八道了。有时胡说八道是别种的时髦，是本不高深的人们冒充高深得不得了似的技巧，并且是很通常的技巧。

我不能想象全无感情投入的文学的或艺术的创作过程是怎样的一种过程。如浣熊之浣纯粹是习惯行为？

感情投入无疑是衡量作品内涵的标准之一。什么也没投入的作品中必然地什么也没有，不同在于投入的技法高低优劣罢了。感情决定文学的或艺术的品格。技法决定文学的或艺术的风格。感情融于技法而不是附就技法，则技法也便感情化了，是为高标准。

《哦，香雪》当然是感情投入的。

农夫在田间劳作——一类士大夫见了赞曰：美哉，劳动乃人第一需要。另一类士大夫见了叹曰：悲夫斯人，请怜悯则个吧！

故都是士大夫文人的矫情和造作。

前者如倒剪双手，屹立舟头，从纤夫们的脊背和吃力迈进的腿，而观美妙。后者如上帝的化身，以为那怜悯对农夫是需要的。

而农夫们却是依然要劳作于田间的。

传统的农民是绝对并不俗气的。起码不比丧失了传统的知识分子更俗气。

平平淡淡从从容容更是典型农民的形象。他们不至于二杆子到视自己为伟大的劳动者的地步。也没那么多的自悲自叹自哀自怜。当人并不认为自己值得怜悯，怜悯就十分廉价。

《哦，香雪》塑造了从从容容的农民的典型。如香雪的父母，他们并不浑噩。因为他们有追求。他们并不想象进而嫉妒城里人的生活，也就没有嫉妒的痛苦。攒鸡蛋，筹划买牛，他们的生活有动力。开辟一块小小的园地好不容易——但他们劳作得很从容，并且从容地得到了收获。

他们的脚踏实地、从容不迫令我们肃然。

是铁凝和王好为唤起了我们对他们的肃然。怜悯对他们没意义。这一种肃然却对我们大有裨益，比照出了我们在现实面前缺乏现实感。正是在这一点上，铁凝创作的感情投入，超越了低层次的给予，达到了高层次的对香雪及其父母们之心灵的深层次的体会和领悟。正是在这一点上，王好为对铁凝也达到了同样的体会和领悟，并且从从容容地将这种体会和领悟电影语言化了，这是难得的艺术合作，对双方都是难得的。

香雪是一个淳厚乡土造就的善良小精灵，淳厚的乡土在中国广袤而贫瘠的大地上还可以找到许多处。凡贫瘠的土地必有人心淳厚的一面，否则赖其生活的人们就没法活下去。淳厚人心是人与贫瘠土地抗争的本能。贫瘠的土地不但培养淳厚之人心，也嬗变之，并最后以愚钝扼杀之。

香雪会是这么个结果吗？

也许终究会。

但我们毕竟看到了不会的根据。

香雪不是问火车上的人——北京的大学收台儿沟的人吗？

这句话相当重要。

一句话立稳了一个人。

香雪不愿欠任何人任何一点儿什么。画家送她一幅速写，她冒雨回报一篮玉米。

她向火车上的人兜售东西，当人问价，却说："你看着给吧！"

于是一切城里人的优越感便被这心性水灵灵的乡村少女的诚挚所扫荡。

这是一种柔和温馨的且有力度的扫荡。

香雪是善而强的一个典型。因其善而美，因其强而愈美。

香雪好比他父亲替她做的那个铅笔盒。只有那样一个铅笔盒，我们仍可指着说——看，它原本是大树的一部分。

对于一个国家或一个民族来说，恶而强的人太多，生活必变得邪恶。善而弱的人太多，生活必平庸得令人沮丧。只有善而强的人多起来，国家才振兴，民族才优秀。

香雪使我们对生活感到安慰。

哦，香雪……

流响出疏桐，非是借东风——悠悠地送将过来的一带箫吟，也不知是铁凝吹奏的，抑或她和她的伙伴们……

我看冯小宁和他的《红河谷》

《红河谷》这部电影的剧本，在1997年度的"夏衍电影文学奖"优秀剧本评选中获奖，但仅是三等奖。

冯小宁是中国儿童电影制片厂的导演，是我的同事。此前他拍的两部电影《大气层消失》和《战争子午线》，我都发表过评论。我又是本年度"夏衍电影文学奖"的评委，故评他的《红河谷》，便成了我的"任务"。

评影片之前，我觉得有必要先谈谈冯小宁这位电影人。

他和尹力一样，是电影学院美工专业毕业生。他的导演实践从一部儿童题材的电视剧《病毒·金牌·星期天》开始。《大气层消失》是他拍的第一部电影。《战争子午线》是第二部。《红河谷》是第三部。

做导演后的冯小宁，给我以"拼命三郎"的印象。他似乎特别喜欢在一部影视作品中证明自己是多面手。有时导、摄、美、剪辑、制片一人兼担。他导的电视连续剧《北洋水师》是最典型的例子。由于他是电影美工出身，对摄影构图很有自己的一套要求。冯小宁导的电影，"个人化"的程度最大。他毕竟还不会作词作曲。否则他一定会为自己导的影片亲自"垄断"电影音乐。这有一个好处，那就是——综合于电影的几乎一切艺术方面，都盖上了"冯小宁风格"的印章。这也同时带来一个弊端——一位导演做到"全能"其实没什么了不起，做到"全才"方能加强电影的艺术性。冯小宁只不过是"全能"，而非"全才"。在一部影片中，一位导演所兼太多，其他同行就没有展示才华的机会了，也肯定缺少了与其他同行的艺术才华的相互撞击。好的导演，是充分调动别人的艺术才华，而不是取而代之。取而代之是非常简单的做法。

电影毕竟是综合艺术。一个人的所"能"再全面，也未必都达到高水平。

冯小宁从来只拍自己写的剧本。

能亲自创作影视剧本的导演不多，能创作出一流剧本的导演尤其不多。冯小宁亲自创作的剧本角度都有独到之处。但他毕竟不是一流编剧。他只能创作出二流的剧本，起码目前看是这样。而将一部二流剧本导为一流影片，难度是相当之大的。

冯小宁亲自创作的剧本，其特点是——选取公众和"主流意识形态"共同关注的题材；在公众欣赏旨趣和"主流意识形态"的评判原则之间，尽量确定兼顾的视角；在以上前提之下，尽量张扬艺术激情与营造壮观场面和惨烈情节。

他的影片激情有余，抒情不足；豪情有余，温情不足；动有余，静不足；张扬有余，深沉不足；冲击性场面有余，艺术隽永品质不足……

而这又都是由他亲自创作的剧本所决定的。

《红河谷》公演之前，我就听到了些褒贬不一的评价。公演后，据我了解，绝大多数观众还是喜欢的。但因观众的层次不一，喜欢的程度也必然不一致。我参加了首映式。在一些影迷的"恳谈会"上听了他们的发言。有一部分电影评论家和同行的意见，观众中也有所反映。

一部影片，评价越高，人们的衡量标准也越高。当仿佛成了"样板"时，人们就用"样板"的标准来要求了。当仿佛成了"主旋律"题材的"样板"，人们对其思想性的要求，就比观赏性更高了。

《红河谷》具有较高的观赏性。《红河谷》具有明确的爱国主义的思想性。但明确的思想性，未必便是高的思想性、深的思想性。高的思想性、艺术性、观赏性的统一，是极高的标准。有时能做到其中的两点就很不容易了。《红河谷》试图在三方面都做到。这种努力是应该肯定的。难能正可图大功。但《红河谷》实际上仅在最起码的程度上尽量"三者兼顾"了。以我的创作经验看，三者中，高的思想性与高的艺术性的统一，有时还不至于艰难。但高的思想性和高的观赏性的统一，要做到却十分之难，更不要说"三者兼顾"了。"三者兼顾"的结果是"三者都有"。《红河谷》做到的"统一"还只不过是

"掺杂"。

如果我们这样来评价《红河谷》——一部观赏性较强的，具有爱国主义思想色彩的，展现了西藏高原独特风光的故事片，我想，不同层次的观众的褒贬，肯定会平和多了。

但，一个事实是——给予《红河谷》的奖项荣誉，并非肯定它是一部完美的影片。而是在表彰这个摄制组，克服了许多困难，深入青藏高原，拍出了一部有一定特点的影片。

在中国电影目前的艰难时代，几乎一切奖项荣誉，其实都具有勉励、鼓舞和鞭策的意味。对《红河谷》也不例外。而且，我认为，这个摄制组的精神，的确是值得勉励、鼓舞和鞭策的……

我看《大气层消失》

"抱玉岩"是这样一种特殊的石——它含玉如嵌,然而毕竟非璧玉无瑕。视其为玉,显得你审美不致。指其为岩,证明你太主观。

我看《大气层消失》,从剧本到影片,总有以上联想。只有相当高超的玉匠,才能将"抱玉岩"所"抱"之"玉",细细地从岩体上敲凿下来,雕成纯玉的什么。

这当然是很高的工艺标准。但是,对于一位年轻的电影工作者创作的第一部电影剧本,以及他所执导的第一部影片,过高的要求,莫如热情的鼓励更实际些。故我对《大气层消失》,一直怀着充分肯定的心情予以关注。如今它终于完成在银幕上了,我由衷地替冯小宁导演感到高兴。"语不惊人死不休"——以此比喻而言,冯小宁正是这样一类电影导演。

其实他在影视艺术方面的迈进,分明是极其谨慎的。当他握起笔,或控制摄影机的时候,他对现实几乎是持一种小心翼翼的态度。我们所见仿佛这样的情形——冯小宁在他所面对的现实中画了一道"分界线",属于分界线那边的现实他很明智也很理性地不去触碰,注视着"分界线"这边的现实他捧颐思考——什么还是重要的?什么还能使人们震惊?

这种思考一半是忧患,一半是对所谓"轰动效应"的太迟的向往。

或者换一种较为贴切的说法,是对"震惊意识"的固执的实践。于是便有了他的电视剧《二十一世纪——人口大爆炸》。于是便有了他的电影《大气层消失》。有一类影片,我们没兴趣指出它有什么不足之处,因为它简直就不能丝毫引起我们哪怕稍加认真评论的冲动。有一类影片,我们同样没兴趣指出它有什么不足之处，因为它没有任何新意，因为它早已属于某一模式化的品类，它的不足也早已属于某一品类的不足。正如质量的劣点早已属于同一商标的产品。

《大气层消失》不能被划归到它以前的任何品类。即使仅仅这一点，也是令人高兴的了。多一种品类比多一部电影具有更不容忽视的意义。三罐车毒气真能烧穿大气层，进而使科学家们惶惶如热锅之蚁，甚至进而威胁到一座城市乃至全国全人类的生命吗？毒气罐车并非隐蔽在森林之中，而是暴露在一块空旷之地，担任侦察的飞机何以发现不了？……

这都是《大气层消失》疏于严密之处。一群从森林中逃亡而来的野鹿，挡住了卡车的行驶——既曰野生动物，鹿角又为什么被割过？……

这类错误，是最不应该犯的。因为这类错误，与拍摄条件和资金限制等方面根本无关。是只要导演细心更细心些，完全可以杜绝的。拍摄现场显然不只导演和摄影，却无人指出，令人双重遗憾。

科学实验室里，科学家不停地挥舞手臂，踱来踱去，哇啦哇啦的样子，是令人极不舒服的。我甚至感到那很像是导演自己。科学家这一人物的全部表演的意义，似乎就是替导演冲着观众喊问——怎么，问题这么严峻，你们还不受震撼吗？你们这些人已经麻木如斯了吗？

导演的不自信恰在此处流露了出来。我们见过一个充满自信的人喋喋不休反复证明自己什么的吗？与此相反，那一条被污染的河，那一条条死于水源污染的鱼，被一濯即污的孩子的那一双小手，那一方手帕，所说明的要更有力得多。想要说明什么，就让观众看到什么吧！沉默无语的画面，有时更能开启人们的悟性之扉。当情节被孩子们推进之时，银幕上传达了一种更令人感动的忧患，一种更易被接受的真挚。

在《大气层消失》中，我们只能说，注入了一半儿童电影的主动意识。另一半，证明着导演太强烈的要向大人们警告什么的意愿。这意愿是好的，但是未免生硬。一切生硬的表现企图，其实都应摈除在艺术之外。

六岁以上的儿童，可以和大人们一起津津有味地观看的影片，多得不计其数。从《西游记》到《虎口脱险》到《神探亨特》到《侠胆雄狮》……

而足以吸引大人们和儿童一起观看的影片，少得可怜。因而所谓"老少兼宜"，才是儿童电影工作者竭诚努力的追求。

起码，《大气层消失》是足以使大人们耐得住性子，和孩子们一起看完的。

对于冯小宁，无论如何，这该是不小的一次成绩。对于儿童电影，无论如何，这也该是较为成功较为可喜较为宝贵的一次尝试。

于是我想——"抱玉岩"，本身亦即一种品类。电影从来都是遗憾的艺术。有一些遗憾的影片，遗憾得使人没有看第二遍的勇气。而有一些遗憾的影片，在许多方面，都具有进一步研讨的价值。它的遗憾将永远地留在银幕上了。而在银幕之外，它向我们发问——如果是你，你怎样创作这样一个剧本？并怎样导它？

因而它的遗憾，亦同时具有了典型的价值和意义……

尹力的"行板"
——评《我的九月》

电影，包括其他一切艺术，从来不由风格决定质量高低优劣。于电影而言，所谓风格，进一步说——是某一导演驾驭某一风格的实践水平。恰恰在这一点上，衡量出导演的艺术感觉和艺术潜质乃至艺术前途。从《老师，新年快乐》到《我的九月》，尹力实践得不错。尹力运用电影语言唱出的儿童影片的"行板"，开始被承认是他自己的"行板"了。

我当然不相信尹力没有艺术的"自我表现"欲。完全没有这一点，其实也就等于没有了创作冲动的某一方面。

如果我们将《清明上河图》既有大人又有儿童的某一局部凭我们的想象衍化开来，似乎可比喻尹力的电影或电视剧风格。这一风格在《好爸爸坏爸爸》和《鲁冰花》中并不明显。而从《老师，新年快乐》到《我的九月》，风格趋向的轨迹相当执着。

任何一位电影导演，欲将《清明上河图》那种"巡天遥看一千河"般的鸟瞰无遗的魅力电影化，都必是浩大的工程而且必是竭尽匠心的。所以尹力的影视风格，仅只是《清明上河图》的某一局部，甚至仅只是某一细部。

尹力将《清明上河图》的艺术魂韵，纳入当代都市生活的四合院，使大人孩子一切人物循着他们自己的性格逻辑尽情地恰到好处有时堪称恰到妙处地"自我表现"一番，然后他们自身的，也是尹力赋予他们的魂韵，走出影视的时空限定，走出了"局部"，走出了"细部"……仿佛归于当代的《清明上河图》中去了，销声匿迹于大千世界。

意在笔前，然后作字——这是王羲之论书法的体会。其实于一切艺术都是至理名言。唐代孙过庭在《书谱》中也说："初学分布，但求平正；既知平正，务追险绝；既能险绝，复归平正。"

从《好爸爸坏爸爸》《鲁冰花》到《老师，新年快乐》和《我的九月》，据我看来，皆"平正"之实践。毋庸置喙，"平正"并非等于容忍呆板僵滞。孙国庭强调的是戒浮、戒躁、戒卖弄、戒风格倾斜。不忘自己实践的是哪一种风格，深谙这一种风格的特点。发挥这一种风格的本身的光彩，不以险为深，不以绝为智。

我欣赏《我的九月》，首先便是，尹力有踏实的追求，有明智的戒心。有戒心才有艺术风格之成熟可言。

孩子在尹力的镜头前，最是孩子。安建军说不清道不明事理的憨态，被耍弄了之后恨己甚于怨人的内向性格；与刘庆来的善于察言观色，随机应变和孩子那种胸有城府，相比相衬，分寸把握得相当准确。安建军虽憨但是仍具有要求公正的愿望，所以我们同情也从情感和心灵上庇护着他。刘庆来"滑"但是本质并不坏，所以我们摇头于他的"世故"但并不憎恶他。尹力无意于借孩子之身附大人之魂，恰使那些孩子们身上都有了大人们的影子。尹力镜头前的孩子，不是"小大人"。恰使我们大人，从孩子们身上看出了自己的"小"来，并且会联想到大人"生活场"的互相磁吸和互相排斥……

尹力镜头前的大人，是典型的四合院里的大人，皆平民。尹力的电影具有平民意识。他不鄙夷和作践平民。但也不刻意唱平民的赞歌。他努力真实地表现他们。安建军的爸爸妈妈、小妹、刘庆来的父母，以及荣奶奶、女体育老师……某些人物尽管只有几个画面，一两句台词，均能给人留下印象。"觉来落笔不经意，神妙独到秋毫颠"——正是我所言《清明上河图》生动白描之风格。家长里短，皆成"文章"。

仅就表演方面，《我的九月》中的孩子们，都是堪加称赞的。他们的松弛，自然，一举手一投足，一颦一笑的"老练"，令我们耳目一爽，有别于一般儿童电影或电视剧中孩子们的表演。不露"表演"痕迹，更不是导演启发的装模作样儿，用"无表演的表演"来评价，也不算过分。

中国儿童电影和电视剧的发展，太需要如此这般一些小演员！银幕上，以不同的孩子们为轴心构成的每个家庭，父母子女关系，处理得也"像"。我觉得，大人和孩子之间的"戏"，要比大人和大人，孩子和孩子之间的"戏"，更生活，更好。人物深层性格，在相互感染下，体现得尤其浑然无隙。

唯独有一点，是我最初极力反对，而现在也有几分把握不定的，便是——背景放在"亚运"之前。依我想来，"亚运"总是要成为"旧话题"的。一部影片的内容，载负于总是要成为"旧话题"而且是"特定的话题"，会否在几年之后，削减其隽永呢？"纪实"只是风格，而非由题材决定。如甩开题材之"实"，所"纪"之"实"，是否更回归于寻常生活呢？而寻常生活之"实"，是否更是隽永之"实"呢？……

再，由《老师，新年快乐》到《我的九月》，是同一风格的电视剧向电影的"横移"，也可以认为是尹力所孜孜追求的同一风格的"过渡"，尹力现已在这一风格的实践中，走上了一个高地。人们当然还会容忍他再作一次或两次同样风格的实践，但评价标尺，也肯定将相应提高。尹力所面临的，是不那么容易的自我超越了。我们只有拭目以待……

关于《好人书卷》

《好人书卷》——这是迄今为止不曾有过的一种刊物。现在，也没有。不过我相信，许多的年轻人和长者，男人和女人，肯定是早已在内心里企望着这么一种刊物了。只不过他们或她们，都没有想出《好人书卷》这么一个具体的又很好的刊名罢了。这世界无论到了哪一世纪，无论到了哪一地步，好人总是不至于灭绝的。好人使人类区别于兽类。好人的好以及他们或她们做的好事，抵消人和人之间、同胞和同胞之间的互相嫌恶、互相妒憎、互相敌视乃至仇视。好人是人间的天使。老的也罢，少的也罢，美的也罢，丑的也罢，只要真配得上被称作好人了，也就可属于我们人间的天使了。好人当然是不需要有一种刊物专为赞美他们或她们的。但活在好人边儿上的人们的心灵则需要。因为活在好人边儿上的，并不见得都那么心甘情愿地进而混到坏人边儿上去。我想混在坏人边儿上的人们的心灵大概也是需要的。因为这样的人中的十之六七，也是并不见得都那么心甘情愿地一不做二不休地成为坏人。其实我们大多数人都活在好人边儿上。这个我们当中包括我自己。所以《好人书卷》其实又是一种为大多数人而存在的刊物，尽管现在它还并不存在……

因为《新华文摘》第九期转载了我的中篇小说《冉之父》，所以便认识了年轻的编辑潘学清。因为认识了他。所以才知道他一直打算创办一个刊物叫《好人书卷》，所以才有这一篇断想……

当时他的想法深深地感动了我。竟有年轻人打算创办这样的一种刊物！为我们这些活在好人边儿上的人！

四十多岁了还活在好人边儿上。细想想真惭愧。四十多岁了还能活在好人边儿上，细想想也真欣慰。都说人生很难，千难万难，大概活到老活成一个好人是最难的吧？

"好人"是人类语言中最朴素最直白的两个字。朴素得稍加形容和修饰就会顿然扭曲本意，直白得任谁都难以解释明白。但是我们人类用好人两个字去说一个人的时候并不多。它甚至可以被认为是他们说话时最慎重最吝啬的两个字。也许因为好人委实太少了？也许因为我们大多数人一辈子只能活在好人边儿上，所以不肯轻易承认别人比自己好？

我们常说某某很有才华，常说某某在某一方面很有能力，常说某某很了不起，常说某某办事很周到，常说某男很帅很潇洒，常说某女很美很多情，常……却很少说某某是个好人。难道不是这样吗？我想，无论对于男人或女人，无论对于年轻人或长者，第一善良，第二正直，第三富有同情心，第四敬仰人道主义懂得理解和尊重美好事物，大致的也就应当算一个好人了。可是就这么几点，竟是我们很难一身兼备，很难做到的！每一思忖，不禁愧从中来，悲从中来……

为什么我们常说某人善良却似乎偏不说他是好人呢？因为善良者中也有胆小如鼠之辈，那一种善良不过是犬儒主义者的善良。其实也不过就是对他人没有侵略性罢了。而眼见他人辱人、欺人、虐人，因为没有正义感托着那一点犬儒主义者的善良，乃是那么的狼狈。尽管他那一种善良以往完全可能是真的。为什么我们常说某人有正义感却偏不说他是好人呢？因正义者中也有冷酷之人，恰好比正义之师也可能是肆虐之旅。如果说正义存在的价值是与非正义抗衡，毋宁说它的价值首先体现在对践踏真善美以及践踏人道人性所表达的那一份愤慨，和由此产生的维护正义的冲动。这一冲动代表人类内心里的尊贵和尊严……

电视正播《十八分钟》，记者采访一些男人和女人——他们和她们因目睹某个人在火车轮下救了一个孩子的命而感动不已。我看出那一种感动是真实的。我也很受感动。我们还保持着被感动的本能——这是人的基本本能之一，多么好哇。仅仅这一点就足以令人感动。因为现今太多的人被物欲所诱，似乎已经不大能被什么所感动了。我们曾见过一头被什么感动的驴或鸭子、蚯蚓或蟑螂吗?

印刷机每天都在不停地转动。成吨的纸被印上无聊的无病呻吟的玩世不恭的低级庸俗的黄色下流的文字售于人间,那么多的人贪婪地看着如同非洲鬣狗和秃鹰贪婪饥食着腐尸……

我相信某一天,某一印刷厂的印刷机,会印出一批刊物——而它的名字叫《好人书卷》。那时我将不仅是它忠实的读者,而且是它忠实的撰稿人……

(2004年1月)

评《红樱桃》

在日本观摩一部最新的中国电影《红樱桃》，并与日本的某些职业电影编导讨论它，于我实在是一件始料不及的事。

日本电影界对《红樱桃》评价颇高。八十三岁的老编剧、老导演新藤兼人先生，甚至认为这是一部"可以载入世界电影史册的中国电影"，"其成功的意义并不亚于此前在国际电影活动中获过种种殊荣的中国电影"。

任何始料不及的事本身皆对人具有冲击力。我敢肯定地说——《红樱桃》对日本电影观众及日本电影界人士的冲击力，包含有如下的重要意义：今天的中国人，其实早已不仅仅是站在法西斯战争受害国的立场上谴责五十年前的日本法西斯，而且能够超越这一民族之间的历史积怨，站在人类文明的立场上谴责"另一类法西斯"。

《红樱桃》的电影艺术价值，在于超越了电影艺术本身。对于这样的一部影片仅仅从"艺术价值"方面去评说，显然是不足取的。

《蒙娜丽莎》是艺术。超越了艺术这一主体话题去谈论，无异于是对艺术的强加。

但是达利的《战争》则不仅仅是一幅画了。毕加索的《和平鸽》也不仅仅是一幅画。正如《辛德勒的名单》不仅仅是一部电影。

"另一类法西斯"不仅仅对日本人是"另一类"，对"普通的法西斯"而言也是"另一类"。

"普通的法西斯"是在我们的电视中播放过的一部苏联纪录片的片名。杀人是"普通的法西斯"们的日常"工作"。他们吃饭、睡眠、娱乐、

"工作"——他们在当年像今天许多国家的许多人一样，对于他们的"工作"——"敬业"到天经地义的程度。《辛德勒的名单》中出现的便是一批"普通的法西斯"分子。他们杀人好比家庭主妇做饭时淘米择菜。

《红樱桃》中那位安装了一截假腿的德国将军，显然不是"普通的法西斯"。他以艺术家自诩。他甚至大言不惭"艺术才是永恒的"。

但他从事他们"热爱"得"痴迷"的艺术的"原料"，却是人。

"普通的法西斯"们以杀人为"工作"。

"艺术家"型的法西斯以杀人为"创作"。

"工作"有时毕竟会令人感到单调、乏味。而"创作"却常常能使人充满激情，沉湎于"高雅"之中孜孜以求。法西斯主义对法西斯分子的异化，《红樱桃》无疑是揭示得很深刻的。

但是《红樱桃》的功亏一篑也恰恰在这一点——我们只从银幕上看到了"艺术家"型的法西斯"创作"的激情、执着和"严谨"，却没有看到他杀人。

我的意思是，在艺术创作中，画家常常因一笔之拙，而将一幅画布毁了；雕塑家往往因一发之拙，而将"原材料"毁了；完成作业一向认真的孩子，也常常会因写错了一个字而将整页纸撕了揉了丢入纸篓……

对于《红樱桃》中的"艺术家"型的法西斯，少女的美好躯体不是生命，而是"创作"的"材料"——那么倘他"创作"到一半时而对自己的创作感到不满意，"材料"的下场会是怎样的？

于是我进而想到，不知有多少"创作"的"材料"，"浪费"在那"艺术家"型的法西斯将军的"创作"过程中……

但这种联想，是我凭我的逻辑推断的，而非是影片"提示"给我的。影片本身在这点上毫无"提示"，甚至毫无"暗示"，这不能不说是编导的遗憾。

日升日落寻常事
——评漠宁的《把太阳支起来》

●

就我所知，我的家乡城哈尔滨市的领导们，在十七届六中全会之前，便提出了振兴哈尔滨市文化事业，打造文化之城的口号。

我的家乡城哈尔滨市曾经是文化气息特浓的城市。近一二十年内，像其他许多城市一样，由于文化人才的不断流失，文化氛围大受影响。恢复一座城市的文化气息，首先要凝聚起一批文学人士，使他们的文学创作热忱形成集体的呈现。因为，若无一批文学人士的存在，绘画、书法、雕刻、影视等艺术门类的创作，便同时没有了最有水准的欣赏群体和评论群体。甚至，连城市的美好变化，大约也会缺少诗性的赞美声的。如果一座城市一天比一天变得美好了，却缺少热爱声和赞美声，那么它的文化品格又从何谈起呢？

正是基于以上文化理念，市里的领导们达成共识，批拨基金，对"松花江上"大型系列文学丛书项目给予有力支持。我是这套丛书第一批十部作品的二审评委。参加评选对于我是很高兴的事，每一部作品都令我感到亲切。在十位作者中，除二三人的名字是我所熟悉的，其他作者都是我以前闻所未闻的。"松花江上"使这些原本潜在"文学江底"的人浮出了水面；而且都是漂亮的升浮，总体姿态如同"水上芭蕾"。我与阿成兄不禁频频通电话，因他们的涌现都感到欢欣和振奋。我相信，这些宝贵的文学种子，将引领更多喜欢读书和喜欢写作的人，参与到哈尔滨市文化事业的发展建设中来。

而漠宁对于我便是一个完全陌生的名字。从简历知道，他小我七岁。虽然小我七岁，我们也算是同代人。那么，我所经历的，他几乎便都经历了。

我很喜欢他的这一部作品。

首先喜欢的是语言，一种淡雅的、温暖的、娓娓道来的叙事风格，使我联想到科鲁普斯《追忆逝水年华》那一种从容不迫的叙事风格。并且我觉得，文字比后者优美。我猜漠宁是写过诗的人，因为作品中每每呈现大段大段的优美的景物描写——太阳、月亮、小河、花草、老别墅及花园；还以极温柔的细腻的笔触写到了童年、少年时吃冰棍，用竹竿打鸟，看到车驶来驶往的快活，字里行间流淌着对童年和少年时期的眷恋。

漠宁的这部作品才十七万余字，却写到了众多的人物——姥姥姥爷、父母、姨及姨父们、老师同学们、知青伙伴、农村老乡、大队及公社的干部等，完全是白描式的写法，全书居然没写一句带有引号的人物对话，但每一个人物，却又写得极为鲜活生动。

漠宁有第一等的白描功力，我自叹弗如。

起初我以为，他是以自述体在写自己的成长史，并勾勒他的家族史。直至读到最后，才从他的"鸣谢"中知道，"书中的故事和人物都是虚构和想象的"。

我这个读者被他成功地"骗"过了。

那么我又不得不说，漠宁他有第一等的虚构和想象的能力。

《把太阳支起来》的时间跨度相当长，呈现了从一九四六年至"文革"结束三十几年间，一组虚构的哈尔滨人的经历与命运。

每一个城市人的记忆都是一座城市的历史的一部分（即使人物是虚构的）。

从这个意义上说，我认为——《把太阳支起来》是供人们了解哈尔滨这座美丽的城市的文学性的参考书……

（2012年1月）

《血色清晨》——那一个清晨

不管情愿或不情愿，不管表示出宽容的接受或冷淡的拒斥，不管为之高兴或为之很不高兴，电影界都将从此承认一个似乎太年轻了点儿的女人的名字——李少红。李少红向全体老的和少的、有成就的和自以为有成就的干导演这一行和混导演这一行的男人们进行了一次挑战。

所有这一切断言的根据乃是李少红的《血色清晨》。整部影片呈现出的冷静到了近乎冷峻程度的纪录式风格，对人的心理状态的严肃的探究和剖析，以及局部和细部的从容不迫的观照与一丝不苟，直至完成于最后的震撼性的终结与扩展到银幕以外烙在了我们心灵上的问号、惊叹号、删节号，使这部影片成为中国电影史上不容忽视的影片之一。

我想，将中国比作一颗彗星，十几亿人的心理构成心理积淀便是它的彗状星尾。新时期电影以来，《黄土地》首次将焦距对准了它，于是我们看到我们古老民族的虔诚的祈天意识，而这一点在地球的许多角落已不过是传统的仪式。《老井》也对准了它，于是我们看到我们古老民族一片贫瘠的土地上一个村落固执的甚至可以说本能的守祖意识，同时看到了民族性格之中锲而不舍的难能可贵的一面。《野山》将民族心理视如弹丸，置于变革的时代大弓之上，引而不发。其实际展示的只是开弓如满月的过程。《血色清晨》客观上不是向前而是向后拉回了镜头，于是那彗状星尾所包含的宇宙尘埃更加清晰地呈现在我们眼前，并以扩大的内部冲撞的无形张力弥补了摈舍广角的损失……

这四部影片足以结为新时期中国农村电影之四部曲。《血色清晨》无论在任何一方面绝不逊色于前三部。可谓不分轩轾。

但是，必须强调指出，无论作者的主观愿望如何，它们都无法列入给予农民的电影。它们更是关于农民的电影。而对于电影的发展和历史来说，二者同样重要。

还应该强调指出，正如阿Q不完全是中国农民的一类典型，而更是中国人甚至人类的一类典型，《血色清晨》所展示于我们的——因贫困而愚昧，因愚昧而猜妒，因猜妒而痛苦，因痛苦而陷入绝望，因绝望而专执一念毁灭什么的又危险又可怕之心态，同样不完全是一类中国农民的心态，更是中国人甚至人类的一类心态，是谓"世纪末心态"。

所以，是农民的万万不要以为那是专照向自己的镜子，不是农民的不要以为那镜中断无自己的影像。

中国是一个农业大国。农村人口几乎占十之八九。这导致中国的文化和文学艺术（当然包括电影）一旦将探究的焦距对向人的心理层，哪怕带着自省的意识，也往往会沿袭借助农村来做镜子的习惯。《血色清晨》在这一点上无疑是成功的。但是我想说，正由于它的成功，这一种沿袭应该到此结束了。因为只要我们做一次稍高些的俯瞰，我们将会发现城市里也有平娃弟兄受了同样的心理所摆布所驱使，磨刀霍霍已准备杀人或已在持刀杀人，也将会发现有人推开高楼的窗口向下无言地张望，正如大水坑村民站在高高的路坎上张望着无辜的小学教师被杀……

在文明正裂变着的地方凶杀文明要比在倘无文明可言的地方凶杀文明更令人怵然并更引人深思。城市的现实并非还没有提供这一种创作的根据，而是还没有被我们敏锐的目光审视到罢了！

导演在其对影片的阐述中说——"从表层意义上读解是愚蠢对文明的绞杀。凶杀事件可以说是偶然的，也可以想象它是有寓意的。"

于是我们有理由试图对影片做更深层次的领悟。导演的确为我们较彻底地打开了"一个文化层面，描写一群人的生存状态"。但是对于这一群人的心理状态的解剖方面，又显得功亏一篑，令人扼腕。

炸油条的盆嫂，挑水的小学生巧莲，她的弟弟满意，乃至永芳，乃至村长，一切的人，分明的都真真实实急急切切地原本打算救人一命，似乎只不过，他们和她们的天性的善良，全被一些细小事件所耽误，真真实实的善良和急急切切的本心，未能传达给小学教师明光罢了。于是明光之死，似乎只能归于他的仿佛宿命的原因了。最多也只能再归于人们的行为的不彻底。而这一点与其说是罪过，毋宁说是遗憾。尽管这种遗憾造成了悲惨的结局。小卖部的主人望着明光走过时说："别告诉他了……"我们以为导演将向人的心理剖下最深的一刀，和她同样在导演阐述中所说的——"让人类正视自己，正视自我。正视灵魂是很残忍的事。"但是小卖部的主人却紧接着又说："也许他已经知道了。刀不是已经被村长夺去了吗？再告诉他一遍，让他心里怪害怕的"——这也不是罪过，更不是丑恶。这是一个错误，是我们人人也许都会犯的错误。因而也是我们人人都不怕正视的。

小卖部主人的话，是对自己灵魂深处的邪狞的掩饰吗？如果是，那也只不过是我们的一种猜测。银幕并没使我们有更充分些的根据自信于我们的猜测。相反，惨剧发生前的种种情节和细节的铺垫，似乎更容易使我们推翻我们的猜测。于是情形如同这样——我们屏息敛气，目睹一刀在手的导演，肃然而又有几分怵然地期待着直指人心的一剖，导演却放下了解剖刀……

因而我们敬佩导演的某种敏感的同时，又遗憾于导演失却了某种较彻底的勇气。正如遗憾于大水坑村民皆没有将他们或她们的善良当作一件应该做得更彻底的事一样……

阻止凶杀，再也没有比做这样的事更需要勇气更应做得彻底的事了。

解剖我们人类的灵魂，并挑剔出某种邪狞给人类自己看，正如导演说的，需要同样的勇气。故也应完成艺术的彻底的使命——如果认为这也是一种责任的话……

于是整部影片似"归去来器"，回旋一圈，落在了，不，扎在了人的心灵上，但没有进一步解剖开来……

以上不足，与其说是影片的不足，不如说是剧本创作的犹豫现象，当然也就是不足了。尽管存在一些不足，导演们显示的职业才华，以及对电影语言本身的运用，证明了李少红大器的成熟。

《血色清晨》呈现给我们一种大匠风格。

世界是怎样结构的
——关于《安琪拉的灰烬》之断想

是的，我喜欢这部书。虽然我读到的只不过是它的缩写本，非是它的全貌；然而，我已经喜欢上它了。

一部好书就是这样——犹如一个好人。在某些时候，某些情况之下，好人一开口说话，你就知道他（或她）是好人了。甚至，好人并没开口说话，但他们的一个举动，一种行为，也会使你得出结论——那是一个好人。

《安琪拉的灰烬》，正是这样一部书。一部书既已为书，它就沉默了。这又好比一个一生只说一次话的人。说完了，就不再开口了。噢，上帝，如果我们每个人一生只有机会说一次话，那么许多人宁肯将机会留待老年的时候吧？当然，也会有许多人在年轻的时候就无怨无悔地利用了那次机会，将他的双手奉献给爱人。

本书的作者弗兰克·麦考特，在六十六岁的时候出版了这本自传体小说。这部小说充分体现了一个人的一次"具有永恒之美"的"说话"，也体现了小说不"小"的真谛。

这是一部关于成长的书。却又不仅仅是一部关于成长的书，还是一部关于"天使"的书。有时候，天使的背上并不长着洁白的翅膀，脑后也没有圣光。她们就在某些家庭之中，某些家族之中，是母亲，或是长姐，为了儿女的成长，为了弟弟妹妹们的成长，无怨无悔地辛劳着，付出着。真的，她们总是那样，无怨无悔而又极尽其责。她们的辛劳，她们的付出，往往仅是为了儿女们或是弟弟妹妹们的一次开心，一顿饱饭，一件新衣……

没有她们，这世界上的许多许多的孩子们，不能成长为有自尊心的男人和女人，当然也不能是配当父亲的男人和配当母亲的女人。是的，没有安琪拉那样一些不像天使的天使——一些孩子以后会成为罪犯。因为他们将只不过在贫境中倍觉对人世的恐惧，而没有任何快乐可言。

读这部书，我联想到了托尔斯泰和高尔基之间的一次对话。

托尔斯泰长高尔基四十岁。如果不是前者长寿，他能与后者相识的机会是很小的。

托尔斯泰听高尔基讲述了自己童年和少年时期的经历后，同情又感动，泪流满面地说："那样的生活足以将您变成贼、骗子或杀人犯，而您却成了作家。您使我无法不对您深怀敬意。"

高尔基回答道："那是因为天使一直伴随着我成长。"

我想，高尔基说那句话时，内心一定怀念起了他的母亲，和一些善良的人吧？

我进一步想，如果这本书的作者并没有一位天使般的母亲，他还会在六十六岁回忆自己的童年和少年生活时，不乏幽默吗？那是怎样的成长环境啊！——父亲是酒鬼，一个哥哥一个弟弟一个妹妹在贫穷悲惨的生活中夭折；为了在圣诞节的早上有东西可吃，母亲拖儿带女去乞求慈善救济；十四岁的弗兰克么当小邮差；还有每到雨季从街道上灌入家中的肮脏的臭水……

安琪拉正是那样一个家庭的主妇；正是那样一个酒鬼丈夫的妻子；正是那样一些孩子的母亲。

这位叫安琪拉的母亲，她唱歌唱得很好听，她跳起舞来身姿也很美。即使在她成为一个极其贫穷的家庭的主妇以后；成为一个酒鬼丈夫的妻子以后；成为一些嗷嗷待哺的孩子们的母亲以后，只要稍有高兴一下的理由，她也还是会唱起歌来，跳起舞来……

那时，你不得不承认，怎么也不像天使的安琪拉，对于她的孩子们真是一位天使！

这世界是怎样结构的？

当我快将这篇文字写完时，我头脑之中最后想到了以上问题。我自己对自己的问题给出的回答乃是——如果人世间不曾有许多许多的安琪拉一样的天使，恐怕这世界早就坍塌了。

道理是那么的简单——世界将永远是由少数富人和多数穷人来结构的。穷人的孩子们死的太多了，对于富人们的后代是可怕的。穷人的孩子们都成了罪犯，对于世界那是更可怕的事情。而若穷人的孩子们永远像父辈一样一生在穷困之中挣扎无望，则这世界是该趁早毁掉的。

上帝差遣天使来到人世间充当穷人的孩子们的母亲，最终使他们成为有教养的人，在富人面前不再卑恭的人，并有能力参与使这世界变得公平起来美好起来的人……由而，世界的结构才一直没有彻底坍塌。《安琪拉的灰烬》——它就是，由天使们守护的，那一家中的温暖，那炉膛里的，积灰之下永远覆盖着的炭火。只要人善于拨去积灰，炭火就会一直在炉膛里红着，并烧着新柴。但愿，此书能使我们中国的数量大得惊人的穷孩子们，从自己母亲的身上，发现天使的影子……

（2005 年 4 月）

人性永远的享受：美之温暖
——评贺文庆的少女人物形象组画

我喜欢贺文庆的油画。我想，如果我居然不喜欢，那么我便不是我了。我以极为欣赏的态度喜欢贺文庆的油画。我想，如果我居然不欣赏，那么我之喜欢，终究不过只是眼睛的事罢了。

贺文庆的画值得我细加品"读"，于是我心温暖。那种温暖，宛如异乡客忽然听到了家乡少女一日之晨的轻歌曼唱，和着家乡的流水声，和着湿润的微风；而风中有家乡泥土的气息，也有季节的味道……

就油画而言，古典主义画风的要义是美，但美的意涵在西方古典油画作品中体现得是极为狭隘的。我认为，那时油画在西方只有古典和经典之分，却没有什么主义。或言亦有，不过便是宗教主义。故那时的油画，在西方只有一种气息，便是宗教气息；只有一种气质，便是宗教气质；也只有一种风格，便是教堂风格。天大于地，但是地上的人类的生活，却远比天上的神仙的生活要丰富得多。更丰富的色彩在地上，更丰富的线条也在地上。而画家们和其他艺术家一样，他们的心灵一定特别本能地拒绝狭隘，追求丰富。于是他们的视角由对天堂的仰望而转变为对人类的关注。

这时，正是在这时，古典中才上升出所谓古典主义来。

在关于西方美术史的教学中，一向将复兴时期以前的油画家和油画作品统称为"古典主义"，而我以为是大错特错了，是一种概念上的姑妄言之。在那一时期，大师和画匠的差别，除了技法高低，其他可圈可点的方面不多。

古典主义是从古典中"复兴"出来的。古典主义是对古典的一次大为成功的"凤凰涅槃"。"复兴"以后，"古典"之而又"主义"之的画派，所秉持的乃是美与人文主义相结合，相统一，进而达到和谐的艺术境界。于是古典主义画派具有了它所必然会有的精神，便是——美的人文内涵的体现和传达。

委涅齐阿诺的《女像》是这样；达·芬奇的《蒙娜丽莎》是这样；卡拉瓦乔的《弹曼陀铃的姑娘》是这样；《利来纳尔第像》《伊拉斯莫像》《巴拉维其诺像》《蓝衣少年》《瘸腿孩子》等复兴时期的人物肖像画作品或全身形象画作品，都具有分明的人文主义元素。

若以为古典主义便是唯美主义，显然是误解；故意将古典主义诠释为唯美主义，那是错误的。

贺文庆的油画是美的；但不仅仅是美的，更不是唯美主义的。他的油画本身是具有不言而喻的人文气质的。那么我想，他心底里对作画肯定是有精神认识和支持的。我甚至认为，将他归在现实主义画家的行列也许更适当些。

而古典主义，只不过是他的画风。

我这么认为，并不仅仅因为他笔下所画的乃是现实中的人物形象。这是很重要的原因，但非是决定性的原因。决定性的原因乃是——他的油画是温暖的。既清纯，又温暖。于是，使我们的心，我们当代人尤其当代大都市人每每浮躁又倦怠的心，面对他的画时能够获得爱抚般的慰藉。

我想，这种美的效果，定是他拿起画笔站立在画板前时，便已经决定了要奉献给我们的。

我想，其实作画这件事，肯定不只是画家笔下的事，而也是他们心灵中的事了。

由而，我们欣赏者的心，便也由一个脏器"复兴"为心灵了。

贺文庆有一颗现实主义画家的温暖的心。

美是林林总总的。时尚之美，往往也是吸引人眼的一种美。但时尚之美，再美，却实难美得温暖。

贺文庆的油画，因为具有特别恬淡肃静的温暖，于是有别于时尚；于是超越于时尚。

肖像画无非两类——半身的，或全身的。半身为肖像，全身为形象。两者属同一画种即人物画。

自从摄影机产生以来，摄影术日益提高，肖像画或形象画在西方的绘画影响力渐渐式微。这种情况，对东方人的绘画审美意识也有一定的波及，但情况总体上好于西方。因为在西方，肖像画或形象画，不仅受到摄影术的逼仄，同时还受到种种现代主义画派气势汹汹的冲击。而在东方，现代派绘画与人们传统的欣赏习惯之间的隔阂，并不是那么轻而易举地就会被瓦解的。

既然靠摄影机便能做到的事，为什么还要靠画笔去做呢？

于是，曾几何时，人物摄影家在西方应运而生，大昌其业。而肖像或形象画家的处境，似乎有点儿渐渐地日薄西山了。

科技与艺术之间的关系，每是水可载舟，亦可覆舟的关系。

由简单的照相而到摄影艺术，乃是一个历经百余年的意识提升的过程。而即使是"摄影"艺术了，它的前提也还是"照相"。不靠那个"机"，"摄"成为根本不可能之事。此门艺术，也便无从谈起。

但绘画之于人类，却是更为纯粹的艺术形式。

对于摄影艺术，摄影机本身的高级与否，起着至关重要甚而决定性的作用。也就是说，同是一流的摄影大师，若他们所用的摄影机以及一切相关的摄影器材档次差别很大，那么他们的摄影作品几乎注定了不能同日而语。

然而这种情况是绝不会体现于油画家们之间的。

油画少说也有六七百年的历史了。油画家们所用的画笔、画布、色彩在六七百年间所发生的改变，并不比我们人类所用的餐具在六七百年间的改变更巨大些。

这说明了什么呢？说明人类具有一种无与伦比的天赋，即哪怕以最为简单的方式方法，也能创作出最为杰出的艺术作品。

不但在美术方面是这样，在音乐和文学方面也是这样。任何一种乐器的科技含量都是小于一台高清晰度的"照相"机的。而打字机也绝不比"照相"机的原理复杂。

那么，我最终想要表达的意思是——在人类的历史中，有某一时期必定会因某种科技产品的诞生，而一叶障目，淡漠了对自身那种无与伦比的天赋的肯定和珍惜，却不会一直淡漠下去，永远淡漠下去。因为在人类的天性中，对于更纯粹的艺术所保留的记忆和敬意是很深刻的。它永远不至于泯灭。它的复归只不过是有待时日之事。

恰恰由于"照相"机的产生，由于人物摄影艺术的风靡一时，反而更加对比出了肖像或形象油画的水平之高。高到何种地步？高到——只要油画家他们愿意，他们画笔下的人物肖像或形象，几乎可从画布上呼之欲出，几乎可与最高级的摄影所拍摄的效果不分轩轾。而有时画与摄影之间有人眼不细辨难以区别的不同，则又往往是画家们有意为之的。为证明自己的画家们，并不是摄影家；为证明那是画笔之下产生的作品，而不是手指轻轻一按快门闪动之际的定格。

人类如此高水平的绘画能力，怎么会不再度地被欣赏呢？

故，我虽不是预言家，但是我竟敢于大胆断言——就在二十一世纪，写实派油画，无论人物肖像画、形象画抑或静物画、风光画，必定在人类的绘画史上迎来第二个春天！

我如此断言确实没有什么特别令人信服的根据，唯一自信的不过是我对人类艺术史中的"轮回"现象的一点儿思考——有价值的艺术流派几乎都曾经历过被逐渐边缘化的命运，但也都曾再度光彩夺目。

时尚艺术大抵经不起时时代代一两年一次的覆盖。而有传统和精神可继承的艺术，虽经百年大概也不会真的消亡。因为它的命运的真相就是不死。

当然，我要声明——我以上一番文字，并不意味着我鄙薄摄影艺术，也丝毫没有轻视别的画派的成见。

摄影艺术同样是我欣赏的。在二十一世纪的某一时期，肖像或形象油画将与摄影艺术一道同是艺术画廊中的美卉，而不再是你消我长，更不再是你存我亡的关系。

古典主义风格的写实派油画与现代派油画之间的关系亦必如此。前者共性更多一些，后者个性更多一些而已。

但艺术之事，前提是"艺"，而凡"艺"，是有共性的。所谓个性，无非是"术"的进取。不谙此点，未解艺术也。

那么，我还想说——在东方，更具体地说，在中国，正涌现着一批复兴而又提升古典主义传统的,年轻而又才气横溢的写实主义油画家。

贺文庆就是他们中开始受到关注的一位。

也许他们并没想过,他们存在的意义是非同寻常的。

而我认为其意义就是——油画始于西方,影响了东方;在二十一世纪,贺文庆们将会使西方反省,何以他们丢弃了的,反而在中国获得了发扬光大,并进而影响西方?

当然,说是"回报"西方更谦虚些,也似乎更有涵养。

据我所知,贺文庆是王沂东的学生。画家王沂东的油画,不消说也是我们喜欢并欣赏的。不但自己画得好,连学生也画得好,是老师王沂东值得欣慰的,也是令我羡慕的。

师生二人的油画是有共性的——都不同程度地体现古典主义风格;都重视人文元素的包含;都以乡村和乡土为背景,也都以农家女儿为人物……

王沂东先生的画作,多以大红为主色调。画上的少女,每每给人以极为深刻的,仿佛"精灵"化了的印象。其画中少女并不怎么妩媚,然而似乎都是具有惑术的。少女化了的"克蒂芬斯"一般,令人难以揣摩她们的心思。

红色是令人激动的。王沂东先生画作中的少女们也是令人激动的。她们的神情似乎是在传达一种无言的心语:"不许犯我,但是可以爱我。"她们似乎深谙了太多的世相,不动声色,心中一定之规。一种过早地成熟透了的纯洁,连她们的肉体,仿佛也是那样。又成熟,又纯洁,于是具有强烈而巨大的惑性。与性感无关,但与情欲有些关系。一种严格内敛而又饱满膨胀的少女情欲在人物心房里涌动,却又到底还是纯洁的。

我对王沂东先生的功力不得不钦佩。

贺文庆的画作,却多以暗色或旧色为背景。连天空、河流、林木、田野都处理为暗旧之色,仿佛老照片。少女们的衣裳,也多避鲜艳。总之贺文庆的画作中几乎没有什么丽色可言,除了那些少女们。

她们自然也是纯洁的。分明尤其是淳朴的、不谙世事的,毫无戒心的,也没有什么心思的。她们仿佛是一些最好一直与乡村、乡土不分开的少女,还得是民风像她们本身一样淳朴的乡村才好。她们是些别人们简直不忍将她们带离那样的乡村和乡土的少女；她们是些谁若将她们带入大都市谁便会感到罪过的少女；她们是些即使进入大都市也不会改变因而注定将受伤害的少女；她们是某一方特别淳朴的乡土、乡村和乡情所孕生出来并任其自然长大的少女；她们也是那样的乡土、乡村和乡情才能予以保护的少女。

她们的纯洁与画中那个地方的淳朴，似乎是大地厚德载物的一个佐证。

暗色或旧色的乡土背景与乡村背景，却一点儿不给我们以冷僻之地的印象，全得力于人物形象的纯洁。那是一种少女人物们自己倍觉安全的纯洁，一种无邪的纯洁，也是一种——令人心疼的纯洁。她们也似乎在向我们表达着一种心语："请也到这里来生活吧，这里很好。"而我们则不免会在内心里说——那里有她们，自然很好。但我们的理性同时告诉我们——那样的一个地方，也许是根本不存在的。于是，我们几乎没法儿不忧伤了。但我们却又宁愿相信她们是存在着的。于是，我们的心里，除了忧伤，还生出一缕温暖来了。我们便感激画家向我们所做的艺术奉献了。美之温暖，对于我们的人性，乃是永远的享受，永远的渴求……中国也大，人才也多。在画家中，有不少王沂东们，贺文生们。我欣赏他们的画作时，每每替今日之中国感到自豪和骄傲。中国在油画方面仰西方鼻息的时日太久了，它快该结束了。我确信，总有一天，西方人面对中国油画的成绩，定会发出惊叹：这一切什么时候开始的？我对贺文生们绝对有信心。因为，他们还年轻……

一片冰心在玉壶

——关于柳城的《电视电影三字经》

柳城感动了我。

在人心浮躁又倦怠的当下，感动别人已经接近是妄说，而被别人所感动接近是童话。

但，柳城确乎地感动了我。我喜欢这美好的童话。他也感动了另外的许多人，足见，我们的心永远是需要被感动的。人心不仅是一个脏器，还是一个容器。当我们确信人心里盛着一份不泯的真诚的时候，它就不只叫心，还叫心灵了。

柳城用心灵体现了他对中国电影事业的真诚。我觉得，电影之于他，几乎便是一种文化宗教。他的《电视电影三字经》，在我看来，意味着一个中国人对自己民族的电影事业的信徒式的祈祷。

屈指算来，我认识柳城业已二十余年。我竟回忆不清我们是怎么成为朋友的了。只记得当初每年至少有一次，我与全国各电影制片厂的同人们必会聆听他对中国电影创作态势的深入分析和点评。他的报告一般总是安排在老局长滕进贤的主体报告之后。自然，我们都知道的，"主体"中有他的多少贡献。他义不容辞地回答我们所提出的种种歧义。依赖和倚重，最大限度地给予他一种特权。管理电影的人们和创作电影的人们之间每存矛盾，在各种各样的矛盾磨合过程中，他与老中青三代编剧、导演中的许多人成了挚友。我一直认为他是一个善于将他那一特权的积极的正面作用发挥得恰到好处的人。

凡二十余年来，有一半左右的时间，柳城是电影之"场"的"场"中央之人。

他被迫放弃了他最痴迷的写作，最终成为当代中国电影历程的一个见证人。一概这个"场"上的苦恼与探索，光荣与梦想，感奋与失落，他全都责无旁贷地纠卷其中了。倘由他来写一部中国新时期电影的史性书，个中故事，可细道端详，层出多矣。因为，无论哪一部可圈可点的新时期电影，其问世都是与柳城分不开的。同时他又毫无疑问地是中国新时期电影的一个被见证人，委屈与误解，唯己自知耳。

电影之"场"，既是文艺之场，又实乃名利之场。倘举这世界上能够令人以最快速的方式方法最大化地获得名利的事情，电影肯定居前二三。然而电影并没给柳城带来什么名利。获奖证书与奖杯一向与他无缘，对此人们从未听他说起过，他始终是中国新时期电影的伴嫁娘。

柳城热爱我们中国的电影热爱得那么纯粹，那么无怨无悔。我每每当面将他戏比作一条鱼，说他身上即使剥落了一片鳞，那么其正面必定依稀可见"电影"二字，而背面可见又将肯定是"中国"。

自从他成为"电影频道"的工作者以后，我们相见的次数反而频繁了，往往是在我家附近的便民小餐店里。

记得有一次在窄小的餐桌上，柳城对我说："在中国电影业面临商业化娱乐化空前挑战的今天，'电影频道'或可是一块绿洲。我们那里，仍愿为有志于文艺电影的人提供实践机会。但，却绝不能因为电视电影种类上是低成本电影就降低要求标准。如果那样，'电影频道'也终将对不起'电影'二字了。"

举座肃然。

拍电视电影的人们多是热爱电影但经验不足的青年，他们将电影频道作为自己实现电影梦的摇篮。

我想，柳城的《电视电影三字经》之初衷，正是为关爱那样一些青年孜孜以求的热忱而萌生的。他一如既往无怨无悔地充当中国电影新人们的伴嫁娘。他的《电视电影三字经》，是老蚕的丝；是泪烛的光；是电影纤夫的号子；是银幕守望者的诗唱；是过来人侧身道旁虔诚之至的叮嘱；是经验者儿童般的无私奉献……

"叫初学者去入门，叫过来人去体会，叫干活的去使唤，叫还没干活和干完活的去琢磨，甚至叫老一点儿的去回忆"——张艺谋对《电视电影三字经》的评说，其实已使这篇文字显得极其多余。

先于我的评者们有一个共识，那就是——《电视电影三字经》所内含的艺术思想，乃是对一切文艺从业者都有普适性的。

我和我尊敬的师长谢铁骊一样，尤其对以下文字印象深刻：

人一世事若成需淡利需忘名唯赤爱唯忠诚
靠投入靠激情轻宠辱耐枯荣漫漫路踽踽行

因为这些文字，简直已经不仅在诠释文艺从业者和艺术的关系，而且也是在诠释人和人类一切所谓事业的关系了……在我看来，柳城的《电视电影三字经》，是他的写实主义的工笔风格的自画像———位以圣徒之心皈依了"电影宗教"的教士，在以肺腑之言布播"电影教义"……于是，我仿佛同时听到了他那熟悉的声音：能执否？他却那么纯真地笑了。在我们这个世界上，教士从来都不是大人物，但他们虔诚。但这世界的另一个事实乃是———一切的光荣与梦想，虽不唯独与虔诚有关，但与虔诚有关的光荣才长久，与虔诚有关的梦想才最终升华为理想。《电视电影三字经》，句句行行体现着文艺的自觉和作者的灵性。我们正处在一个文艺本能来势汹涌而文艺自觉已不知何在的文艺时代。于是，柳城的默默之声显示出了一种稀少的圣洁性。于是，我总觉得他总是那么年轻。所以，我要记下我心之感动。

关于我们的"微妙"缺点
——评葛佳的《老同学》

人是有"微妙"缺点的生灵，正如有微妙之智趣。

故较之于动物，人与人的关系便未免复杂。于是，也便未免生出麻烦。又于是，便总生出些故事。在人类的社会，有些故事纯属无事生非。动物界也不是毫无故事性可言的"界"，但无事无非的那一类，确乎的少有。莎士比亚有一部戏剧就叫《无事生非》——讲一位贵族小姐，做梦都希望能成为一位贵族青年的妻子。可一旦见着了对方，却又每每当面讽刺，极尽尖酸刻薄之能事。动物之间断无此种心口不一的现象，也便没这一类故事。人比动物高级，也是高级在这一点的。而凡高级的，则注定比低级的复杂。

人的，或曰我们的"微妙"的缺点，一经被小说家或戏剧家抖搂出来，暴露于光天化日之下，我们便觉尴尬。

缺点不同于罪恶。罪恶之心，并非普遍暗藏，但是缺点，人皆有之。是缺点而又"微妙"，人讳也。

但小说家或戏剧家，乃是以表现人性之正反两面为己任的。故人之"微妙"的缺点，不被他们的眼所洞察，不被他们的笔所揭示，他们便会觉得对不起他们所爱好的事情。而我们实则应该感谢他们，因为他们实在是为了更加使我们明白自己，尽管我们同时会尴尬。

葛佳的《老同学》揭示的是人对人的嫉妒。

嫉妒之心，亦人皆有之。

古今中外的小说或戏剧，千百次地揭示过这一点了，有的还因而成为经典、名著。

我们都知道的，人对人的嫉妒，一般不太会发生在不相干的人们之间。我们不太会嫉妒另一个国家的人中了彩票大奖，但却往往会嫉妒身边特别熟悉的人日子过得比我们好了一些，比如《老同学》中郭新对黄启明的嫉妒，然而这也不是什么秘密。

但郭新对黄启明的嫉妒，就有那么点儿特别。当黄启明的命运比自己强了，他很痛苦，气不打一处来；当黄启明可能要死了，他又兔将死而狐已悲。上苍眷顾着黄启明，癌症是误诊，他且死不了呢。而且明摆着，活着反而更强壮了。其命呢，更加强过郭新，也遂成不争的事实。郭新于是又陷于痛苦。因嫉妒而生的痛苦，是难言的痛苦。明明痛苦着却又难言，于是又气不打一处来……

因为他们毕竟是老同学的关系，黄启明一向不拿他当外人啊！

老同学的关系，是人和人之间很亲密的关系。于是从中生出情来，属于友情之最的一种情。明明是弥足珍贵的一种情，偏偏其上生出嫉妒这种恶疮来，郭新只有徒唤奈何。而郭新又不是恶人，是恶人倒也好办了。嫉妒既生，对黄启明的得意生活实行破坏，自可消减他的痛苦。但那等勾当，郭新显然是做不来的。他企图破坏一下黄启明的儿子考上了北京电影学院表演系的好事，但一听说黄启明得了癌症，于是又良心不安，自我谴责不已……

葛佳写的是芸芸众生之中一个注定成不了小人做不了恶事的人的嫉妒——嫉妒体现在这样的一个人身上才微妙。使郭新不嫉妒黄启明是不太可能的，那需要具有很高的人品修养。郭新没那么高的人品修养。他的嫉妒是无药可医的。几乎可以推测——他也许会死在他的老同学黄启明的前边：因其嫉妒必危害其生命健康。也许真正得癌的倒会是郭新……

如此看来，葛佳的《老同学》，也算得上是一篇不失微妙之处的小说了。

《老同学》是幽默的。

《老同学》的幽默不属于黑色，而属于灰色。即那种仅使我们尴尬，但还不至于刺痛我们的幽默。

葛佳的文字也是有些特点的。一般而言，小说的文字，总是会多少呈现出作者的性别基因来的。但《老同学》的文字，却介乎中性状态。这是尤其值得一提的。

因为这种文字特点，或许将会成为葛佳以后的小说的"品牌"特点……

花自有魂水有魄
——评沈培艺舞剧作品《梦里落花》

一、关于舞蹈

不管舞蹈学院的教材上对于"舞蹈"二字是怎样定义的；不管舞蹈教师们对学生们是怎样阐释的，而我一向认为——舞蹈是一切艺术门类中最具"通灵"色彩的表演艺术。

我用"通灵"一词形容舞蹈艺术，并非要强调它的神秘感，更不是将它与迷信相互联系。不，完全不是这样。我实在找不到一个更好的词，来形容舞蹈所能达到的那种出神入化的至高境界。"出神入化"也委实是一个被用滥了的词，但是用以形容舞蹈的至高境界，却肯定比形容其他一切艺术尤为恰当。"出神"即表演精妙；"入化"便是我所言之"通灵"的意思了。

诗人在写下一行行赞美雄鹰的诗句时，他无论再怎么"入化"，我们眼里的诗人，终究还是一个人。诗人笔下的一切华丽词句，都无法助诗人"入化"为鹰。诗人与雄鹰之间的"通灵"，是既不能"形似"也不能"神似"的。

同样，对于最擅长画雄鹰的绘画大师，也只能是鹰在纸上，人在纸前。鹰是鹰，人是人。

最杰出的戏剧表演艺术家或影视明星，每每可自信满满地饰演一切"角色"，即饰演一切人。可若要求他们或她们饰演一只兔子或一只青蛙，水平也许便在孩子之下了。倘不经舞蹈家点拨，大约是连在孩子之下的水平也发挥不出来的。

而卓越的舞蹈家，则几乎可以演什么是什么。当然，其前提，须是值得舞蹈家们呈才情一演的。那样的一些"什么"，是指最具生命动感的"东西"。其动感越是千姿百态，舞蹈家的才情便越会发挥得淋漓尽致。舞蹈语汇的丰富多彩，在那种情况之下几乎是无穷的。

于是，舞蹈家在舞台上或足可以进行表演的任何场地，可以"入化"为奔驰的骏马，可以"入化"为宁死不屈的斗牛，可以"入化"为狮王、猛虎、蛇、兔、孔雀、天鹅、鹤、机警的鹿、灵活的猿等地上的动物和天上的飞禽，美的、可爱的、威风八面的乃至可怕的，从蓓蕾怒放为鲜花到蚕儿蜕变为彩蝶……这一切对于舞蹈家都不在话下。

"形似"是一般舞者皆可做到的。"神似"是成熟的舞者无不追求的。而"通灵"则是舞蹈大师们所能"入化"的境界。他们的表演渐入佳境之时，我们往往会忘了他们原本是"人"，而开始认可他们已成为他们所"入化"的某物。

此时对于他们，是"庄周化蝶"的过程，是人与蝶的"通灵"过程。"入"也罢，"通"也罢，遂是精神与魂魄的幻化。于是"似"几乎便等于了"是"。形"是"也，神"是"也，"灵"亦是也。

在表演艺术的范围内，除舞蹈家，任何其他表演艺术家都做不到此点。如果一切的表演艺术家聚在一起开会，欲公选出他们的形象代言人，大约结果会是舞蹈家的。

而这正是为什么，在某些国家的神话传说中，会保留一个神位给予舞之精灵，曰"舞神"。在全人类的神话传说中，只不过曾有两种艺术荣登神殿——还有便是"诗神"。

诗神崇拜意味着人类对于自己所创造的语言文字的顶礼。舞神崇拜则意味着人类对于自身肢体的尊敬。肢体语言是全人类的第二语言。是上苍先天赋予的"世界语"。假如某一天，电影《二〇一二》所呈现的画面不幸成真，幸存的人类都成了哑巴，文字记忆也被从大脑中抹掉了，那么至少还有一种语言可以相互表达如下之意："我们不是你们的敌人！""让我们团结友爱，视如亲人！""让我们共建家园！""只要有爱，人类便有希望！"是的。只要人类还具有舞之天赋，美在斯！而只要对美的心灵感受不泯，爱便又有了翅膀，于是一切艺术复活……

二、关于沈培艺

认识沈培艺已经十几年了。由而认识了她的丈夫、她的父亲母亲、她的妹妹、她的全家及某些朋友。

沈培艺的父母都是教育工作者。父亲是广东美术学院油画系教授，热爱油画艺术就像沈培艺热爱舞蹈艺术一样——爱到地老天荒也情有独钟。

但是说起来，十几年中我与沈培艺所交谈过的话，加起来还不如与她的父母交谈过的多。因为有一个时期，她退休了的父母客居北京，偏巧与我住在同一幢楼里。

欣赏油画对我是另一种精神享受。于是某几个晚上，在她父亲的画室里，我成为她的父母亲所招待的客人。

我觉得沈培艺无疑是遗传了她父亲的一种性格基因的——那就是真诚和内向。

除了谈到油画或与油画相关的话题，沈培艺的父亲差不多是一个宁愿倾听的人。相比而言，她的母亲倒是更喜欢聊点儿别的。

除了谈到舞蹈或与舞蹈相关的话题，我所认识的沈培艺也差不多是一个宁愿倾听的人。相比而言，她的妹妹倒是更喜欢聊点儿别的。

但沈培艺却绝不是一个拙于表达见解的人，正如她的父亲也不是那样的人。

沈培艺具有一等的表达见解的能力。只不过体现在语言方面，最高得五分。而若体现在文字方面，则至少得九分——十分为满分的话，以我的标准来给分的话。

有一位油画家父亲的女儿，一不小心就会变成一个完美主义者。而完美主义者们的另一种称谓乃是——"容易和自己过不去的人"。谁一旦已经变成一个"完美主义者"了，想要不那样反而是别扭的，并且比变成那样了更不容易。我想"完美"的意识，肯定也左右了她的语言表达习惯。情形每每是这样的——当她要对某一话题参与并表达看法时，便开始在头脑之中认认真真地组织句子，力求将自己的看法表达准确。这时的她，便陷入了片刻的沉思。而当她终于认为值得将自己的看法也表达一下时，那话题已经转移了……

有几次，我和她以及她的亲人朋友们相聚，以小说家的眼观察到了那么一种印象。那时的她便独自微微一笑——也许初识她的人会以为她未免太过矜持，其实那是某些"完美主义者"在社交场合颇令人同情的一面。她的独自微笑是自嘲。

一个"完美主义者"，在家庭观念方面不可能不是责任第一的。我间接所得的印象，组合为一位贤妻良母式的沈培艺。

一个"完美主义者"，在艺术见解方面不可能不是唯美倾向的；对于舞蹈家尤其会这样。我直接所得的印象，组合为一个"为美的舞蹈艺术而艺术"的沈培艺。

诗是可以不唯美的。故在诗的领域，不但出现《恶之华》，还有《嚎叫》现象。画也是可以不唯美的。故在画的领域，有"野兽派"。小说、戏剧、电影电视剧，亦可以从内容到思想都是所谓"审丑"的。但舞蹈却不可以是丑的。丑是舞蹈家绝对不能原谅的亵渎舞蹈现象。连不美也不可以。美是舞蹈这一门艺术的不动摇的信仰。也是人类从古至今爱舞蹈艺术的坚定理由。舞蹈艺术、古典诗词、西方现代美学思想、艺术与人文情怀的关系——这四方面构成了沈培艺的"艺术人生"的维度。也是我和她之间不多几次单独交谈的话题维度，并且通常是在电话里。几乎只有在这样的时候，她的话语表达才是睿智的、活跃的。即使如此，与她文字表达所体现的才情相比，还是显然不如的。世界上几乎所有的"完美主义者"在力求完美地表达见解时，差不多都会首选文字。这是大多数"完美主义者"话都不多的真相。她将《梦里落花》的舞剧构思文字稿给我看后，曾在电话里征求我的意见。意见，我这个门外汉自然是提了几条的，但我特别郑重地告诉她，我对"替你写出这样一份构思文字稿的人，表达我的敬意，因为那个人的文字功底实在令我刮目相看。用词精准，优美有诗意……"她在电话那端笑道："别夸了，是我自己写的。"我不禁脱口问出一句："是真的？"她反问："真有你感觉的那么好啊？"听得出她有几分得意。放下电话，我头脑中随之产生了一个与她有关的概念——"文字沈培艺"。

说到底，舞蹈起初仅仅是"情绪的艺术"。古代舞蹈家当然不会久甘于此，耽于此，于是舞剧诞生。但早期舞剧，仍只不过是扩大了，再扩大的"情绪艺术"的"场"。既曰"剧"，总是要载些思想的。然仅靠古典舞蹈"语汇"演绎思想已是舞蹈家们力不从心之事，他们的努力往往功亏一篑——于是现代舞蹈产生。

现代舞蹈丰富并刷新了古典舞蹈之"语汇"，使古老的舞蹈艺术"凤凰涅槃"。

中国古典舞蹈之"语汇"尤为局限，因为它更主要体现在"舞"字上，故有"长袖善舞"一词。在中国古代，对于女子，"蹈"是不雅的，甚而是有伤风化的。中国舞蹈、舞剧的"凤凰涅槃"（主要指汉族舞蹈、舞剧）自八十年代以后才真正开始。尽管此前的舞剧"样板戏"已不得不吸收现代舞蹈"语汇"，但"样板"却证明了尚未普遍。

沈培艺的舞蹈艺术观念是积极进取的。

她之热爱中国古典诗词，一如她之热爱舞蹈艺术。那么，她一直希望能自编、自导、自演的一台舞剧，则就不可能不是诗性的舞剧了。在戏剧性和诗性之间，她对诗性更为执着。一台诗性舞剧——这是她给她的舞剧既定的气质。

而这一气质，在她看来，乃是一种品质。

一种在中国许多艺术门类中皆已日渐稀缺的品质。

这不啻是一种挑战。

她的决定本身具有"行为艺术"的意味。

她明白此点……

三、关于李清照

　　唐诗璀璨，名士大家众多。然五言七言久之，未免审美疲劳。故至宋，词代诗风，又成气象。长短句式，冠以词牌，咏物言情明志，更为自由练达，且更适于吟对唱和。

　　唐诗也罢，宋词也罢，高者中令男人自叹弗如的女子亦不少。如鱼玄机、薛涛、李冶、刘采春、朱淑真（或贞）、李清照……

　　这些女诗人女词人，皆容颜姣好，才华横溢，誉满一时。而她们的命运，却大抵是令人唏嘘的。男人们靠了诗名词名，可入仕途。她们诗词歌赋方面的才华，却只不过能给她们带来浮光掠影般的短暂欢悦。到头来或如花骤败，或晚境悲凉凄苦。

　　鱼玄机因情妒而虐死侍女，一失足成千古恨。一说被处以死刑，一说最终还是被保释了。不论哪一种结果，总归是可悲可叹的。薛涛因身份是"官妓"而居然得罪了官员，一度曾被发配往新疆一带沦为"随营妓"，那差不多便是军营里的"慰安妇"了。李冶应召入宫后，因卷入了政治事件，被唐德宗下令"乱棒扑杀"。刘采春的命运没那么悲惨，却也好不到哪儿去，青春貌美时为了生存不得不卖唱"走穴"，后来嫁给了一名小官吏，却又因"缺少共同语言"而离异……

　　在以上四位唐代才女中，鱼玄机和李冶的名字是绝对不可以出现在正规诗书中的。她们的名字及诗被收入《全唐诗》，还是到了清朝，由外族统治者恩准的事……

　　与唐代的她们比起来，宋代的李清照的命运，虽也有坎坷不幸，却终归算是远离了悲惨的了。若仅从"剧"的角度而言，鱼玄机、李冶的命运倒似乎更值得再现。其次是薛涛。最后才应考虑李清照。然舞剧虽亦为"剧"，剧情反而应回避复杂。因为舞剧的艺术特征首先是舞，剧情是为舞服务的。复杂的剧情元素，必将在很大程度上"对冲"了观众对舞的欣赏。

　　那么，沈培艺的诗性舞剧，最终选择与词结合，并以李清照为结合的主体，便是自然而然的了。沈培艺的诗性舞剧，需要一位女性人物当得起"诗词女神"的殊荣。鱼玄机之不适合显而易见。薛涛身上的风尘色彩过重。李冶的命运结局太悲惨了；悲惨剧情对诗性剧情无疑会是一种解构。刘采春的命运轨迹实际更接近是江湖歌女。朱淑真的影响终究逊于李清照。舍伊其谁？《梦里落花》于是以舞的艺术方式，演绎了今人对古人的理解、女人对女人的怜惜、舞蹈家对"诗词女神"的敬意、沈培艺与李清照的"通灵"。易安词风，以"忧"而优；以不魅而美；以素辞而博雅；以淡意而营幽境——这正是《梦里落花》所要追求的。李清照同时称得上是一位女性的爱国者吗？这我就没把握予以肯定了。但起码，她后来的词证明，她确乎是"哀"国的。为国而哀，于是李清照的词中，便不仅有"欲说还休"的情调、情绪、情结、情愫，也有一种大的情怀维度了。如《乌江》中句："生当作人杰，死亦为鬼雄。至今思项羽，不肯过江东。"……在当代舞蹈家对古代"诗词女神"的敬意中，此种敬意或许是第一位的吧？

四、关于《梦里落花》

这舞剧当然是中国气质中国魂，却也大胆地糅入了西方宗教文化的元素；当然是以汉民族古典舞蹈语汇为主的，但西方现代舞蹈语汇也随时可见。置景简练，有的场次几乎只靠投影效果衬托环境气氛。也许，对于有些观众来说，它是过不足欣赏的瘾的。而或所要加以充分肯定的正是其"简"。

舞蹈是完全可以一个人表演的，不言而喻叫"独舞"。一些人的集体表演并且够不上"剧"的，每被说成"舞蹈节目"。我认为，《梦里落花》在"舞蹈节目"与舞剧之间，相当成功地实践出了"第三条道路"。当然，这是姑妄言之。

中国人一搞起什么"剧"来，意识上似乎总是场面越大越好，置景越奢华越好，人数越多越好。如果不这样，创作上先就欠了自信。这也对观众形成了一种不良的欣赏误导，仿佛值得一看或不值得，首先是由"大"到什么份儿上来决定的。

但是一场够水平的室内音乐会，很可能比体育场里进行的音乐会更值得欣赏；小剧场小舞台的戏剧演出，也完全可以是精品，甚或遂成经典。同样，中国人对于舞剧，应有更现代的思维方式。"现代"艺术的理念，即包含有以"简"为美的一条宗旨。西方现代舞剧，正是以这么一种面貌问世的。中国舞剧，今后应多走此路。一则投资何必动辄百万千万？投资数目不至于吓跑人，才有利于动员民间资本介入。二则投资多了，演出多了，才有利于舞剧欣赏受众的吸引和培养。许多经典的外国歌剧或舞剧，所走的正是这么一条道路。比如，代表当今法国歌剧水平的《巴黎圣母院》，除了奉献一流的歌唱水平和呈现一流的舞蹈水平，除了极必要的一两件象征性道具，舞台上几乎再无别物。也不用什么特效灯光，只用最传统的追光而已。但它在全世界各国都大受欢迎。

中国舞剧不必非步中国大片的后尘。中国舞剧当从"简"中走出经典之路。最后我想说，我的不满足感也是有的；如果在下篇某一场次，鱼玄机、薛涛、李冶、刘采春、朱淑真们也能依次出现，每人一二句诗，由李清照引荐给"芸"，似乎别有意味。那样，体现编导之同情大也。鱼玄机现身此剧无妨，她在狱中曾作诗一首，深有悔意的。

要表达今人的同情和敬意，一并地表达更好……

（2010年6月）

像水杉那样的散文
——评贾凤山将军的散文随笔

某年仲夏我到南方,出租车拐上一段公路后,但见两旁高树成排,新叶翠绿。我问:"是什么树?"司机回答:"水杉。"又问:"那不是珍贵树种吗?"他说:"当然。所以我们省一向重视水杉树苗的培育,如今大获成功。"树,我是识得十几种的,此前也见过水杉——在植物园里。我忍不住问,是因为当时我所见到的水杉们,给我一种过目难忘的印象;很深刻。

每一棵树都特别直。还特别高。倒皆不太粗,根部也就碗口那么粗吧,越向上越细。至树梢,变成蒲公英似的伞形。这种树的枝丫较长,故叶片不密。在十几里公路的两侧,排列得整整齐齐,仿佛士兵组成的仪仗队,夹道最长的仪仗队——肃穆,庄严。

我读贾凤山将军的散文、随笔,不知怎么,一下子联想到了那些又高又直的水杉。在植物园里见到几棵是一回事,见到公路两旁整整齐齐地排列着数千棵是另一回事。

那情形别有一番壮观,和一番美观;构成不寻常的风景。贾凤山将军即将付印的散文、随笔书系,也很壮观。全部八卷;一百七十万余字,总共二千六百页左右;四百九十篇。真是可喜可贺的收获!我与将军是在二〇一一年中国散文年会举办的颁奖会上相识的。那天他穿着便装。当主持会议的人介绍他是一位少将时,我不由得多看了他几眼——倒不是因为他是一位少将,而是因为他是一位多次获得散文奖的少将。

当今军队群英荟萃,人才辈出。是少将同时是歌唱家、舞蹈家、演员、编剧、诗人、作家者不在少数。但他们大抵先是文艺家,其后才是将军的。

虽是将军了，人们却还是会首先视他们为文艺家的。

贾凤山将军却不同。他不是专门的文艺家。他的身份首先是军人，一直是军人；写散文、随笔，只不过是他业余所热爱的事。一位职业军人，业余热爱读书，还写散文、随笔，并多次获奖，这使我刮目相看。

但他给我的第一印象，却又没有多少儒将气质。他年轻时想必很英俊，我从他堂堂正正、棱角分明的脸上，更多看出的还是军人那种坚毅、果敢、雷厉风行的性格特征。对于男人，那种特征特别有魅力。

主持人请他发言，他未推辞，朗声说道："在座的还有八一电影制片厂的著名导演翟俊杰将军，如果说翟将军是老兵，那么我比他入伍晚，我是小兵。在座的还有不少文学前辈、散文大家，那么在你们面前，我是新人。能有机会聆听你们畅谈散文、随笔写作的心得体会，一定会使我受益匪浅。能有这样的机会我很高兴。我是来向大家学习的……"

类似的话，在别的场合我也听得多了，其他人分明也听得多了。然而大家热烈鼓掌。为什么呢？因为他的话说得真诚。不是故作的真诚，不是逢场作戏的那种谦虚；而是一种发自内心的真诚，发自内心的谦虚。何以见得呢？参加那次会的十之七八都是文学人物。即使在全国算不上，在地方也肯定是。那样一些人，是太善于区别发自内心的真诚、谦虚和作秀了！自然，掌声便也是由衷的。后来将军请我为他的散文、随笔提提意见；我也正想拜读，如愿而诺。及至他亲自将八大部打印稿送到我家，我一时惊呆了。问："写多久写了这么多啊？"将军淡淡地回答："二十多年。"我不禁一阵肃然。

当下中国，人心浮躁，一个人并非以写作为业，却坚持业余写作二十多年，那么简直可以说是不解之缘了。倘还是一位将军，又简直可以说是武魄文心了。

然八大部书稿，我感觉实是难以集中时间和精力全部拜读的，便请《散文选刊》编辑部为我从各集中抽出几篇。他们总计为我抽出了二十篇，篇目如下：

《爱女出嫁了》《井冈山兰》《家》《守望乡土》《大馇子粥和大饼子》《"红""绿"辉映井冈山》《读石》《心灵视觉》《欣赏自己》《守望遥远》《懂

得珍惜》《感悟第一次》《守住气节》《境界之上的境界》《半字歌的随想》《二十三倍差距的忧思》《难忘那个大通铺》《走上草帽山》《感叹岳桦林》《读书的境界》。相对于四百九十篇，二十篇仅是二十四分之一多一点。

但毕竟地，我觉得可以谈谈感受了。

落笔之前，我不禁又联想到了水杉排列公路两旁的情形。

贾凤山将军的散文，犹如水杉。

为什么我会有此种印象呢？

因为不论他的散文还是他的随笔，首先给我一种毫不犹豫，果断地直奔题目而去的直截了当的风格。像爆破兵，目标一经确定，抱着炸药包或雷管就冲上去了。而且呢，通篇文字，紧扣主题，既不拐弯抹角，也不屑于扯开去。

如果我是在读职业散文家的散文或随笔，也许还会不太适应。但一想到写作者是一位将军，顿时理解了。

他是把军人那种雷厉风行的作风，和他本人直来直去的性格，相结合着"落实"到他的写作"行动"中去了。他不是一位赋闲在家的文人，他是一位在职将军。业余写作之于他，很可能像夜晚急行军，也可能像一次夜间发起的冲锋；估计，四百九十篇散文、随笔，大抵是夜晚写就的。但每篇的思想、人生感悟，却肯定是经常胶着于脑海，咀嚼再三的。倘酝酿成熟了，大约他会心里对自己说："明天解决掉它！"——像决定打仗那样。

"境界，是指事物所达到的程度或表现的情况。"——《读书的境界》。

"第一次拿起铅笔歪歪斜斜写下自己的名字，第一次背上书包……"——《感悟第一次》。"人生旅途中，人人都喜欢受到欣赏"——《欣赏自己》。"石，以其独特的音容笑貌生存在大自然中……"——《读石》。"家，一个多么美好的字眼啊！"——《家》。"乡土，是一个人闭目就能想到抬首就想看到的地方"——《守望乡土》。"踏上井冈山，有一种莫名的激动，有一种莫名的感动"——《"红""绿"辉映井冈山》。"草帽山，因山的形状像一顶草帽而得名"——《走上草帽山》。我所读过的二十篇，基本都是如此这般写起的。这种开门见山的风格，不仅使我联想到成排成列的仪仗队般的水杉；还使我联想到"单刀直入"这一词汇；联想到杜甫的"大漠孤烟直"这样的诗句。以上种种关于"直"的联想,又使我得出一种"快"的印象。一种"快速反应"式的思维记录。贾凤山将军的散文、随笔的风格,既给我以水杉那种"直"的感觉,又给我以水杉那种"高"的印象。而"高",乃指充满字里行间的家国情怀,指精神之境界。家国情怀之于他,关系反过来联系为国、家,才更能体现出他的思想逻辑。

在《家》一篇中,他最后写道:"共产党人和革命军人对家应该有更深层次的认识,有更深层次的理解,那就是:心中装着的不仅仅是自己的'小家',还有祖国和人民这个'大家'。"

倘若这样的一段字句,出于职业散文家笔下,我会感到寡淡无味的。但出自一位军人散文家笔下,却令我怦然心动。因为,军人如果不是这样,那我们还有敬爱军人和军队的理由吗?

贾凤山将军"直"而且"白"地用他的散文语句诠释了"咱当兵的人,有啥不一样"这句军旅歌词的含意。

"直"和"高",这两种印象,使他的散文、随笔,具有了一种特殊的风格美;一种精神高迈的军歌般的美;一种硬朗的美。连他笔下的抒情文字,也于温暖之中体现着硬朗。

那么,我想将他的散文、随笔,概括为"军魂文章"。一种恪守气节,崇尚气节的文章。一种直抒胸臆的文章。"气节也是一种力量,在一种更高的意义上说,这句话比'知识就是力量'更加正确。"以上是他的散文《守住气节》中的一句话。我只想在其后加上一句"也比'知识就是力量'更加有力量"。依我想来,大约他这四百九十篇散文、随笔,无一不是他与自己心灵的坦诚对话吧?

好比——他在自己的精神园圃中,一棵接一棵栽下了四百九十棵水杉。每一棵都直直的,高高的。成排也直也高。没有太多的枝丫,故没有太多的叶片。

但,水杉之美,正美在那么的一目了然。那么的简约。那么的分明。他的散文也是这样……

(2011年3月)

《客过亭》读后感

尊敬的叶辛副主席：

尊敬的朋友：

大作《客过亭》收到，刚刚读完。

首先真诚地祝贺您又有创作收获；同时要请您谅解，研讨之日正是学生论文纷纷报选题、改方向，最后落实的日子。学子们忙，我也忙，不能亲自前往，请多宽恕。

现将读后心得汇报如下：

1. 插队知青也罢，兵团知青也罢，近年多有自发组织"旧地重游"之现象。这样的活动，我却一次也未参加过。兄的大作，以小说之方法叙述了一次知青们的"回访"，角度很新，是我读过的第一部这样角度的小说。

2. 小说中设置了对一桩以往旧案的现在时破解，起到了悬念的效果。在"回访"群体中，两位男主人公在当地留下了纠结的遗情故事，不，算上安康青，应是三位这样的男子；还有托他们找儿子的，路上还有些现在时的男女之情发生，比如白小琼对汪人龙就是在这一路上发生好感，并且似乎想要进一步发生一夜情。倘非沈迅凤碍事，很有可能如愿……这些人事，组合在一个当年的知青小群体里，并且一路上继续抖搂出一些新情节，给我一种在读克莉斯蒂《东方快车谋杀案》似的感觉——很小说。也很上海。我这么说，绝无贬义，但也并不完全就是褒义，而只不过是一种主观印象的坦白。我觉得，插队知青和黑龙江生产建设兵团的知青，尤其当年的上海插队知青与北方城市的兵团知青，即使在当年，情感表现和行为方式都是极不同的。或许正是这一点，决定了同样是现在时的"回访"这种事，过程竟也那么的迥然。

兄呈现了这一区别。

而于是，小说对于知青这一庞大群体的南北差异性具有了一定量的文字以外的研究价值。

3. 我喜欢《客过亭》这一书名。相比于祖祖辈辈的农民，当年的知青真的不过是过客。广而论之，谁又不是人间过客呢？但这"客"字，足以代表大多数，不能代表全部。比如当年一些所谓"黑五类"或"黑七类"子女，他们的人生遭遇，往往便与"客"字无缘了，更接近着"发配"。

4. 两则题记，我很认同第二句。对第一句是不认同的，尽管是普希金的话。普氏之死是令人同情的。但观其一生，其实并没多么地痛苦过。他最大的痛苦，乃是觉察到美丽妻子对他的不忠。故我认为，他这句话实在是挺那个的——对痛苦的解说味道太甜了。

恰恰相反，我倒认为，有的痛苦伴随终生，希望变成"亲切的回忆"谈何容易？除非是高僧大德，或庄子第二。我并不认为大多数知青的当年经历是痛苦的。几亿农民世世代代为农，对大多数知青，倘言痛苦，未免娇气。但就是觉得，普氏的前一句话，不足以代表真痛苦过的人的切身感受。我觉得你应选到更好的引言。而你没有。我对你不满意。

5. 我很在乎写当年的知青生活是否带出"文革中国"的背景。倘滤得很干净，在我这儿就是"伪"。"上山下乡"与"文革"是重叠在一起的。我们既是"上山下乡"的亲历者，又是"文革"的见证人。别人遮蔽随人家去，但我们有记录的历史责任和文化责任。

这一点兄写得很充分。我大满意。

6. 你我都是知青一代的幸运儿。大多数知青，返城后的人生况味，比之知青时的当年强不到哪儿去。到如今，晚景凄凉凄苦者大有人在，每每令人闻而揪心。你写到了这一点。好。

7. 当年知青们"烧麻风"的情节，令我震惊。尤其是你写到，还有知青攀树夜观——这太令人发指了。那个丘维维很可怕。我只从书中看到了她受惊，没读到有关她忏悔的心理描写。

生活中做了恶事而不忏悔的人为数不少。

但对于中国，作家有责任通过文学作品传播忏悔意识。"高于生活"，有必要高在这些方面。或反过来，将人做了恶事竟缘何毫无忏悔意识剖析给读者看，也是必要的。

两方面的必要你都太吝笔墨了——这是我的一点点挑剔。文人之谊，当以诚见。在这方面，我们太不如"五四"时期的前辈了。我们应该向他们学习。否则，我们的友谊岂不也是腐败的？汇报完毕，仅供参考。不当之处，包涵则个。祝研讨会成功！

（2011年3月）

我们这些动物
——白衍吉《人生笔记·岁月琴弦》读后

衍吉文兄：

首先请您原谅，我因近来颈椎病又重，严重影响脑供血，于是影响思维了；故不能按您的要求，对您的散文写一篇郑重其事的"序"或"评"。我每戏言，现在的自己，似乎仅能靠前额周遭那一小处脑区来思考了，文采自然也就不去指望，下笔虽不离题万里，别人读来明白便已谢天谢地。不瞒您，我出差外地，一向是睡宾馆客房的地上的。倘地面狭窄，便去掉床榻软垫，睡底下硬板——起床时再复原。而在家，冬季睡硬板床，夏季亦直接睡地上。这么一种状态，继续写自己的那些蹩脚文还有三四分勇气，对他人的作品说长道短则心虚得很了。奈何奈何？谅解谅解！我以下的文字，只算作是读后感吧……

您寄给我的副刊散文复印文稿，我大部分都认真读了。其中数篇谈到读书带给您的益处和愉悦，谈到您家居的三次变迁；谈到您的书屋；谈到您自己和您的家人与书的亲密关系。那篇《弟弟与书》，我也认真读了。《弟弟与书》令我颇多感慨。因从那一篇散文中，我了解到您的弟弟至今还住着很普通的房子，面积才四十余平方米，却爱书成癖，藏书颇丰，是一个名副其实的老百姓中的"读书人"。

我觉得这是人类社会中一种古典的文化遗风，一种具有诗性的社会现象。对于一个国家，他那样的读书人多起来了，连国家的褶皱里都会呈现着和谐的。因为据我看来，一个和谐的社会必由三要素构成——民主的公平的制度；健康的自然的经济发展方向；精神世界充实的公民。我没有什么根据说读书是唯一使人精神充实的事情。但是我有根据说，一个读书人口若不是在增加反而是在减少的国家，那么它的前途是堪忧的。因为道理那么的简单明白——先有的书籍，后有的声像传媒和网络传媒。后者延展前者，前者细说后者。人类的社会，一概知识的价值，越来越体现于细处……所以，我情不自禁地要赞美一下您的弟弟了——雅哉，斯平民读书人。

至于您自己和书的关系，以及您那篇《我的书屋》，我读来倒是心境平平。因为我差不多就是那么过来的，并且至今没辟出什么像样的一间书屋。我们的职业本是离不开书的，连我们都不爱书，不读书，遑论别人？但《我的书屋》中亦有引发我思考的内容，便是你的几次迁居——先是住在哥哥家；之后转到了筒子楼；再之后分了两居室；再再之后是三居……

您的迁居经历，勾勒出了八十年代以后，一批中国知识分子的"居家演变图"是朝着一步比一步好的方面变化。联系您那篇《纯洁》，尤其使我思绪多多。

曾有学子问我："学中文有什么意义？"

我回答："与文字发生亲密的关系。"

又问："那又怎样？"

我回答："那是一种幸运。"

"幸运等不等于幸福呢？"

问题如此高深，我竟不知怎样回答……

我从您的所有散文的字里行间，都能看出您由于与文字发生了亲密的关系，而对人生无怨无悔，而对人生感到知足和幸福。我是与您一样的人。我每每戏称我们这种人只不过是一批"文字动物"。往谦虚了说，连"文化动物"也不敢自诩。以普遍规律来看，文字绝不能使我们住上豪宅大屋，开上名车，过上富贵生活——那么我们的幸运感从何而来呢？

于是又联想到一位朋友勉励我的赠言——"自由不是来混时间的。自由的价值在于用来把时间变成历史，而人，只有当他把属于他的时间变成历史，这个人才存在。历史、生活、存在，是同一件事情。"我以为这正是对我们这种动物的要求。我们由于成了这种动物而幸运。我们的幸福感，大约也是在觉得实践着以上那句话的时候吧？

您的散文中有历史感，故有沧桑感，一种淡定自若的沧桑感。同时具有鲜明的时代感。我相信，集成书后，时代感与历史感，必将相互濡染，给人以"今天这样形成"的印象……

我之所以联想到《纯洁》一篇，乃因我认为我们这种动物，既有幸与文字关系亲密，那么当然应像贺宝莉守望爱情、守望家庭、守望事业一样守望住我们与文字的缘分。

比之于诗、小说、戏剧与电影电视剧本，散文似乎是许许多多的人都能写的；但散文的难处也正在于此——当许许多多的人都能写散文时，我们这批"动物"还怎么写散文？

您的散文给我以启发。比如《烟囱赋》一篇，能将在别人看来属于新闻报道的内容写得那么散文化，这是难能可贵的。在此篇中，您列举了法国作家左拉，俄国作家库普林以及茅盾在《子夜》中对烟囱的描写，证明您实在是一位仔仔细细的读书人，一位记忆超强的人，令我叹服。

最后我想说的那就是——盼着您的书早日出版。因为那样我就可以早日获得赠书了。我因颈椎病，乘飞机不能超过三个小时。故此生再难有出国之时日矣。您散文中那些关于欧美各国的旅游见闻，感想之类的篇章，使我如身临其境，是值得我反复看的……

诸事缠身，顾此失彼，我成了时间的役奴，原谅不能写太久，太长，虽然感想还很多很多！

祝笔健！

（2008年8月）

放歌黄河第一诗
——读董猛先生的长诗《黄河游》

读董猛先生的长诗《黄河游》，如懵懂之人以酒当水，越饮越渴，越渴越饮，醉而再醉，一番番有酩酊之感。稍住，起急；意兴阑珊，瘾也。复读，复醉。

我言"懵懂"，确乎的是一句大实话——我虽以小说家而浪得浮名，但对诗的亲近，却不曾间断过。从少年时期至今，似一厢情愿没着没落的一场爱。兴之即起，还每每当众朗诵。古体也罢，现代也罢，接触的已不算少。

然长到一万余行的诗，我首次读到。

在我印象里，除了《荷马史诗》，只有拜伦的《唐·璜》、但丁的《神曲》、歌德的《浮士德》，长到万行以上。

故，面对厚厚的一册万余行的长诗，大为愕异。一个人需有多么饱满的激情，才足以写出一万余行的长诗呵！一万余行的长诗，又需写多么久的时日呢？倘旷日持久地沉浸在诗境之中，一个人的激情又是怎么样来储备和发挥的呢？这一万余行的长诗，使我的感觉大受冲击。起初是视觉的，继而是心理的。依我想来，一个人居然能写出一万余行的长诗，那么他简直也可以用诗性的文字来写一部长篇小说吧？

说实在话，我也只不过在少年时代读过《唐·璜》《神曲》《浮士德》的片段而已。全诗，是从不曾读过的。以我自己读过的中国诗为限，最长的，要算是白居易的《长恨歌》了。也不过才一百二十行，是一万余行的百分之一的长度！

及阅，页页都是整齐划一的九言诗句，不禁又愕又异。单以唐诗而论，五言七言为最普遍。我又何曾见过九言的古体律诗呢？而且九言到底，"九九归一"一归便是一万余行！在自由体诗中，外国诗中，比如莎士比亚的十四行诗中，九言诗句甚至更长的诗句屡见不鲜。不才读诗终究也少，忘得也多，于今，保存在记忆之中的中国古体律诗之长句，也无非就是李白的"弃我去者昨日之日不可留，乱我心者今日之日多烦忧""安能摧眉折腰事权贵，使我不得开心颜"，以及白居易的"虐人害物即豺狼，何必钩爪锯牙食人肉？"寥寥数句而已……

不但万余行，不但竟以极为少见的九言一行行写来，而且全诗所展开的现实的浪漫的超现实的种种意象，竟全围绕着赞颂黄河这一主题思想——于是更使我对《黄河游》其诗和作者董猛先生刮目相看。

是的，我认为，单独的一首诗若印成厚厚的一部书，那么就不仅是诗，也区别于诗集，而堪称一部诗书了。尽管我很想，但思忖再三，最终还是决定不用"史诗"二字来评价这一万余行的长诗。

因为，所谓史诗，大抵是以史为基本内容的。诗风尽可是浪漫的，但依写诗之人的主观的想法，他必认为他首先写的是史；其次，他认为是用诗在记录着史。如《荷马史诗》，它既是文学的现象，而其内容在史的研究和考证方面，也具有重要的价值和意义。

只有这样的诗，方可曰之为"史诗"。只有这样的小说，方可被视为史诗性的小说。由于我头脑里有这样的一种观点，我也一向认为——《神曲》《唐·璜》《浮士德》，都并不是史诗。我更愿视它们为诗书。史诗也罢，诗书也罢，只不过说法不同，并不影响好诗是好诗。

史诗并不意味着诗性方面肯定是极品好诗。好诗也并不一定非要具有史诗的特征。我觉得《黄河游》真的堪称一首好诗。一首很好的长诗。仅那一种从第一行贯通于最后一行的澎湃激情，便十分令我钦佩。现而今，有激情的诗是太少见了。有激情的诗人也少而又少了。我们正处在一个激情泯灭的时代。激情本身便已显得可贵。而我也不能不承认——这部一万余行的长诗，确乎的也具有某些"史诗"的雄壮史性。其史性，基本上源自中国古代传说；长诗对于以黄河为象征的中华民族的近当代命运，少有真确的反映。也许，人们可以这么联想——"黄帝大战蚩尤"的过程，未尝不是借古代之传说而间接描写中华民族之近当代命运。但，读者的联想，并不能就等于诗作者的原创内容。

然此长诗的浪漫气息却是极其浓厚的。这是一部浪漫性远高于叙史性的长诗。尤其全诗中"游水府"和"游河""水府之梦""水府盛会"等部分，想象飞扬，文采旖旎，佳句频现……

我自然知道，此诗绝非关于黄河，进言之，关于黄河主题的第一首诗；李白就写过"君不见，黄河之水天上来，奔流到海不复回"的名句啊！尽管全诗非是写黄河的，但其名句人人皆知也！

然我还是要说——此诗乃放歌黄河的第一诗！上下五千年还没第二个中国人，为我们的黄河母亲写出过万余行的长诗！因为它绵长的深情和可贵的激情！同时，向董猛先生提出以下建议。

1. 由于拘泥于九言，有些句子欠诗性，是否可以打破，使情感更通畅？在我记忆中，似乎连李白和白居易们，为了真情实感的表达，为了大情怀的恣肆呈现，也有不拘一格而破律束的例子。

2. 是否可以增加些有关黄河忧患的内容，如黄河的污染、淤积等。诗人，如果你如我一样重视你的诗——那么，请一定再付出一番心血将它臻于更加完美……为了我们的黄河……

（2005年12月）

推荐《资本主义文化矛盾》

我认为,所谓"后马克思主义者",其实就是一种思想上更为现实的,克服"乌托邦"倾向,但对社会进步又仍抱有理想追求,不满足于现状,尤其不向现实中的不公平不合理现象妥协的思想者。

这本书,我是在别人的推荐之下读的。现在,我将它推荐给更多的人读。它是由三联书店出版的。作者是当代美国人。名字叫丹尼尔·贝尔。它不是"小册子",也不是"大部头"。二十九万字,厚薄适中。但如去掉"中译本绪言""一九七八年再版前言""初版序言""初版说明"等四十余页,实际上本文仅有二十五万字左右。它当然不是一部小说。因而除小说不再读其他任何书的人,也就不必碰它了。分明地,它会使这样的人感到读它简直是一种惩罚。

它也不是那类写得很有趣儿的,妙笔生花的,通俗的社会学书籍。这本书的行文绝少比喻,绝少形容,全书没有调侃之词,没有辛辣的讽刺或机智的辩论色彩。甚至,也完全没有幽默。

这本书写得太冷静了,太理性了,太缺少激情、太不具备影响力了。一言以蔽之——四平八稳。但是,在一行行一页页四平八稳的、近乎枯燥的文字中,我们不难感到作者那种大气的从容和镇定的自信。它正是以这样一种思想的魅力引导我读下去的。中国目前少有这样的书。少有这样的思想者。中国的情形恰恰相反——我们的某些被认为或自认为有理想,或仅仅有一点点思想的写书的人,在研究了一点点历史以后,在分析了一点点现实以后,在只不过有了一点点新的发现以后,甚至在那发现实际上并不新,前人或别人早已论说过的情况之下,便会大大地冲动起来。凭着那种大大的冲动,将"一点点"喧腾腾地发酵成书。以为仅靠行文的花哨，定能将空虚的内容打扮为充实似的。

所以中国的学理类新书，社科类新书，大抵都善于写得很有意思，却无多少有价值的思想。更不要说个人的思想魅力了。

我本人虽然不写那类书，但写过那类长短文章。在我本人身上，我以上指出的毛病，也是很明显地存在着的。

读贝尔的《资本主义文化矛盾》，对我本人的写作态度是一种有益的教育。

这不是一本从反对资本主义的立场出发而写的书。

因为贝尔实际上不是偏激的资本主义的反对者。它相当透彻地洞察了文化在资本主义背景下的矛盾，尤其洞察到了文化与高速发展的资本主义经济形态之间的矛盾。贝尔以自己的话语方式指出这种矛盾存在的普遍性，分析这种矛盾产生的原因，也批判使这种矛盾加剧的时代因素。但是他并不据此否定资本主义。因为他似乎明白，否定某种存在的积极的前提，最好是寻找到足以替代的另一种存在。这位美国当代思想家清楚自己做不到。更清楚自己做不到的，当代的别的地球人也未见得做得到。因而他不硬装出能做到的样子。他不幼稚地扮演上帝的可笑角色。他只"修正"资本主义。起一位思想家对自己所处时代的医生的作用。而这，我认为，是思想家难能可贵之处。

贝尔在他的这本书中，也谈到马克思主义，谈到社会主义。他不轻蔑马克思主义。但他绝不是马克思主义的信徒。他在尊重马克思主义的某些思想贡献的同时，毫不讳言自己的思想与马克思主义的冲突与悖逆。他不敌视社会主义，但他批判社会主义革命的暴力方式与共产主义的"乌托邦"倾向，主张循序渐进的政治改革和经济平等原则的实现。

他是"当代美国重要的学者与思想家。在战后西方的社会学、未来学与发达资本主义研究诸领域具有领先地位"。"一九七二年全美知识精英普测时，也曾以最高票名列二十位影响最大的著名学者之首。"其后他成为美国艺术与科学院"二〇〇〇年委员会"主席。

贝尔在他此书一九七八年的再版前言中写道："我在经济问题上持社会主

义立场。我所谓的社会主义不是中央集权或生产资料集体所有制。它所论及的是经济政策的优先权问题。为此我相信,在这个领域里,群体价值超过个人价值,前者是经济政策合法的依据。所以社会资源应该优先用来建立'社会最低限度',以便使每个人都能过上自尊的生活,成为集体的一分子。这意味着应有一套劳动者优先的雇佣制度,有对付市场危机的一定的安全保障,以及足够的医疗条件和防范疾病的措施。"

贝尔的这段话,惊人地符合马克思主义关于共产主义的某些论述。也惊人地符合中国目前进行的"改革开放"所要达到的目标。与我们的"改革开放"最终要使"大多数人"都富起来的原则相一致。

只不过,不知为什么,在一个时期内,中国大谈特谈"先使一部分人富起来"太多太久了,谈"改革开放"的最终原则太少太不够了。

如果我们还承认共同富裕是最终原则,那么,"使一部分人先富起来"显然只不过是方法。

谈方法多了,谈目的少了,方法就容易给人某种错觉,仿佛已经实际上成了目的本身。真正的目的,也就难以被深入人心地相信。当人们开始怀疑目的之时,方法的说服力也就随之丧失。

贝尔的书,间接地告诫了我们这一点。

贝尔在他的书中又着重谈到了"需要"和"欲求"的区分。

他指出——"社会的首要义务是满足必需要求,否则个人便不能成为社会的完全'公民'。"

他引用凯恩斯的话接着说——"人类的需要可能是没有边际的,但大体能分作两种——一种是人们在任何情况下都会感到必不可缺的绝对需要;另一种是相对意义上的,能使我们超过他人,感到优越自尊的那类企求。第二种需要,即满足人的优越感的需要,很可能永无止境……但绝对的需要不是这样。"

贝尔在此书中坦率自白:"我反对把财富转换成与之无关领域内的过分特权。我坚称这是不公正现象。比如在人人有权看病的医疗机构里,财富却能换来超常的特殊治疗。"

"我坚持政治应当把公众和私人区别对待,以避免共产主义国家里将一切行为政治化的倾向，或防止传统资本主义社会中对个人行为毫无节制的弊端。"

"我相信个人成功的原则，而不赞成对社会地位实行遗传或规定性的指派。"

贝尔自称是政治上的"自由主义者"。

但他亦被看成是一位"后马克思主义者"。贝尔自己并不反对这种指谓。事实上他欣然接受。我觉得，在中国，其实有相当多的一部分知识分子，就思想信仰而言，是接近于贝尔式的"后马克思主义"的。我觉得，我自己在思想上便是这样。我从贝尔的这本书中，读到了许多我愿意接受的观点。我认为，所谓"后马克思主义者"，其实就是一种思想上更为现实的，克服"乌托邦"倾向，但对社会进步又仍抱有理想追求，不满足于现状，尤其不向现实中的不公平不合理现象妥协的思想者。我愿成为这样的思想者。我想，在美国这样的"后资本主义"国家，产生贝尔这样的"后马克思主义者"，是非常必然的。

我想，在美国这样的"后资本主义"国家，不但产生了贝尔这样的"后马克思主义者"，不但未被当成异端剪除，而且被尊为当代影响最大的著名学者，而且被推选为美国艺术与科学院"二〇〇〇年委员会"主席，是非常值得我们中国人思考的。

这一点似乎说明了——一个国家在其社会发展的过程中，完全采取放任自流的态度是不可取的，还是要多多少少注入一些理想的目标成分为好。而那理想的目标成分，说到底，又几乎可概括为一条——从广大民众的利益出发。

文化是我们另外的故乡

—

Chapter 4

—

随想之旅

杂文，

若要维护"种"的延续，

大概是要和散文"远亲通婚"，

生出某种有杂文血统的新散文来。

在文学中，

"羞涩"一词较多地用以形容少女。

在现实中，

不禁羞涩起来的尤其是少年。

翰墨：五评读书明理

对于我，读是一种幸福；而写几近于"中毒"——好比对于女人，怀孕是一种欣慰，而临产意味着经受苦楚……

爱是文学艺术作品中老得不能再老的主题。却永远地老而不死。真真是"老不死"也。

尽管爱是一个"老不死"的主题，但是关于爱的小说、戏剧、诗和歌，也像它的读者、观众和听众一样，一批又一批地老了、旧了、死了。没死的，也不过象征性地"活"在文学史中、戏剧史中、老唱片店里。

《将进酒》，句句平实得几近于白话！最伟大最有才情的诗人，写出了最平易近人最豪情恣肆的诗，个中三昧，够我领悟一生。

《水浒传》中最煞有介事也最有损"好汉"本色的情节，是石秀助杨雄成功地捉了后者妻子的奸那一回。那一回一箭双雕地使两个酷武男人变得像弄里流氓。

一切的爱情小说，包括神话中的爱情故事和民间的爱情故事，都是有"性别"的。有的可归为"男性"类。有的可归为"女性"类。有的可归为"中性"类。比如《梁山伯与祝英台》，比如《罗密欧与朱丽叶》，就是"中性"类的爱情故事。

主人公为女性的文学并不一定只能或只许开出美的花朵。往往也能生出丑和恶。这样的文学名著是不少的。比如巴尔扎克的《贝姨》《搅水女人》，左拉的《娜娜》。

十之八九的女人读《简·爱》时虽然肯定会被简对爱的执着所感动，但是大多都并不愿意碰到另一个罗切斯特时自己也学简。

"梁祝"之爱在丝毫没有性内容介入的情况下，就被"不可抗力"的外界因素所摧毁了。没有性内容介入，而将爱表达得那么回肠荡气，构筑到那么浪漫的极致，使我一直崇拜得五体投地，认为是人类文学成就中的一朵奇葩，一个奇迹。

从先秦两汉到明清朝代才华横溢的女诗人女词人，其命运又十之八九几乎只能是姬、是妾、是妓。

在西方，《金瓶梅》是被当作中国的第一部"最伟大的"，"极端自然主义的"，"空前绝后"的"性小说"的。这才评论到了点子上。

《金瓶梅》，它在每段赤裸裸的情欲和性的描写之后，总是"有诗为证"。而那些"诗"，几乎全部的拙劣到了极点，后来就干脆不厌其烦地重复出现。同样的字、词、句，一而再，再而三地使用，好比今天看电视连续剧，不时插入同一条广告。

性爱在某些中国当代小说中，几乎只剩下了官能的壳。这壳里已几乎毫无人欲的灵魂。

"文革"中的文学和文化"表情"是面具式的。是百年文化中最做作、最无真诚可言、最讨厌的一种"表情"。

（二十世纪）九十年代前五年的文化"表情"是"问题少年"式的。它的"表情"意味着——"你"有千条妙计，"我"有一定之规……

《廊桥遗梦》也是一本"女性"类的爱情小说。而沃勒先生是照着她们（美国中年女人）准都会喜爱他（男主人公罗伯特）的诸多特点去刻画他的。好比当代动画师们，摸清了当代孩子们喜爱的人物特点设计动画英雄一样。

《廊桥遗梦》这一美国式的当代爱情故事，带有似乎那么纯朴的泥土气息。好比刚从地垄里拔出来的萝卜。

中国文学、戏剧和电影电视剧中，为中国中年男女讲的爱情故事实在太少了。这和中国的国情似乎有极大的关系。像五十二岁的罗伯特那把年纪，在中国（二十世纪）五六十年代差不多开始做爷爷了。而五六十年代的中国男人，到了五十二岁，由于物质生活水平的普遍低劣，大多数也都老得没精气神儿了。

《廊桥遗梦》中,毫无深刻,但不乏感人之处。它感动我们的,不是十四年前的男女婚外恋。而是罗伯特的恪守诺言,以及他对弗郎西斯卡那种"曾经沧海难为水,除却巫山不是云"的专情。

《廊桥遗梦》好比是一个气象气球,它飘到中国上空,使我们经由它的出现,足以观测到我们自己所处的"社会气象"。"气象"二字所指,当然是爱情观念和家庭观念。

《廊桥遗梦》,是在中国人之性和爱的准则大塌陷前,从美国飘来的一只好看的风筝。

美国式的幽默,像中国的大碗茶,像中国的"二锅头",像中国的大众小吃,像"T恤衫",没派头,谁穿了都合身。

信赖是不能和利益同时放到天平上去称的。

罗丹的雕塑《思想者》,乃是一个沉思着的裸体男人。他在沉思什么呢?如果是到哪儿去弄身衣服穿,如果是下一顿饭到哪儿去吃,那么雕塑似乎也可以命名为"一无所有"或"被弃的羔羊"之类是不是?但他所沉思的显然不是这些内容,故他不仅是在思想着,而且是思想者。

一部《根》,在美国掀起了一次"寻根"热;一本《海鸥乔纳森》,使美国青年崇尚了一阵"乔纳森精神";一首《龙的传人》,更加引起了台湾青年渴望回归祖国怀抱的热潮……

在普及中产生的大家才更是大家。

在普及中产生的经典才更是经典。

这乃是唐诗宋词的成就告诉我们的。

如今,好小说恐怕比不好的小说更需要"广告"。

小说家和小说评论家之间的关系,应是"中通外直",不饰脂粉;不以恶其人而恶其技,不以好其人而好其技;下笔先无私,成文则磊落。

在《包法利夫人》中,几乎每隔数页,便有情景、场面、氛围、细节的着意描写,使我们仿佛身临其境。

契诃夫《第六病室》的创作思想,其实就是主人公拉京医生在小说中说的那句话："俄罗斯病了。"

国画的"普及",与流行歌曲的流行,其作用于人们的意识的结果是大相径庭的。后者越流行,作词、作曲和演唱人的知名度越高。前者越"普及",越在大众中泛化,其艺术魅力越减。

名气半大不大、似有若无的一批画家们,对重大艺术拍卖活动常常只能望洋兴叹。他们的向往之心,犹如小镇上的穷儿望着马戏棚,咬着手指头巴望得到一张门票。

几乎中国一切文人、一切知识分子,似乎皆不太情愿正视李白也是想当官的,当不成官了也是很失落很苦闷的这样一个事实。因为那么一来,偶像倾斜,自己的形象也是会大受损害的。

武侠小说的"文学气质"是反对旧秩序而且张扬民间正义的。

侦探推理小说的"文学气质"是一种法制前提之下形成的"气质"。是协助法制的,是反刑事罪恶、破坏刑事阴谋的。是称颂法制智慧的。

中国男人们的诗中词中,不消说也每有如翳如絮的寂寞。读之,感觉他们仿佛在饮苦药。那是一种百般辗转而终无奈的寂寞。那是一种极不情愿的寂寞。像被疾病纠缠住了。

寂寞对于古时候的女诗人女词人,却好比南洋女子嚼槟榔,或现在的女孩子们含话梅,是有几分消受着的意味的。

以我的眼看诗,常比以诗人们的眼看诗,看出较多的惊喜来。这是偏爱的结果,更是自卑的结果。

人和书的一种关系的真相乃是——无聊而持卷,消遣才读书。

目前是一个流行"拒绝"的时代,一本书一旦被认为有"布道"之嫌,于是遭拒绝就理所当然了。于是海淫海盗反而大行其"道"。

延安地方虽小,又穷又土,却是当时许多在文学和文艺方面才华横溢的青年云集的地方。简直可以说是他们的"奥林匹斯山",也是他们的文艺"圣地"。

迈入新中国门槛的作家们,好比胸佩标识精神抖擞神采奕奕的运动员步入了奥运会场。运动员赛前不是要经过体检的吗?检测服了兴奋剂没有。他们也都是经过了政治"检测"的。

年轻人尤喜谈论文学中的年轻人物，古今中外，皆合此律。好比今天的许多男女青少年，对当下电视中的人物能侃侃道来。

一位作家的才华是一回事，他们作品的文学价值也许是另一回事。好比一个人天生一副能成为大歌唱家的好嗓子，却并不意味着从他口中不管唱出一首什么歌都是经典歌曲。

我认为今天原本应该是一个杂文活跃的时代。而明摆着的道理，今天又根本不可能是一个杂文活跃的时代。……偶见的杂文，那"意见"的锋芒所向，早已悄悄地由针对大社会的现象，而明智地收敛了，专指向文坛或文艺界这"茶杯里的风波"了。

杂文，若要维护"种"的延续，大概是要和散文"远亲通婚"，生出某种有杂文血统的新散文来。

在文学中，"羞涩"一词较多地用以形容少女。

在现实中，不禁羞涩起来的尤其是少年。

解梦：五评红楼梦影

《红楼梦》中的爱情，幸而发生在"园"里，若发生在一座城市的一户达官贵人家的大别墅里，贾宝玉整天乘着电梯上上下下地周旋于薛林二位姑娘之间，也就俗不可耐了。

《红楼梦》乃是一部女性气质缠绵浓厚得溶解不开的小说，如奶酪，如糯米糕，如雨季锁峰绕崖的雾。

"文如其人"这句话，用以衡量古今中外许多作家，是不见得之事。但是想来，体现在曹雪芹身上，当是特别一致的吧？

男人写这样的一部书，不仅需要对女人体察入微地理解，自身恐怕也得先天地有几分女人气的。

曹雪芹正是一位特别有女人气的才子。

古今中外最优秀的女性作家们写的所谓"女性小说"，都不及《红楼梦》的气质更女性化。

设若宝玉是今人，做了变性手术，那么无论以男人的眼还是女人的眼来看他，将肯定比女人更女人吧？

在中国，在现实中，有林黛玉那种"自我中心"的缺点的女人比比皆是；有林黛玉那种"淡泊功利"的女人凤毛麟角。

如果林黛玉二十六七岁，甚至更大几岁，那么无论曹氏笔下怎么生花，怎么传情，怎么使出创作的浑身解数，她也够令人烦的。反正我是不会偏爱一个不是少女而是妇女的林黛玉的。

男人们的心理上，不但有"恋母情结"，还有"恋妹情结"。无妹可恋的男人心理上也有此结纠缠。男人疲惫了，就想变成孩子，于是从"恋母情结"那儿找安慰；男人自我感觉稍好，就想充当"护花使者"，于是"恋妹情结"满足男人的关怀心。曹氏之伟大，在于塑造了林黛玉这一男人们尤其男文人们的"世纪妹"形象。

我的人际关系中，倘果有林黛玉式的少女，我也愿呵护于她。但我绝不会蠢到和这样的一位"林妹妹"谈情说爱。我不惯于终日哄任何一位女性，哪怕她是维纳斯本人我也做不到。

宝玉一向被中国文人们说成是"叛逆"的典型，实在是中国文人们故意的误导。宝玉身上，寄托着仕途失意的中国封建文人的"情结归宿"而已。

宝玉的生活，是封建旧文人们"服官政"以前的向往，也是服不成官政以后的美梦。中国封建文人们的骨气，大抵是当不成官以后的表现。之前便有的极少。宝玉身上有的根本不是骨气，只不过是自小在女人堆儿里被宠坏了的"女气"。

宝玉非是"叛逆"的典型，是颓废的典型。富贵着而又颓废，颓废着而又不俗恶，于是就似乎美了起来。在艺术中叫"颓废美"。中国封建文人们，包括现今的文人们，所欣赏的根本不是"叛逆"，而是那种用富贵滋润着的"颓废美"，并且都渴望自己的人生也有造化那么"美"一阵子。

林黛玉一向被说成是轻蔑功名的才女，这也是文人们故意的误导。文人们赞赏着林黛玉，仿佛反证自己也就淡泊功名了似的。

林黛玉身上体现出"病态美"，中国传统文人们一向喜欢这个；中国传统文人们对女性的赏悦心理，其实一向同样是有几分病态的。

宝钗之容袭人，体现着一种上人对下人的怀柔；一种"统战"；一种团结；一种变不利为有利的思想方法。而黛玉之容袭人，则体现着一种上人对下人的不屑，一种漠视，一种不在一个层面上不值得一"醋"的上人姿态。

宝钗是由于其等级的先天优势才令黛玉终日忐忑不安心理敏感神经常常处于紧张状态。

袭人是由于其等级的微不足道才绝不能构成对黛玉的人生着落的直接破坏。

她（黛玉）的清高决定了她在下人中绝不笼络心腹。她幽闭的性情决定了她内心是异常孤独的。

设若宝玉非是大观园中这个宝玉，而是大观园外那个甄宝玉，钗黛还是会如此那般地去爱的，只要那甄宝玉也是贾母的一个孙……

黛玉悲剧的大原因其实在于——她的视野被局限于大观园；而在大观园里的等级线上，只有一个贾宝玉。

光影：五评影像故事

当今天我们欣赏美丽异常的艺术灯具时，我们不要忘了世界上的第一盏灯一点儿也不好看。

当今天我们欣赏堪称杰作的影片时，我们不要忘了电影最初不过是杂耍，是影像游艺。

电影用了一百余年的三分之一左右的年头，使人和它的关系渐渐由电影院确定了下来；用迄今为止三分之二的时间，使电影院渐渐变成了文明的场所。较为文明——而已。

人类用了半个多世纪的时间将电影从"杂耍"上升为艺术，现在又开始将它从艺术回归到"杂耍"，只不过技术更高级了。

美国还有一部电影片名是《致命的诱惑》。与其说那是一部惊悚片，毋宁说是一部主要针对拈花惹草的男人们的教化片。

潘美辰在唱"我想有个家"的时候，不知她是否想到，已经有了"家"的人，时时也会产生"我想离开家"的念头。

一旦被叫作"大娘"，女人也就不大好进入文学、戏剧或电影电视剧中充当爱情的有魅力的主角了。中国的小说家戏剧家电影家们又是很"势利眼"的，即或在结构爱情故事时仁慈地考虑到了她们的存在，也不过只将她们搅进去做"陪衬人物"。

当代人变得过分复杂的一个佐证，便是通俗歌曲的歌词越来越简单明了……

我们将近当代人之人心不冷的希望寄托于冷酷杀手，让他替我们去义无反顾出生入死地完成人心不冷的"任务",足见我们自己的心已经多么承受不起"心太软"的人性的负担和后果,也多么渴求人心别太硬的温暖。(法国影片《这个杀手不太冷》)

"泰坦尼克"号海难书写了人类精神千古流芳的高贵,演绎了人类精神的"主旋律",那些先人后己的男人多像男人!

爱情和世上的其他万物一样,它的真相是分等级的。几乎关系爱情的一切悲剧,归根结底无不发生于那真相咄咄逼人地呈现了的时候……

那只狼,是"一位"出色的"演员"。本色"演员"。它将一只又老又病的狼在向人乞食时的"心理",通过经典性的形体"表演"和"复杂"的目光,向观众传达得淋漓尽致。(美国影片《与狼共舞》)

严格说,武打片和武侠片是极有区别的。武而成侠,便是另类。正如文而为士,意味着特立独行。

"叙述一个好故事永远是值得的。"这是张艺谋作为有才华的导演对于电影的极有见地的经验之谈。

但《英雄》却告诉我们,他似乎对于电影又有了新的理解,那就是:表达一个好主题同样是值得的。

在《英雄》中,我们所见之细节,尽是精美的特技方面的细节,而少刻画人物鲜明个性方面的细节。

好的导演,是充分调动别人的艺术才华,而不是取代之。取代之是非常简单的做法。

更多的中国式的娱乐片,低于中国麻将对世界各国的影响——有些仅只是弹溜溜"扇啪叽"的水平,小儿科的水平……

《孩子王》和《边走边唱》,证明了陈凯歌以一种沧桑老人的"深刻"姿态向世人讲寓言的一厢情愿的冲动。通过电影向大人讲寓言是比向大人讲故事冒险得多的事。

满足一部分人那份儿寻求精神刺激的影片,不可全无,不宜太多。

英国式的幽默带有"专业"的意味儿,仿佛是在大学里作为课程学到的。故英国式的幽默往往太精致。

法国式的幽默带有"沙龙"的意味儿。同时便带有了明显的表演性。像法国时装穿在名模身上，漂亮，但是仿佛拒普通中国人于千里之外。

美国式的幽默，是一种完全放松的，随随便便的，大大咧咧的，有时甚至故意显得粗俗的幽默。

在艺术作品中，画家常常因一笔之拙，而将一幅画布毁了；雕塑家往往因一刻之拙，而将"原材料"毁了；完成作业一向认真的孩子，也常常会因写错了一个字而将整页纸撕了揉了丢入纸篓……

电影是人类手中的一个"魔方"。男女老少都曾为它着过迷。

我对那些古代侠士侠女，比如白玉堂、吕四娘、萧英等，喜爱得要命。当然，也喜爱李小龙扮演的那些冷面中国硬汉。

我很重视一个人尤其一个男人对死的态度。我钦佩并且崇拜面临险恶视死如归的男人。

我们欣赏一名好演员时每每说的一句话是"表情丰富"。

包子饺子是有细节的。手工的有，机械包的没有。比萨饼没有细节可言。三明治、汉堡包也没有。当下的小说和电影电视剧，如比萨饼、汉堡包、三明治；或如机械包的包子饺子，连馅也仿佛是机械兑拌的。

大家：五评名家风采

中国有一个鲁迅，实是中国文坛极大的自豪。中国只有一个鲁迅，实是中国文坛极大的悲哀。

仅仅鲁迅一个人，便几乎构成中国近代文学和文化史上不容忽视的一页了——那便是文化的思想与一个腐朽到糜烂程度的时代之间难以调和、难以共存的大矛盾。

他（鲁迅）是大声疾呼摧枯拉朽的猛士。他深恶痛绝他所处的那个时代的没落没出息。他对当时的政府根本不抱丝毫希望。不管掌控它的叫国民党还是叫别的党。

鲁迅他给自己规定了的社会角色是旧中国冷酷无情的"掘墓人"，至于埋葬了它以后，鲁迅头脑中是没怎么想的。也可以说鲁迅的头脑之中几乎没有所谓"理想"，有也模糊不清。

"待我成尘时，你将见我的微笑。"

这说，由于鲁迅对他所处的时代深恶痛绝。而那个时代，也确乎腐朽到了如是田地。

诗人闻一多的死，竟是因为——他不但爱诗，而且，像爱诗一样爱我们的国！

喜欢他（戴望舒）那一种情感婉约，表达细腻，弥漫着淡淡的忧郁之美而又不过分缠绵的诗风。

巴老那年身体尚健，行走时步子也很稳。给我的印象是言辞不多，平易近人，说话很慢，仿佛句句都经过思考。

在路遥笔下，他所厚爱的男女农村知识青年主人公们，身上都或多或少有些欧洲古典主义作品中小知识分子的气息。他们口中会偶尔说出一段诗，是外国诗……

在陕西省三作家中，我以为，贾平凹是最感性的，也是最智慧的。他好比槲树、海星一类敏感的动植物。

贾平凹对于黄土高坡、窑洞、陕西农村的沟沟梁梁，崖崖岭岭，也许并没有怎样深情厚谊的眷恋心理。他笔下也写景，但无温馨感，即使写得比路遥优美时，读来也无路遥笔下那种温馨感。

他（贾平凹）迷恋的纯粹是它们隐藏着的什么文化。好比一个男人爱一个女人主要是因为她出身于书香门第，而不是因为曾与她青梅竹马。

她（王安忆）的作品读来如行云流水，毫无斧凿痕迹。日常现象，生活琐事，都成写作素材。在她笔下，从从容容，娓娓道来，庸常中见智敏，浅淡里蕴含着深思，仿佛那些细节是漫不经心信手拈来的，但却有着令人佩服的妙处。

读铁凝的某些作品，那感受如同欣赏微雕。旋而转之，左看右看，都玲珑剔透。

思想性，雨果所欲也；文学性，雨果尤其所欲也。两者皆不舍，于是就形成了雨果作品特有的风格——夹叙夹议。可喜的是，叙事和议论，在雨果那儿结合得往往相得益彰，几近完美。

今天倘我们细细研读尼采，便会发现，写过一篇杂文提醒世人不要"看错了人"的鲁迅，自己也难免有看错了人的时候。

鲁迅要从精神上唤醒的是自己的同胞。尼采要从人性上"改良"的是全人类。上帝死了，他幻想自己是"上帝二世"。

他（尼采）唯一抱好感的是士兵。真正参与战争的士兵。所以，希特勒向墨索里尼祝寿时，以尼采文集之精装本作为礼物相赠也就毫不奇怪。

鲁迅并不自视为中国人，更不自视为全人类的思想的上帝。鲁迅固然无怨无悔地做着与中国旧文化孤身奋战的战士，但他也不过就视自己是那样的一个义无反顾的战士而已。

鲁迅有很自谦的一面。尼采则完全没有。非但没有，尼采甚而认为自谦是被异化了的道德，奴性的道德。鲁迅是时常自省的。尼采则认为自省之于人也是虚伪丑陋的。仿佛，因为他拒绝自省，所以他才成为世界上独一无二的精神完人。

鲁迅是悲悯大众的。尼采不但蔑视大众，而且简直可以说仇视大众。他叫他们为"贱氓"。

尼采若是中国人，若活在鲁迅的时代，或者说，鲁迅若能像我们今人一样得以全面地"拜读"尼采，那么，我想——尼采将是鲁迅的一个死敌吧？

鲁迅对尼采的推崇——一个由于不全面的了解而"看错了人"的历史误会。一位深刻的中国思想者对一个思想花里胡哨虚张声势的"德国病人"的过分的抬举。

鲁迅是一次中国严重的时代危机的报警者。而尼采则不过是一种德国的精神危机爆发之后形成的新型病毒。

"上帝死了！——现在，是该由高人来支配世界的时候了！"（尼采语）原来否定了一个上帝只为制造另一个上帝。

"超人"哲学——一种源于主宰人类精神的野心，通常每在知识者中形成瘟疫的思想疾病。

疗药——对症大力倡导"普通人"的哲学。

尼采思想乃是在特定的历史时期，知识分子头脑中随时会自行"生长"出来的一种思想。有时它是相对于社会的一剂猛药；有时它是相对于知识分子自身的一种遗传病。

尼采的"哲学"几乎嘲讽了从"贱氓"到学者到诗人的世上的一切人们，包括上帝，而唯独对于世上的皇族和王权现象讳莫如深。

尼采是有教养的。他几乎能与周围任何人彬彬有礼地相处。当然，他周围的任何一个人都不会是一个"贱氓"。

尼采是一个天生的思想者，是一个迷恋思想活动的人，甚至，可以说是一个思想狂。没有人能够说得清楚，究竟是"思想强迫症"使尼采后来精神分裂，还是潜伏期的精神病使尼采无法摆脱"思想强迫症"。

尼采在无忧无虑的体面生活中，被"思想强迫症"逼向精神分裂；梵·高在朝不保夕的落魄的生活中，被"艺术强迫症"逼向同样的命运。

雨果的小说像博物馆，有他这位滔滔不绝的"解说员"比没有好；《包法利夫人》像画展，福楼拜识趣又明智地隐起来，一切印象全凭我们看后得出。

左拉将他笔下的娜娜的命运下场设计得那么丑秽，证明了左拉的现实主义的确是相当"狠"的一种。比死亡还"狠"。

孝道：六训孝敬长者

"孝"体现为人性，是人类普遍的亲情现象；体现为文化，是相当"中国特色"的现象；体现为伦理，确乎掺杂了不少封建意识的糟粕；而体现为法律条文，则便是人类对自身人性原则的捍卫了。

倘我们带着想象看这个"老"字，多么像一个跪姿的人呀！倘这个似乎在求助的人又进而使我们联想到了自己的老父老母，我们又怎么能不心生出大爱之情呢。

只有使中国富强起来，中国历代儿女们的孝心，才不致泡在那么长久的悲怆和那么哀痛的眼泪里。

中国语言中有"反哺之情"一词。

无此情之人，真的连禽兽也不如啊！

"世上只有妈妈好，有妈的孩子是块宝。"——这两句歌词，其实唱出的史是作为母亲的女人的一种人生意义。

人一旦处于需要照料、关心和爱护的状况，人就刚强不起来了。再伟大、再杰出、再卓越的人，再一辈子刚强的人，也刚强不起来了。仅此一点而言，一切老人都是一样的。一切人都将面临这一状况。

中国有"老小孩儿、小小孩儿"这句话。

这不单指老人的心态开始像小孩儿，还道出了老人的日常生活状态。

"孝"这个中国字，依我想来，大约是从"老"字演化的吧？

"老"这个中国字，依我想来，大约是从"者"字演化的吧？

"者"为名词时，那就是一个具体的人了。

由"者"字而"老"字而"孝"字——我们似乎能看出中国人创造文字的一种人性的和伦理的思维逻辑———个人老了，他或她就特别需要关怀和爱护了，没有人给予关怀和爱护，就几乎只能以跪姿活着了。

不论时代发展多么快，变化多么巨大，有一样事是人类永远不太会变的——那就是普天下古今中外为父母者对儿女的爱心。

在我们这个地球上，只有母亲，而且只有人类的母亲，她的爱心往往向她最不幸，最无生存竞争能力，包括先天或后天残疾了的儿女倾斜。

全因有家，活着才是有些情趣的事。当然，这一点于小青年们也许恰恰相反。

倘没家，则连个足可以卧下舔伤口的所在都没有了。同样是一声不吭地舔伤口，比较起来，有个家和没有家那情形是大不一样的。

稳定的家庭，像最可靠的"合资单位"。关系虚设的家庭，名存实亡的家庭关系，自然便像两个没有任何道义可讲的"合资"伙伴组成的"皮包公司"什么的了。

家庭这个"合资单位"，依我想来，还是要讲"共产主义原则"的。也就是说——还是要讲"共同富裕"的好。

劳动者丈夫们，劳动妇女的儿子们，女儿们，孙儿孙女们，请在三月八日这一天，虔诚地对自己的妻子和母亲说："今天是您的节日，请休息一天吧！"

从性质上说，占尽优势的上一代人，在争论中往往表现出压迫的意味儿。谆谆教导，诲人不倦，不以为然，三令五申，反对禁止，总之是居高临下好为人师的一套罢了。

成熟的果子不会再长大，却也不会再变小。而"成熟"了的"代沟"，不再冲突，也不再摩擦。

对于"代沟"这一张考卷，只有上一代人和下一代人不同之解答方式的区别。对前者们，较好的解答方式其实只不过是顺其自然，以平常心接受并尊重它的真相。同时并不"媚下"。"媚下"也不配有上一代的自尊。

我这一个老建筑工人的儿子，具体说是老泥灰工的儿子，也多多少少地有一种"水泥情结"。见了哪儿堆放着水泥，便本能地想端一盆或拖半袋子回家。

母亲当时的微笑，对我即是温馨。对年龄更小的弟弟妹妹们也是。那些狗尾草编的小动物，插满了我们破家的各处。到了来年，草籽干硬脱落，才不得不一一丢弃。

母亲用她的泪花告诉我，她完全明白她这个儿子的想法。我的心使母亲的心温馨，母亲的泪花使我的心温馨……

温馨它也许是老父亲某一时刻的目光；它也许曾浮现于老母亲变形了的嘴角；它也许是我们内心的一丝欣慰。

她使我永远相信，生活中不只有坏人，像她那样的好人是确实存在的……因此我应永远保持对生活的真诚热爱！

与父母辈当年对自己的抚养之恩相比，他们（知青）对儿女们的责任感和爱心也简直可以说无微不至。

给予多少，颇为知足地接受多少。随着年龄的增长，终于体会到父母的不容易。

没有老父亲老母亲的感觉，一点儿也不好。特别的不好！我宁愿要那种"上有老，下有小"的沉重，而不愿以永失父子母子的天伦亲情，去换一份儿卸却沉重的轻松。

"孝"一旦也是义化现象了，它就难免每每被"炒作"了，被夸张了，被异化了。使渐失原本源于人性的朴素了。

那些平凡的甚至可以说是平庸的，在社会最底层喘息着苍老了生命的女人们，对于她的儿子，该都是些高贵的母亲吧？

同情如果在基本倾向性上搞错了，那就同虚伪、强词夺理一样令人讨厌了。

我以为，情感是每个人的"不动产"。它应该随着社会的文明而"升值"。它是精神的"琥珀"。

诲人：六训谆谆教导

父亲从来不做自己胜任不了之事。他一生不喜欢那种滥竽充数的人。

母亲也就以她母性的本能，义不容辞地将儿女庇护在自己身边。像一只母鸡展开翅膀，不管自家的小鸡抑或别人家的小鸡，只要投奔过来，便一概地遮拢翅下……

只有那些明知自己做不到的人，才往往喋喋不休地证明自己……行动总是比无动于衷更具影响力。任何一种行动本身便是一种影响，任何一种行动本身都能起到一种带动作用。记得我小的时候，家母对我的第一训导就是——不许撒谎。"不忍"就意味着"心太软"。

"心太软"每每要付出代价。最沉重的代价是搭上自己的命。一种情况是始料不及，另一种情况是舍生取义。"师傅领进门，修行在个人。"——不是好师傅的座右铭，而是好徒弟的座右铭。怀疑是一种心理喷嚏，一旦开始便难以中止。高贵的人不必是圣人。不是圣人一点儿也不影响他们是高贵的。人啊，敬畏时间吧。因为，它比一位神化的"上帝"对我们更宽容，也比一位神化的"上帝"对我们更严厉。一个人的欲望的非理性增长，也很可能毁了一个人的一生。人类欲望的无节制膨胀，也可能毁了人类，毁了地球。你要多多关注现实，使你的眼，你的心，你的思想，常对现实处于反应敏感的状态。如我所常比喻的，像海星那般。和人忘乎所以地玩一小时，胜过和人交往一年对人的认识……

希望是某种要付出很高代价的东西。希望本身无疑是精神的享受，也许还是世界上主要的精神享受。

阳光底下，再悲惨、再恐怖的事情，都能以人的胸襟和对生命的热爱而将它包容。人类正是靠这种伟大的能力繁衍到今天的。

享乐的海绵堆也是能吞没人的。

我们在我们是儿童的时候就已经开始教育我们自己了。

我们在我们是少年的时候，就已经开始怀疑甚至强烈排斥大人们对我们的教育了。

老年人，也许只有老年人，在临近生命终点的阶段，积一生几十年之反省的力量，才可能彻底否定自己对自己教育的失误。

至今我仍是一个活在"好人山"之山脚下的人。仍是一个活在"坏人坑"之坑边上的人。在"山脚下"和"坑边上"两者之间，我手执人的羞耻感这一"教鞭"，比以往任何时候都更加"师道尊严"地教诲我自己这个"学生"。

没有学生时代的人生是严重缺失的人生，正如没有爱的人生一样。

教育是文明社会的太阳。

浅薄而故作高深，在大学时期是最可以原谅的毛病。倘不过分，不失为一种大学生的可爱。

人心比一切房间都小。一切房间都可用不同档次的家具摆满，而人心之充实却是不容易达到的境界。是否人心内越空落，越需要往家里添置更多的东西呢？

我从前引人为友太轻率。太一厢情愿。还太"滥"。如今的我，正改着这个缺点。

一个好人的去世，定给我们留下许多怀念。有如心灵的营养，滋润着我们的情感，使我们的情感更趋于良好与美好的挂牵。这实在是好人辞世前对我们的最后贻赠啊！

即使你的思想真比他人深刻，也绝不应因这一点而忽略了他人的存在。

世上，是真有一些人的人心，只能用地狱比喻的。否认这一点是虚伪。害怕这一点是懦弱。

祈祷地狱般的心从善，是迂腐。好比一个人愚蠢到了祈祷这世上不要有苍蝇、蚊子、跳蚤、蛆、毛毛虫、毒蛇和蝎子之类。

一个人的名气，和一个人究竟可敬不可敬，有很多时候恰恰是成反比的。

一种活法，只要是最适合自己的，便是最好的，最美的。当然，这活法，首先该是正常的正派的活法。

一个正日渐变得虚伪起来的人，大抵是奉献不出多少真情抚慰别人的心灵的。连自己都对自己看透了，都对自己很不屑的人，还是以不走近他为好。

当我们长大成人了，我们才感到失落。当我们失落了，我们才感到愤怒。当我们愤怒了，我们才感到失望。当我们感到失望了，我们才觉醒。当我们觉醒了，我们才认为有权谴责！

我认为，对于身为教师者，最不应该的，便是以贫富来区别对待学生。

教育的社会使命之一，就是首先应在学校中扫除嫌贫爱富媚权的心态！正直与否，这是一个人品质中最重要的一点。你的朋友们是你的镜子。你交往一些什么样的朋友，能"照"出你自己的品质来。一个产生了又坏又强烈的欲望的人，一个这样的人而不能够审省、判断自己欲望的好坏，并且不能够控制它，那么这个人对别人是危险的人。每一种欲望的满足，几乎都是以放弃另一种或另几种欲望为代价的。有所准备的人，必能从糟的活法重新过渡到另一种好的活法，避免被时代碾在它的轮下。人总是要比的。比的意识几乎伴随人的一生。人老了还是要比。

人是活到老比到老的。比是人生的功课。能学好这门功课不容易。当爸的感觉在现代是越来越变得粗糙而暧昧了啊！决定我们命运的，不是我们的际遇，而是我们对过去际遇的看法。看一个人的品格如何，更要看这个人对无利于他的人取什么态度。只要我们自己不俗，则与他人的交往便不至于被俗所染。我不主张年轻人培养什么"交际"能力。年纪轻轻的，时间和精力不用在正地方，"交"的什么"际"？自然地与人交往而非技巧地与人交往，这最好。人生得一知己固然少点。得"一帮"也就不叫知己了，成"弟兄会"了。三五知己可也。

我只知世上有一种友情如陈酿——我珍重这种友情。我对这种友情的原则是——绝不利用了来将自己的困难强加于人。

一个人的威望中如果仅剩下了权威在分明地突出着，那么他也就没什么魅力了。

被认为优良的事物，必定会成为中心事物。

人也是这样。

我们依赖于母亲而活着。像蒜苗之依赖于一颗蒜。当我们到了被别人估价的时候，母亲她已被我们吸收空了，没有财富和知识。母亲是位一无所有的母亲。

嫉妒人是没有办法的事。从伟大的人到普通的人，都有嫉妒之心。没产生过嫉妒心的人是根本没有的。

敬意和卑恭联系在一起，有人必认为是轻贱可笑的。一直以来，我自己也这么觉得。但一种卑恭的敬意由心而生时，我终于明白，它往往也可以证明那敬意的真实。

人怎么看待自己美或不美，怎么面对人人都无法最终避免的衰老，实际上更是一个人生观问题。而自我意识是无法整形和美容的……

同是文盲，母亲与父亲不大一样。父亲是个崇尚力气的文盲，母亲是个崇尚文化的文盲。

父亲的教育方式是严厉的训斥和惩罚。父亲是将"过日子"的每一样大大小小的东西都看得很贵重的。母亲的教育方式堪称真正的教育。她注重在人格、品德、礼貌和学习方面。

我们企图说服别人，又都很难被别人说服。

有句话说："江山易改，禀性难移。"人的禀性，也主要指人的气质。气质，无论高低优劣，对人来说都是根深蒂固的。

为人：六训处世之道

再会做人的人，归根结底，也不过就是"会做人"而已。一个"会"字，恰说明他或她是在"作"而不是"做"。

嫉妒一旦在男人的心内萌芽，则往往迅速长成巨大的毒藤。

通过最容易的方式达到某种目的——这既是人性的特点，也是许多种类的兽、禽乃至虫的本能特点。

在生活中，成心制造的误解并不比梅雨季节阴湿的墙脚生出的狗尿苔少，因而我们有些人才变得时时处处格外谨小慎微，唯恐稍有疏忽，便成了某一类"误会"和"误解"的牺牲品。

某一类人存在，某一类事便注定发生；好比有蛹的存在，就注定有蝇孵出……

许许多多男人的脸，都不同程度地存在着酒色财气浸淫和污染的痕迹，有的更因是权贵富人而满脸傲慢和骄矜，有的则因身份卑下而连同形象也一块儿猥琐了，或因心术不正欲望邪狞而样子可恶。

人啊，钟爱自己的每一个人生季节吧！也许这世界上只有钱这种东西才是越贬值越重要的东西。

今天——几乎是每个人的最普遍的机会。因为每个人都拥有许多许多今天。

我相信一个生活原则：如果你有可能帮助别人，哪怕是极小的帮助，而你不去实践，是不应该的。

一个人有许多长处，却不正直，这样的人不能引为朋友。一个人有许多缺点，但是正直，这样的人应该与之交往。

我想，我们每个人生来都被赋予一根具有威严性的"教鞭"。它是我们人类天性之中的羞耻感，它使我们区别于一切兽类和禽类。我们唯有靠它才能够有效地对自己实施心灵和人格方面的教育。

在四十五岁的我的内心里，仍有许多腌腌臜臜的东西及某些丑陋的"寄生虫"。

人格非是人的外衣，也非人的皮肤，而是人的质量的一方面。

人靠着个人的恒心和志气也足以做到似乎只有集体才做得到的事情。于是人成了人的榜样，甚至被视为英雄。

少年时的我曾是一个爱撒谎的孩子，总企图靠谎话推掉我对某件错事的责任。

青年时期的我曾受过种种虚荣的不可抗拒的诱惑，而且嫉妒之心十分强烈。我常常竭力将虚荣心和嫉妒心成功地掩饰起来。每每地，也确实掩饰得很成功。但这成功却是拿虚伪换来的。

自卑者的心相当敏感，他们靠着自己的敏感嗅辨高贵。

有些人类的内心里，也肯定包藏着一根钉子。当那根钉子从他们或她们内心里戳出来，人类的另一部分同胞就不可避免地会受到危害。

除了军事操练，除了运动会仪式，除了参加庆典或者参加游行，排成行列最不该是男人证明自己的方式。

恺撒被谋杀了，布鲁诺斯要到广场上去向平民们解释自己参与了的行为——"我爱恺撒，但更爱罗马。"

我有时讨厌一个中产阶级特征明显的女人，甚于讨厌柳絮。在春季里，在柳树生长出嫩绿的新叶之前，柳絮飘飞漫舞，落在人的身上和头发上，是很令人不快的事。

中产阶级的明显的特征，再加上明显的"中国特色"，你如果稍有社会学常识，那么你想象一下吧，会使女人变得多么酸呢？

厌恶她们的主要一点恐怕仅仅是——她们成了中产阶级女人以后的沾沾自喜和成不了资产阶级女人的那种嘟嘟囔囔，以及对于劳动者妇女背负的沉重装出视而不见的模样。

在孩子的眼里，别的孩子背着书包单独或结伴去上学的身影是美好的；学校里传出琅琅书声是美好的；即使同样是在放牛，别的孩子骑在牛背上看书的姿态也是美好的……

一个童心未泯的人，纵有千般缺点，在我看来，也必是可交为朋友的。

不过，人世间，真正童心未泯之人，却是越来越少了。

"准流氓"，也就是那种在心理方面遭到流氓意识污染的人。平时他们混迹在正常的人群中，一个个人模人样的，绝不至于被认为是流氓。

人，尤其是男人，惧悍畏强而又同时欺虐弱小，的确是可以归入王八蛋一块堆儿去的。

对那些张口闭口"他人皆地狱"的人，万勿引以为友；避开他们，要像避开毒虫一样。

谁自诩是怎样的人，这是一回事；谁实际上是怎样的人，这是另一回事。

脸谱：七话平民生态

上海人的精明，是一种互相亲亲昵昵的精明。这种亲昵而精明的人际关系，使上海人在交往中互不吃亏又互利。

广州人的精明是一种互相心照不宣的精明。在这种关系中，他们检验自己是不是最精明的同时也似乎检验了别人是不是个大傻瓜。

北京人轻蔑广州人，像西方那些老牌帝国轻蔑日本人是经济动物一样。北京人瞧不大起上海人，认为上海人太精明，太油滑，太利己，为人处世，太赌局心理。北京人跟天津人也不大能谈得拢，觉得天津人似乎天生的有股"牛二"劲儿。但是北京人是否反省过——自己的"问题"是不是更多？

美国人喜爱"超人"。创造出男"超人"，继而又创造出女"超人"，满足他们的男人们和女人们的"超人"欲。

强者总是幻想再超强的。

法国的男人和女人几乎个顶个地幻想各式各样的爱情，生活中没有罗曼蒂克对他们就像没有盐一样。

中国人却喜爱"包公"，世世代代地喜爱着，一直喜爱至今。没有了"包公"，对中国人来说是非常之沮丧的事……

童年——以亲情满足为最大满足的人生阶段。

少年——以自尊满足为最大满足的人生阶段。

青年——以爱情满足为最大满足的人生阶段。

中年前期——以事业满足为最大满足的人生阶段。

中年后期——以权力、地位、金钱满足为最大也许还是最后满足的人生阶段。

老年前期——以自尊满足为最大满足的人生阶段。

老年后期——以亲情满足为最大满足的人生阶段……

中年人眼里看着现在的，心里印着昨天的。

即使旧巢倾毁了，燕子也要在那地方盘旋几圈才飞向别处，这是本能。即使家庭就要分化解体了，儿女也要回到家里看看，再考虑自己去向何方——这是人性。

普通的人们，无论男人抑或女人，年轻的抑或年老的，就潜意识而言，无不有一种渴望生活戏剧化的心理倾向。

看来仅仅"知识化"未必就会使女性在精神品格上自立自强；正如仅仅富起来未必就会使男人成为文明人。

一位家庭妇女究竟是怎样的女人，别人一迈入她的家门心中便有数了。

持家有方的女人，无论她家的屋子大小，家具高档或简陋，都是一眼就看得出的。是清贫抵消不了的。

家庭妇女们最嫉妒、真嫉妒的是——谁家的丈夫对妻子比自己的丈夫对自己好。

（二十世纪）五十年代的妇女最怕的是丈夫经常对自己吼而又经常被邻居们听到。

（二十世纪）五十年代的家庭妇女心中很少动离婚之念。她们能忍的程度令今人无话可说。

（二十世纪）五十年代的少女的心怀，普遍如一盆清水般的净静。说是一盆，而非一池，比喻的是她们心怀范围的有限。净静的当代人既不能说多么好也不能说多么不好。

餐饮行业也戴白帽子，与护士在医院里戴的白帽子区别不大。故有在小饭馆工作的她们（二十世纪五十年代的少女），也戴了白帽子招摇过市，内心里乐于被路人看成大医院的护士。所谓"过把瘾"，但不死。

中国当代中产者阶层，是较为斑驳芜杂的一族。实在难以概说。就好比老太太收零集碎的柳条箱里的东西和当今孩子们最新颖的一堆玩具混在一起，既有招人喜欢之物也有使人看了反感的。

中国当代中产阶层——好比大观园里的头等丫鬟忙里偷闲为情人匆匆赶做的一只绣花枕头。

打扮一个（二十世纪）五十年代的少女是极其简单的——一尺红或绿的毛线头绳儿，一件"布拉吉"——连衣裙，一双黑布鞋，足够了。

（二十世纪）五十年代的"大姑娘"们，却往往会经常地、无缘无故地腼腆起来。

（二十世纪）五十年代的"大姑娘"们的腼腆，也许是因为那"大"字。这"大"字冠在"姑娘"二字前边，富有了许多"姑娘"二字原本没有的意义和意味儿。

这一崇尚知识和学历的社会"思潮"，尤其体现为（二十世纪）六十年代初的女性"思潮"，饥饿的黑翼虽然笼罩中国大地，虽然饿瘦了她们的身体，却"饿"不死她们头脑中每天都会产生的种种新观念的细胞。

（二十世纪）五六十年代的中国女性，如花房里的花，你可以指着一一细说端详。

七八十年代的中国女性，如花园里的花，你可以登坡一望而将绿肥红瘦梅傲菊灼尽收眼底。

八十年代的前半叶，某些中国女性求知若渴的自强不息使中国男人们为之肃然。

八十年代的后半叶，某些中国女性交易自身的迫不及待使中国男人们为之愕然。

世界上的一切美，都首先是因女性的存在而被发现，而被创造，被欣赏的。

老年人喜欢回忆童年往事；中年人喜欢回忆青年往事；青年人喜欢回忆少年往事。大抵如此，基本成规律。

如果你要踏上一条充满艰难险阻的路，有一个兵为伴，你就会暗自庆幸……

军装剥夺了他们逃避凶险躲避崇高的权利。而那正是我们不是兵的人本能和自授的特权……

哈尔滨人有一种太不可取的"长"处，那就是几乎将开口求人根本不当成一回事儿。

女性对于世界对于人类，首先的功绩不在于繁衍后代，而在于繁衍美。进一步说，人类可以忍受从此没了下一代，但绝无法忍受从此没有女人。

生为女性是值得自豪的。女性之美，是世界之美的质量前提。

（二十世纪）九十年代的中老年女性，目光望向比自己年轻得多的"新生代"女性，又是羡慕，又是佩服，又是隔阂种种，又是看不顺眼。

（二十世纪）九十年代的中国"新生代"女性，表面看去头脑似乎史无前例地简单了，而实际上史无前例地富有心机了。

（二十世纪）九十年代的"下岗"女工们之权利意识，则提高多了。她们开始懂得，即使和国家之间，也是可以大小猫三五只地算算究竟谁欠谁的。

女人通过嫁给某类男人的古老方式达到改变命运过另外一种生活之目的，虽比较符合女性的人性特点，虽不必加以苛求地批判，但也不值得格外地予以肯定。

从普遍性的规律上讲，男人们都不得不承认，女性是影响男人成为什么样的人的第一位导师。

时代不但是，而且至今是影响女性成为什么样的人的最后一位负责"结业"的导师。

女"独身族"们几乎没有不自言独身潇洒独身也美好的；但那不是真好的感觉。

对贫穷的人来说，富人的空虚是"矫情"；对富人来说，穷人的空虚是"破罐子破摔"。

人体是最美的。人脸乃最美中之美，人眼乃最美之至美精美的。

美目流盼兮是美人眼，视死如归是志士眼，无所畏惧是猛士的眼，天真烂漫是儿童的眼，纯洁无瑕是少女的眼，睿智深邃是哲人的眼，淡然视之是隐士的眼，善良祥和是君子的眼，所以老百姓有一句话道"画脸容易画眼难"。

关于记者，香港和台湾另有叫法，那就是——"狗仔队"。这是很形象的比喻。

这个名字（闾丘露薇）告诉世人，记者绝不仅仅只能是"狗仔队"之"狗仔"，还可以接近着是新闻"战士"。

倘言他们也是"新闻狗仔"，则我认为，他们是"血统"较高贵的那一类。是"品种"优良的那一类。一言以蔽之，是社会所需要、所不能没有的"良犬"。好比导盲犬、营救犬和警犬。

中国人尊崇"伯乐"，西方人相信自己。

阴阳：七话男女有别

男人创造世界，而女人创造了男人。

女人相信镜子，男人相信女人的眼睛。

有德行的女人一直在苦苦寻找有德行的男人们。找到了有德行的男人们的女人们，远比找到了美貌的女人的男人们少。

这应该是男人们的最大悲哀。

女人乃是一个家庭、一个民族、一个国家的镜子。

女人对男人的影响与男人对女人的影响，对一个家庭、一个民族、一个国家来说，同样巨大而且重要。女人一旦觉悟到她们不是残缺不全的男人，则她们在人类生活的各个方面，都有可能比男人们表现得更为出色。本身残缺不全的男人，要比本身残缺不全的女人多得多。残缺不全的男人太多了，一个民族就不振，一个国家就衰败。男人对着镜子，却如同凝视着一个陌生人，他怀疑自己，否定自己，迷惘地寻找着自己。女人的苦闷，实际上是时代的苦闷，女人开始和时代共命运了。男人眼里所欣赏的女人，或多或少，总难免具有他少年时感情所亲近的女人的美点。女性的爱美之心空前生动积极，她们已不但为"悦己者容"，而是为"悦己"而"容"了。男人之嫉妒，一点儿也不比女人之嫉妒微小。女人的心十分容易在男人认为不足论道的小事方面产生嫉妒。女人的嫉妒通常情况下导致女人的自卑。男人的嫉妒通常情况下导致男人的隐恨。如果说女人的嫉妒之陪衬物常常是眼泪，那么男人的嫉妒之陪衬物却极可能是鲜血。成功的女人不但处在女人们的嫉妒半径以内，往往也处在男人们嫉妒的阴霾之下。

嫉妒和羡慕还不一样。羡慕一般不产生危害性，而嫉妒是对他人和社会具有危害性和危险性的。

花朵没有我们称之为"心灵"的东西，故花朵没有所谓"内在美"。女性则不但有"心灵"，而且其"心灵"的敏感和丰富，要远比男人们的"心灵"还细致还有层次。

无论男人或女人，其实每个人的潜意识里，都存在着企图高于别人的念头。

无论男人或女人，总是希望通过最容易的方式达到某种目的。

无论男人或女人，改变自身命运，过上比别人好得多的生活，从来都是憧憬。

女人要过上比别人好得多的生活，最容易的方式只有一种，而且是最古老最传统的一种——那就是通过嫁给一个能给予她们那种生活的男人的方式。

三十多岁的女人们，是不甘仅仅耽于幻想的。几次的幻想之后，便会积累为主动的行为了。

四十至四十五岁的女人们，由于家庭、子女、年龄和机会可望难求等的原因，则不甚容易采取主动行为。即使婚外恋真的发生，她们也每每是被动的角色。

"官本位"导致太多的中国男人重仕途，故中国男人恨不得一脚迈入机关大门的尤其多。

同样的策略，女性用以对付男性，永远比男人技高一筹，稳操胜券……

人的诉说愿望，尤其女人的，一旦寻找到机会，便如决堤之水，一泻千里，直到流干为止……男人还善于培养她们的各种美德，控制她们花钱，教导她们"节俭"……但如果一个女人漂亮，则一切全都反了过来……

女人无论成为一个什么样的女人，都有希望被某个男人充分理解的渴望——女人对女人的理解无论多么全面而且深刻，都是不能使她们获得慰藉的。这好比守在泉眼边而渴望一钵水。她们要的不是水，而是那个盛水的钵子……倘不明白这个道理的女人，不是一个成熟的女人。

好女人使人向上。事情往往是这样：男人很疲惫，男人很迷惘，男人很痛苦，男人很狂躁；而好女人温和，好女人冷静，好女人有耐心，好女人最善于安抚男人。

女人存在的意义，不是为世界助长雄风，而是向生活注入柔情。没有一个女人，任何一个家庭，都不是完整的家庭。女人，有男人的刚强，有男人的忍，有男人的自信，有男人的勇敢，甚至也有男人的爱好和兴趣……对女人们的建议——像女人那样活着，像男人那样办事……喜欢照镜子的男人绝不少于喜欢照镜子的女人。"城府"更是男人的人性一面。女人惯用的只不过是心计。女性化的男人较之女人，更女人意味。正如反过来，女人倘一旦为侠，或竟为寇，往往比男人更具侠士风范，或比男寇更多几分匪气。

山里的女人坚忍，水乡的男人多情。

男人总是率先朝险峰登攀。倘有女伴瞻望其后，尤其精神抖擞。

女人总是率先扑向水边，弄湿自己的手帕。这时，她分明知道男人是在看着她的。

在旅游中，男人觉得女人显得更可爱了，女人觉得男人显得更多情了。

凡男人们喜欢聚集的地方，同样吸引女人们。女人是天生好奇的。

男人们为了证明自己在智商方面是绝对优于女人们的，挖空心思不遗余力，把个原本自然风光比比皆是的地球搞得花里胡哨光怪陆离不伦不类；并且至今还在比赛着此种疯劲儿，为的是更加讨好女人们。

酒这种作用特别的液体，连古代的女人们喝了感觉全都好极了，甚至连猴子喝了感觉都好极了；凭什么不应该受到活在现代的女人们的青睐呢？

只有男人的地方毕竟算不上最有人气的地方，不过只有男人气味罢了。

男人也重视爱情，但为爱情而牺牲事业之时，常犹豫不决甚至牢骚满腹。

女人也重视事业，但为事业而牺牲爱情之时，常忧郁寡欢甚至痛不欲生。

纵观历史，企图从女人文化中突围的女性，既遭到男人的歼灭，也遭到女人的围剿，这是女人的史性悲哀。

女人们，如果——你们的丈夫已接近四十岁，或超过了四十岁，那么——我劝你们，重新认识他们。

对于许多中国男人，"四十而不惑"，其实是四十而始"惑"——功名利禄，样样都要得到，仿佛才不枉当一回男人。

男人，他们在三十七八四十来岁"要啥没啥"的年龄，内心会发生大冲击、大动荡、大倾斜、大紊乱，甚至——大恶变。

一个女人，如果能将自己"好不容易攒的六千元钱"，给予一个才认识了没几天，根本谈不上有什么了解的男人，那么他进而把她弄到床上去，也就是既顺理成章又顺便儿的事了。

某些女人接近天命，脸上必是"宁静"的和"澄净"的。而某些女人接近"二百五"和"十三点"，也往往会是那样子。

如果说生育是女人的第一天职，那么害羞便是女人的第一本能。

人类首先创造了"女人"二字，其后才创造了"家庭"一词。

男性被认为是一个男人之后，即或刮鳞一样将孩子的某些天性从身上刮得一干二净，其灵魂仍趋向于孩子。所以他们总爱装"男子汉"。

女人到了哲人的地步，不复是女人，而是怪物。即使美得如花似玉，也不过就是如花似玉的怪物。

女人们的美丽是不同的，有的使男人想到性，有的使男人想到绞刑架，有的使男人想到诗，有的使男人想到画，还有的能使男人们产生忏悔的念头。

更年期是女人到了不知把自己怎么办才好的年龄。女人天生是女人的对手。

丧失了羞涩本能的少女，其实是丧失了作为少女最美的年龄本色。

过了追求虚荣而又毫无同情心的女人我不与之交往。女人毫无虚荣是为女神。女神又是根本没有的。所以女人的前一种"毛病"，倘不过，当是男人可以忍受的。

女人是时代的细节。

往往，在被男人们所根本忽视的时代的褶皱里，女人确切地诠释了时代的许多副主题……

我们几乎对任何一个女人都是可以称女士的，而只对又年轻又靓丽的女人才称女郎。

女人一旦因为自己的情意不被重视生一个男人的气，她也就等于端起了一碗爱的糖水，随时准备畅饮了。

虽都是人，一裸，男人和女人的结果，则就不能用同一"语言体系"去说了。

男人还是穿衣服更体面一些。不穿衣服的男人连所谓气质都谈不大上了。

当代人日渐地区分为两种类型：一种满世界寻找美丽，一种满世界建筑繁华。

少年在陌生的美女面前，则往往表现得失态又腼腆。

大多数当代女性，自我意识早已不受男人们的好恶所主宰，但有时候却依然希望从男人们对女性的评说中获得某种好感觉。

女性一旦成熟为女人，独身肯定在实际上是不自然的，不美好的。

独身只在一种情况下可称之为理智的选择，那就是相对于形式上的糟糕的婚姻。

一个少年如果一心要干成一件非干成不可的大事，那时他的认真态度往往超过了大人们。

漂亮的女人绝对不是非穿漂亮衣服不可的女人。衣服首先因女人漂亮才漂亮。

对于三十多岁的女人，生日是沮丧的加法。

三十三岁的女人，即或漂亮，也是谈不上"水灵"的。她们是熟透了的果子。生活是果库，家庭是塑料袋儿，年龄是储存期。

生灵：八记动物语言

战马仿佛在用它的目光说：人，你完全可以信任我，并应该像信任你自己一样。

马在草原上鹰似的飞翔，人在鞍上蝶似的翻转。人仿佛是马的一部分；马也仿佛是人的一部分。人马合二为一，协调着无比优美的律动，仿佛天生便是两种搭配在一起的生命。

对于马，民间有种经验是——"立则好医，卧则难救"。那意思是指——马连睡觉都习惯于站着，只要它自己不放弃生存的本能意识，它总是会忍受着病痛之身顽强地站立着不肯卧倒下去。

马的一生像人的一生一样，也有着命运的区别。

军马的一生豪迈荣誉；赛马的一生争强好胜；野马的一生自由奔放；而役马一生如牛，注定了辛劳到死。

狗性单纯于人性。因而狗的忠诚，是没有什么附加条件的，是人性许多情况下所不及的。

我认为狗性中那种接近本能的忠诚，一旦体现于人性，反而意味着人性的扭曲，人性的病态。

军犬的目光中具有孤傲的成分，猎犬的目光中具有"我是猎犬我怕谁"似的无畏气概。

在狗与人的关系中，有许多时候，人的意思需要狗去猜。这使狗善于对人察言观色。

狗的目光是永远也不必让主人猜测的。主人只要看他的狗一眼，心里就全明白了。狗眼永远只流露一种目光。永远流露得率真又单纯。

狗脸与人脸大相径庭，但几乎所有的人都会觉得，狗脸上有与人脸极为相似的东西。那是什么呢？——是狗的眼睛。

牧羊犬天天和羊在一起，对羊相当忠诚。倘若狼来了，它又最肯于奋勇向前，自我牺牲。但雄牧羊犬求欢于羊，母羊掉头默默离去，寻找公羊。并不计较和谁在一起更有"共同语言"，也不认为应对牧羊犬的破碎了的心负什么道义的责任。

骆驼有时会气冲牛斗，突然发狂。阿拉伯牧人看情况不对，就把上衣扔给骆驼，让它践踏，让它噬咬得粉碎，等它把气出完，它便跟主人和好如初，又温温顺顺的了……

聪明的独裁者们也懂得这一招。

蝴蝶不停地扇动双翅挣扎着，然而徒劳无益。它痛苦，它悲哀，它绝望。唯一使它感到安慰的是，窗子开着，它可以望到窗外，望到它的恋人。人，不要再用活的蝴蝶做标本。

毛毛虫回答："我在忏悔。"蝉又问："你也想'重新做人'吗？"毛毛虫回答："是的，我不再吃树叶了，我要变成一只蝴蝶。"

宠物之所以是宠物，盖因其聪明。纵然是一条蛇成了某人的宠物，那也必是一条专善解某人之意的蛇，否则人断不会宠它。而普遍的规律是，宠物一经被宠，超过于同类的聪明便往往"发扬光大"。

成为宠物的一只鸟儿，是不必再多此一举地赐给它什么自由的……

只有某些猴子可以爬到树干的最上方，首先当然是猴王，其次是猴王所亲昵待之的猴，最后是强壮善斗的猴。

端详猫脸，人定会从猫的眼中，看出一种仿佛散漫淡泊，自甘闲适无为的意味儿。

与猫相比，狗的"心思"未免太重。……只要吃得饱，吃得好，猫不甚在乎主人对它的态度冷淡不冷淡。在这一点上，猫简直可以说是"宠辱不惊"。

陷于灾难之境的猫，眼中也会传达出求助的目光；重病不起的猫，眼中也会传达出乞怜的目光；垂死的猫，眼中也会传达出悲哀绝望的目光，但不哀叫。

狗的忠乃至愚忠以及狗的种种责任感，种种做狗的原则，决定了狗是"入世"太深的动物。狗活得较累，实在是被人的"入世"连累了。今天城里人养狗，不再是为了守门护院；狗市的繁荣，也和盗贼的多起来无关。猫是极"出世"的动物。猫几乎没有任何责任感。连猫捉老鼠也并非是出于什么责任，而是自己生性喜欢那样。猫也几乎没有任何原则。城市中的野猫，"出身"皆是离家出走的猫。猫的大眼睛中，又天生有一种"看破红尘"似的意味儿。一种超然度外，闲望人间，见怪不怪的意味。猫不是好斗的动物。猫不会为了胜负的面子问题而玩儿命。模特们表演时的步态叫"猫步"。据我看来，她们脸上的表情，也很像猫脸所常常呈现的"表情"。狗性中的责任感，是人性强加的结果。猫性中有拒绝人的意识强加于己的天性。人稍一强加，它就叛人而去。人若以为加大驯化力度必可达到目的，猫就死给人看。猫的生命，不能承受被驯化之重。永远没什么"心思"的猫眼中，似乎永远流露着知足的、心旷神怡的达观。猫有隐士气质。都市里的猫，统有第一流隐士的气质。

老鼠的视力也绝不像人们说的那么差。"鼠目寸光"是以讹传讹。事实上老鼠避开危险的迅速反应，不但靠敏感的听觉，也靠时刻东张西望的视觉。

我之所以要煞费苦心地指出鼠目的不丑，基于这样一种思想——对于人类，有许多时候要承认某一事实那是非常不情愿的。

单独的野牛，性情暴烈，面对任何强敌，都有种"拼命三郎"的劲头儿。

在一切动物中，只有三种急了就红眼的。那就是牛、狮子、野狗。

狮子袭来，野牛群一阵奔逃。只要狮子扑倒了同类中的一头，集体的奔逃就停止了。于是，似乎都松了一口气。望着同类被活活分尸，似乎都在这么想：感激上帝，现在危险终于过去了。我是多么幸运啊，它不幸与我何干！

单独的野牛眼中有一种凛然。那眼神儿中有种意思似乎是——"阳光之下每一种动物都是平等的，勿犯我！"

那些无怨无悔的、甘做贤妻良母的女性的眼中，就常流露着奶牛眼中那种温柔的目光。

一头象落入陷阱中，许多象必围绕四周，不是看，而是个个竭尽全力，企图用鼻将同类拉出，直至牙断鼻伤而恋恋不忍散去。此兽性之本能。

役马干活儿有时犯懒，驴子干活儿有时耍奸，而骡子如果一股劲儿不能将车拉上坡，主人再怎么挥鞭子抽它往往也无济于事了。那时骡子首先放弃了自信。而牛不像它们那样。牛拉不动时，比主人还急，还躁，那时它就会跟陡坡较上了劲儿。

斗牛场上的雄牛，被斗到终了之前，眼中皆喷"士可杀不可辱"的怒火。所以它明知牺牲的时刻到了，还是要勇猛地向前做最后的一冲。

牛一生只跪两次，是小牛吮母奶时和死前。牛死前的跪，似乎更是一种诀别的仪式，向世界诀别的仪式……

羊的眼睛是不怎么好看的。它们的眼里太缺少动物眼里几乎皆有的灵性和机警，这大概是被人类代代牧养的结果。

猪其实并不像人以为的那么蠢，猪也是相当敏感的。人杀猪的血腥情形如果被猪看到了，猪也会接连几天反常，懒得吃，懒得喝，睡得也不酣了。

在动物的王国里，如果说其他动物对狮虎是惧怕的，那么对象的态度则体现着一种尊的意味。

狮像动物王国的黑社会头子。虎从来也不愿在其他动物群前大模大样地招摇过市。而狮动辄如此。

虎是"幕"后的动物，它自己宁愿那样。它"亮相"于"幕"前往往是被迫的。

虎的捕食，以维持生存为原则。虎吃饱了就隐蔽起来。虎的深居简出是为了降低消耗。

如果说虎脸上有山林的"文化"气质，那么，也可以说，狮脸上有历史——草原上弱肉强食、王者通吃的血腥史。

它（豹）仿佛在宣言：我知道你是王，但你只是别的动物的王，不是豹的。如果你欲将你的王威强加于我，那么就请出招吧！

猴一旦被关入动物园的铁笼或围在"猴山"，似乎很快就会忘了林中的自由，渐渐乐不思蜀。它们仿佛对人类"识时务者为俊杰"的哲学大彻大悟，而这是几乎其他一切动物都不能自慰的。

猴以它们的仍然活跃表示这样的猴性——只要有吃的，在哪儿我都一样。

猴善于从人身上学劣点；而猩猩善于从人性中接受"正面影响"。

猩猩和狗一样，在感情上是人靠得住的"朋友"。它对人的感情，能表达得非常人性化。

"兽死于皮。"皮——珍贵，再凶猛的兽，对人而言，谋杀之易都不在话下了。

虎也是可以被驯来表演马戏的，但虎的表演不失起码的自尊。

我敬军犬的勇敢，敬牧羊犬的"尽职"，敬"导盲犬"对人的服务精神，敬看家犬的不卑不亢，甚至，敬野狗对自由的选择。

虎为生存而表演。

虎不至于为取悦而表演。

虎宁肯在笼子里，其实不情愿上表演场。

狍天生是那种反应不够灵敏的动物，故人叫它们"傻狍子"。人觉得人傻，在当地也这么说："瞧他吧，傻狍子似的！"

狍的眼神儿可有一比，仿佛虽到了该论婚嫁的年龄，却仍那么缺乏待人接物的经验，每每陷入窘状的大姑娘的眼神儿。

狍凝视枪口的眼神儿，也似乎是要向人证明——它们虽是动物，虽被叫傻狍子，但却可以死得如人一样自尊，甚至比人死得还要自尊。

野牛是一种性格非常高傲的动物，用形容人的词比喻它们可以说是"刚愎自负"。进攻死了的东西，是违反它的种类性格的。

蚁这种小小的生命是没有思维能力的，它们的一切行为，无论多么令我们人类惊诧，甚至感动，其实都只不过是本能。

一只蜂儿，用它唯一的一支"箭"，或一颗"子弹"，进行了勇敢无畏的战斗，之后不一会儿，它便掉在地上死了。英勇！

"己所不欲，勿施于人。"——这一点蜂儿是做到了。

而对大多数人来说，是不太容易做到的。

在我们这个地球上，蜂的社会形态和生命意义，是理想化得具有诗性的啊……

在一切集群动物中，只有象群是最高贵，最不失尊严，最和睦亦最和平的。

对象而言，离群是最劣的。对猴而言，离群可能是最优的。

在耗子不多了的时代，不逮耗子的猫才是好猫。

在这样的时代，人们评价一只猫的时候，往往首先评价它的外观和皮毛。猫只不过是被宠爱和玩赏的活物，与养花养鱼已没多大区别。

野狐死前的预感是很强的。它们一旦意识到自己的生命到限临终了，便尽可能地回到它们的第一处穴里。

苦旅：九问文学之河

●

现在中国文学的状态，接近中午。中午是热闹时刻，饭店饭馆人满为患。大家抓紧时间消费，所以文学也以快餐为最好卖，为时尚。

文化的假"野蜂窝"比街头巷尾地摊上卖的假"野蜂窝"更是对人有害的东西。后者只不过使人腹泻，而前者会紊乱社会的神经。

某国曾举办过一次画展，参观者每天络绎不绝。四十多天后，一位作者也来参观，竟发现自己的巨大画作被倒挂着……

令人思索的是竟无一人看出那是一幅倒挂的画。

文学好比是一条流淌着的河，具体之作家和作品，是河中的鱼虾，或水生植物。

"文学救国"或者"文学亡国"，不过是良好的愿望或夸张的论调。我认为文学不会产生摆布历史进程的社会功能。往最大的作用说，文学只能教育时代而已——像西方启蒙时期那样。

"文学救国说"当然是童话。但文学确实能影响着国民的精神却非童话。鲁迅先生弃医从文，因而中国人才看清了自己身上有着阿Q的精神。

文学最忌的就是"卖弄"，尤其最忌以为真正学到什么或尚未学到什么的卖弄。

杂文好比是文人自己选择并且穿上的一件斗牛士才穿的服装，而散文却好比永不过时的休闲装。

老故事和畅销书之间的关系，其实正意味着当代人和爱、和性、和家庭观念之间的尴尬——不求全新，亦不甘守旧。全新太耗精力；守旧太委屈自己。

中国的文化应该反省一下的。全世界恐怕没有哪一个国家的文化，像中国当代文化这么势利眼。

文学无论如何不应该成为销蚀人的生活意志和信念的自饮或诱惑别人共饮的"酒"。

西方人对中国文坛的评评点点，那是吃猫罐头长大的洋猫对中国的猫们——由逮耗子的猫变成家庭宠物的猫，以及不甘心变成家庭宠物、仍想逮耗子的猫们的"喵喵"叫罢了。

林语堂先生在一次演讲时说，"演讲者的演讲应像女人的裙子，越短越好"，精妙比喻。

文学有责任考虑到正值青春期的男孩女孩，他们和她们的眼那是往往一定要睁大了在文学中浏览爱情的！

今天，中国文学艺术之中的爱、情欲和性，却已经几乎到了无孔不入的程度。却已经只不过成了一种"作料"。因而便有了这样一句带有总结意味的话语："戏不够，爱来凑。"

几乎凡叫小说的书里都有爱都有情欲都有性，就是缺少了关于爱的思想关于情欲的诗意关于性的美感。

中国的当代作家中，有相当一批人，巴不得一部接一部写出的全是《金瓶梅》。似乎觉得《红楼梦》那种写法早已过时了。

"看《三国演义》掉眼泪，替古人担忧"这句话早已被证明过时。当代人看《三国演义》既不会掉眼泪也一点儿不替古人担忧。可是哪怕极平庸的当代爱情故事，也会至少吸引当代人中的一部分。

感动就像嫉妒一样。当代人不会嫉妒古人。不会嫉妒神话中的人和传说中的人。但一定要深深地嫉妒他或她周围的人。

酒文化的实践者们清醒着的时候，气氛往往是雅的；只要醉了一个，场面顿时俗不可耐。

诗歌这一最悠久最古典的文学体裁，几乎就要在全世界绝迹了。这不能说和商业的迅猛发展完全没有关系。

知识给予知识分子之最宝贵的能力是思想的能力。因为靠思想的能力，无论被置于何种孤单的境地，人都不会丧失最后一个交谈伙伴，而那正是他自己。

知识之不可替代，犹如专一的爱情。

"苦行文化"的意识，其特征是——宣扬文化人及一切文艺家人生苦难的价值，并装出很虔诚很动情的样子，推行对那一种苦难的崇拜。

文化人和艺术家的苦难，从来不是文化和艺术必须要求他们的，也和一切世人的苦难一样，首先是人类不幸的一部分。

早期中国文人对自身作为的最高愿望是"服官政"。而"服官政"的顶尖级别是"相"，位如一国之总理。

文学中的人物不曾爱或被爱，那是多么的不可思议！连阿Q还暗恋过吴妈呢！

魔术吸引住的是观众的眼睛；文学征服了的是读者的心灵。

一个成语，百千年以来代代用之，便没了最初的魅力。许许多多的成语，其实已成了日常语，成了广泛而又广泛的公用语。

少女如花，少年如诗，青春期的情愫如自谱的一首歌，一吟三叹地唱来，是值得写的事。

小说即使不是项链，起码也是用珠子串成的镯。见过一个珠子串成的手镯吗？那是戒指，是耳环。一篇正宗的小说，须有恰适其量的情节和细节。

能成为小说的爱情，一定是那种超越了一种事情的寻常状态，达到近乎一个事件的不寻常状态的爱情。

社会的底层诞生了冉·阿让。

也诞生了德纳第——就是在战场上从死人身上扒得财物的那个人。雨果写他时用的词是"那个贼"。

对演员们来说，心里没有的，脸上就没有。偏要装成有，便只能挤眉弄眼。对作家们来说，心里没有的，笔下就也不会有"为赋新词强说愁"——那只能矫揉造作。

一味地宣泄，就有点歇斯底里。宣泄而善于节制，才不失为文学。

今天，真的头脑深刻的人，有谁还从小说中去找"深刻"的沟通？

文学不是时装，文学没有流行色。就算有，你着急忙慌追随时，流行色可能已不怎么流行了。

过早的名声会扼杀一个具有相当天赋的文学人才，而使其不能成为一个真正意义上的大作家。文学最终是要经得起寂寞的。

没有好豆子，生不出好豆芽。

好比氢气球在空中悬挂，一切标榜贴在气球上，筐子篮子什么的吊在离人世间不太高处，小说家坐于其中写小说，再发些"一览众山小"的议论。气球越高，吊索越长，小说家则越显得装模作样。

认识价值和美学价值之于文学，犹如人的左脸和右脸。理论上贬低其一或创作上割取其一，是半面脸的文学理论家或作家。

教人如何在社会生活中变得圆通、变得圆滑，进而变得狡猾狡诈，变得"厚黑"起来的书成列地堂而皇之地占领文化园林。文化不该这样子。

当代人不但要读关于爱的故事，更要读当代人创作的，尤其要读当代人反映当代人的爱的故事。

文学裸露在突兀到来的商品时代，犹如少女失贞于凶汉。

大学里汉字书写得好的学生竟那么的少。

中文系的教学，确乎直接关系到一所大学一批批培养的究竟是些"纸板人"还是"立体人"的事情。

"中文股"在社会职业股市的大盘上，似乎注定将永远处于"熊市"了，眼见其他"职业股"指数一再上升，中文学子们又怎能不自卑不忧烦呢？但是，30年后见分晓；近文学的人往往更善于对待"平平淡淡才是真"的人生，这也是事实。

写者：九问文人文道

　　作家们和文化人们，只不过是文学和文化的"打工仔"。只不过有的是"临时工"，有的是"合同工"，有的是"终生聘用"者。

　　在中国，作家是可以站在离"核心"较近的某一环的某一段弧上的。如果此时作家的眼还向内圈看，那么他或她一定是短视的。因为这是由视野的半径所决定着的。

　　在目前这个时代，倘能一边写着自己想写的小说，一边在自己生活着的小小社会平面上，充当一个老好人，与世无争，于世无害，与人无争，与人为善，乃是多大的造化？不亦乐乎？

　　"内耗"每每也发生在优秀的知识分子们之间。

　　"士"与"隐士"，在中国，一向是相互大不以为然的两类文人。至近代，亦然。至当代，亦亦然。

　　凡在虚构中张扬的，便是在现实中缺失的。起码是使现实人尴尬的。

　　我一只脚迈入在新生的中产阶层里，另一只脚的鞋底儿上仿佛抹了万能胶，牢牢地粘在平民阶层里，想拔都拔不动。

　　我正是想当一个小知识分子，一个小小的知识分子。而且明白，当好一个小小的，也须很虔诚。

　　我对文学和作家这一职业，曾一度心怀相当神圣的理解。因为文学曾对我有过那么良好的影响。这种越来越不切实际的理解，很费了一番"思想周折"才归于客观的"平常心"。

　　当今之中国，其实已没有像那么回事的"隐士"，正如已缺少真正意义上的"士"。

中国的文人知识分子们，确乎被封建王权、被封建王权所支持的封建文化压抑得太久也太苦闷了。他们深感靠一己的思想的"锐"和"力"，实难一举划开几千年封建文化形成的质地绵紧的茧被。正如小鸡被封在恐龙的坚硬蛋壳里，只从内部啄，是难以出生的。

视而不见，听而不闻，是麻木了的中国人的心态。这样的中国作家，是麻木了的作家。

人类的社会越来越"质地柔软"，作家与现实生活的关系，也就越来越难以一厢情愿地"紧凑"了。

作家与现实生活的关系，有点儿像谈恋爱。一对恋人分开得太远、太久，爱的激情是会消减的……

文人可以借其小说粉饰自己包装或包藏自己，但是散文、随笔、杂感这些文章，却堪称文人们自己的心灵的镜子。

给你一把斧子一把锯，你拿了可以摆出某种惟妙惟肖的架势冒充木匠，但是你一旦拿起刨子，拿起凿子，被人以研究的目光注视着刨一个平面凿几个孔时，你究竟是不是木匠，是几级木匠，就原形毕露了。

一位作家培养另一个人成为作家这种事，古今中外实在不多。一个人能不能成为作家，关键恐怕不在培养，而在自身潜质。

政治越来越成熟，社会越来越稳定的状态之下，小说家的自由度才会越来越大。

作家是很容易在心态上和精神上被新生的中产阶层所吸纳的。一旦被吸纳了，作品便往往会很中产阶层气味儿起来。

商业时代使一切都打上了商业的烙印。文学没有任何理由要求幸免。

我不会去走"背对生活，面向内心"的创作道路。我深知自己的内心并不那么丰富，那里面空旷得很。

我开始意识到，一个商业时代的小说家，靠稿费尽家庭经济责任，而又能相对严肃地进行长久的创作，乃是很"诚实的劳动"之一种。比之不能这样，而不得不向国家伸手讨索，讨索不到就牢骚满腹怨天尤人有点出息，有点尊严。

"文人"当官，并不全为了"治国平天下"，也为了一生的荣华富贵。因为"书中自有颜如玉""书中自有黄金屋"。所以在他们想来，"万般皆下品，唯有读书高"。

"力士拔靴、贵妃研墨"之类，纯粹是"文人"们编出来的，是"文人"为"文人"镀金身。既满足着"文人"们一心想当官的精神寄托，又似乎雪洗了大多数"文人"们一向"摧眉折腰事权贵"的屈辱。

中国当代知识分子向往官职，热衷于追求官职的另一种心理逻辑便是——觉得是官了，才意味着获得了当局最大限度的器重，才意味着被信任到家了似的。

对于知识分子，如果不以攀权做官为一等人生前途的选择，那么证明知识分子的确是开始凭着知识实力而自信而自立了。

作家关注社会，关注时代，实在没必要理解为被要求，被强加，变为主观能动真的那么有害，那么不好吗？

气质是一个人的影子，是一个作家的一部分。世界观是可以更新的；气质却是难以改变的。

一个人，可以不必对自己的气质过分苛求。一个作家，却必须了解自己的气质，研究自己的气质；却必须明白，自己的气质和自己的创作活动有着怎样紧密的内在联系。

作家应熟知自己的气质，就像中医熟知自己的脉象一样。

仿效是风格的对立物。

在创作活动中，仿效是顶没出息的。

随想：十谈生命感悟

中国有两句古话，对于我们中国人的心理影响颇久远，都和名有关。一句是——"人过留名，雁过留声。"另一句是——"不能流芳百世，亦当遗臭万年。"

人的生命在胚胎时期便酷似一个逗号，所以生命的形式便是一个逗号。死亡本身才是个句号。

大多数人的生命特点基本上是这样的——幼年时朝前看，青年时看眼前，中年时边在人生路上身不由己地边走着边回头，而老年时既不回头也不扬头了。

人的欲望原来是可以像寄居蟹一样缩在壳里的。它的钳子在壳里悄悄生长着，坚硬着，储备着力量，伺机出壳一搏。

生命终了之际，每个人都会感受到，所谓人生——不过是一些怀旧的片段组成的记忆。

每个人都有自己的帆。有的人一生也没扬起过他或她的帆；有的人的帆刚一扬起就被风撕破了，不得不一辈子停泊在某一个死湾；而有的人的帆，直至他或她年高岁老的时候，仍带给他或她生命的骄傲……

生命像烟一样，不可能活一天附加一天。生命是一个一直到零的减法过程。

一个生命就是一次空前绝后的奇迹。父母的精血决定了生命的先天质量。生命演变为人生的始末，教育引导着人生的后天历程。

人性如泉，流在干净的地方带走不干净的东西；流在不干净的地方它自身也污浊。

拥吻着现实而做超现实的幻想，睁大眼睛看看，我们差不多都在这么活着……

人类是最理解时间真谛，也是最接近时间这位"上帝"的。

难道，对于红尘中多数的人，所谓金色年华，只不过是诗人的无限的咏叹？或小说家一厢情愿的故事编织？

红尘之所以为红尘，一个"红"字，内涵多多，道出了我们红尘中人对人生一世的多种方面的向往、喜欢，难以割舍。我们红尘中人在被红尘生活所累的时候，偶尔也羡慕一下佛门弟子；我们的人生假如顺遂，目光还投向庙寺庵观吗？

开口求人好比一边走路一边踢石头，碰巧踢着的不是石头，是一把打开什么锁的钥匙，则兴高采烈。一路踢不着一把钥匙，却也不懊恼，继续地一路走一路踢将下去。石头碰疼了脚，皱皱眉而已。今天你求我，明天我求你，非但不能活得轻松，我以为反而会活得很累。

种子在未接触到土壤的时候，是没有任何力量可言的。尤其，种子仅仅是一粒或几粒的时候，简直那么的渺小，那么的微不足道，那么的不起眼，谁会将一粒或几粒种子的有无当回事儿呢？

我常想，自己真的仿佛一辆破车子，明明载不了世上许多愁，许多忧，那些个有愁的人，有忧的人，却偏将他们的愁和他们的忧，一桩桩一件件放在我这辆破车子上，巴望我替他们化之解之。

人活着就得做事情。

古今中外，无一人活着而居然可以不做什么事情。连婴儿也不例外。吮奶便是婴儿所做的事情。

世上一切人之一生所做的事情，也可用更简单的方式加以区分，那就是无外乎——愿意做的、必须做的、不愿意做的。

我们大多数人的一生，其实只不过都在整日做着自己必须做的事情。日复一日，渐渐地，我们对我们那么愿意做、曾特别向往去做的事情漠然了。

怀旧，其实便是人性本能的记忆。

不要相信那些宣布自己绝不怀旧的人的话。他们这样宣布的时候，恰恰道出——过去对于他们，必定是剪不断，理还乱。

两个中年男人开怀大笑一阵之后，或两个中年女人正亲亲热热地交谈着的时候，忽然目光彼此凝视住，忽然都从对方眼里看到了那种企图隐藏到自己的眸子后面而又没有办法做到的忧郁和惆怅。我觉得那一刻是生活中很感伤的情境之一种。

人类社会好比是一幅大油画，本不可以没有几笔忧郁的惆怅的色彩。没有，人类社会就是一个大幼儿园了。

追悼更是活人对死的一种现实的体验，它使生和死似乎不再是两件根本不同的事，而不过是同一件事的说法了；它使虔诚的人倍加心怀虔诚，使并不怎么虔诚的人暗暗觉得自己有罪过。

初级教育教给人幻想的能力。高等教育教给人思想的能力。而思想是幻想的"天敌"。正如瓢虫是蚜虫的天敌。

再低等的生命，你只要诚心为它服务，为它活得好，久而久之，它也就对你另眼相看，区别对待了……

对一切有生命的东西而言，不可一世不共戴天的孤独，尤其是以残害同类的方式自己造成孤独，都将是一种惩罚吧？

"好人"是人类语言中最朴素最直白的两个字。朴素得稍加形容和修饰就会顿然扭曲本意。直白得任谁都难以解释明白。

上一代人猛地发觉，在自己不经意间，下一代人早已疏远了自己，并且在对社会和时代的适应能力、自主性方面，令他们惊讶地成长壮大了。

世上之事，常属是非。人心倾向，便有善恶。善恶既分，则心有爱憎。爱憎分明之于人而言，实乃第一坦荡，第一潇洒，第一自然之品格。

"缘"，似乎只能包括生活把你和好人引到一块儿的情况。但生活也常常会把你和坏人、恶人、卑鄙之徒推到一块……

让我们在我们每个人的生活范围内，做一块盾，抵挡假丑恶对我们自己以及对生活的侵袭，同时做一支矛。

耍弄或捉弄猴子获得快感的男人，内心深处、潜意识里，大抵也时时萌生耍弄或捉弄别人一番的念头。

将人性改变得如狮性一般恶劣，也不是多么难的事。只要在人小的时候，将他或她浸泡在恶劣的文化里就够了。

正如许多盲人成为"战胜黑暗的人"一样，许多眼睛很好看，视力极佳的人，其实可能一辈子生活在"黑暗"之中。

人心里追求什么，眼睛才更多更广地看到什么……

有神论者认为一位万能的神化的"上帝"是存在的。无神论者认为每个人都可以成为自己的"上帝"，起码可以成为主宰自己精神境界的"上帝"。

你虔诚地珍惜一颗熟了的桃子是可笑的。

熟了的桃子比任何类的涩果都更接近腐烂。

人也是如此。

天真很可爱，故我们用"烂漫"加以形容，但天真绝对地肤浅。故虔诚绝对地几乎必然地导向偏执。

唯有人，用双脚行走。

除了你自己，没有第二个人能将你拉得很高——因为你会抓不牢绳索。

生活中有些事，原本动人、感人，正如上品的雨花石，那是无须加工的。

知道了许许多多别人命运的大跌宕、大苦难、大绝望、大抗争，我常想，若将不顺遂也当成"逆境"去谈，只怕是活得太矫情了呢！

与自己的心灵交谈……可能使人在任何逆境中保持住心灵的平衡，也可能使人丧失掉最后一部分生活热忱。

人的心灵不同于人的肝脏，滋养肝脏的是血液，滋养心灵的是人的情感、情操、信念和精神。"哀莫大于心死"，此话可谓"警世恒言"。

热爱生活的人，是不允许"虚无"这条灰色的毒蛇噬咬自己的心灵，并任其注入"厌世"的毒液的。

希望奥秘永不被人所知,这是魔术演员的心理。魔术大师们个个希望自己在观众眼中永远是"谜"。

世界很大,一个人和另一个人,一些人和另一些人,不知怎么,就被生活安排到一块了。习惯的说法是"缘"。我更愿说是遭际。

苦乐：十谈大千世界

"外面的世界很精彩，外面的世界很无奈"——在人的城市里，对鸟儿们也是这样的……

一幢豪宅往往只能与富贵有关。富贵不是温馨。温馨是那豪宅中的小卧室，或者小客厅。温馨往往是一种小的生活情境。

没电视的年代有一个好处——那就是无论大人孩子，睡眠都较充足。

心灵的"家"乃是心灵得以休憩的地方。那个地方不需再格外多的财富，渴望的境界是"请勿打扰"。

为了过好一种小百姓的生活而永远地打起精神来！小百姓的生活是近在眼前伸手就够得到的生活。

侃、麻将、酒——这三方面使中国的许多男人和女人显得俗不可耐。

人至少可取两种不同的生活态度，至少可实际地选择两种不同的生活——积极的态度和消极的态度，较乐观的生活和非常沮丧的生活。而这也就意味着获得同一情况之下两种不同的生活质量……

心灵的"家"，乃是心灵得以休憩的地方，休憩的代名词当然是"请勿打扰"。

只要春节还放一年中最长的节假，春节就永远是我们中国人"总把新桃换旧符"的春节。

一个人，只要是中国人，无论他或她多么了不起，多么有作为，一旦到了晚年，一旦陷入对往事的回忆，春节必定会伴着流逝的心情带给自己某些欲说还休的惆怅。

我一向简单地认为，撒谎——说假话——乃是同性质的可耻行径，好比柑和橙是同一类东西。

宁静的正确含义是这样的——它时时提醒我们这世界是不宁静的……

过去老百姓家娶媳妇，也相当于物色一位"终身合同"的厨子。要不怎么说中国平民阶层的女性，"上炕围着丈夫转，下炕围着锅台转"呢？

俗言的"好人"，却通常都是自设理性藩篱较多的人。

"好人"大抵奉行维名立品的人生原则。

废话是因为说多了而无效才成废话。

也许惆怅乃是中年人的一种特权吧？这一特权常使中年人目光忧郁。既没了青年的朝气蓬勃，也达不到老者们活得泰然自若那种睿智的境界。

金钱吗？它不是唯一使我过分激动的东西；也不是唯一使我惴惴不安的东西；更不是我人生中唯一重要的东西。我必须有足够花用的金钱，而我的情况正是这样。

无论这世界发展到何种程度，劳动妇女总是多数。

当人的目光注视在另一个人的脸上，吸住它的必是对方的眼睛。是的，是吸住，而不是吸引住。好比铁屑被磁石所吸，好比漂在水面的叶子被漩涡所吸。

世人害怕真实远胜于害怕谎言。

世人害怕高尚远胜于害怕卑鄙。

美好的事物之所以美好，在于恰当的比例和适当的成分。酵母能使蒸出来的馒头雪白暄软，也同样能使馒头发酸……

生活有时就像一个巨大的振荡器。它白天发动，夜晚停止。人像沙砾，在它开始振荡的时候，随之跳跃，互相摩擦。在互相摩擦中遍体鳞伤。

"老"是丑的最高明的化妆师。因而人们仅以美和丑对男人和女人的外表进行评论，从不对老人们进行同样的评论。

如果你有什么事情要向人无虑相托，你看见一个兵，如果他真是一个兵的话，你就是看见了一个最值得信赖的人。

人对陌生的事物往往是缺乏信任的，在这一点上动物尤甚于人。

当我们在反省我们自己的中小学教育方法时，我想说，我们或许正是在丧失着教育事业针对小学生们的诗性内涵。

少年和青年们谈起文学家难免是羡慕的，谈起科学家难免是崇拜的，谈起外交家、政治家难免是钦佩的，谈起企业家难免是雄心勃勃的，谈起教育家，则往往是油然而生敬意的了。

除了外交家，"善于辞令"的男人在中国一向是"华而不实"的另一种说法。

可怜是俯视意味的。

怜悯是相同感受的人们之间相互的不言而喻。

好天气是人人都享受着的好天气，不独属某些人。古人云："天无私覆，地无私载，日月无私照。"

一个人的希望，具体而言——一个人想要过好日子的希望，却可以寄托于五花八门的寄托去实现。

君不见，古今中外，人类为权力不是设计了不少象征人物吗？王冠、王杖、王宫或皇宫，是也；专车、专列、专机，是也。比如美国的"空军一号"，是总统特权的象征。而中国古代的"乌纱帽"，是官居几品的象征。

国泰民安，老百姓心满意足，喜滋乐滋，文学的社会责任感，也就会像嫁入了阔家的劳作妇的手一样，开始褪茧了。好比现如今人们养猫只是为了予宠，并不在乎它们逮不逮耗子了。

"老"也是一个令人意念沮丧心理惆怅的字。一种通身被什么毛茸茸的东西粘住，扯不开甩不掉的感觉。

"信赖"是一个有永远的恒定数限的词。它在任何时候，任何情况之下，针对任何具体之人，其数限都永不可能小于一。

富人的心，尤其中国的、较缺少宗教情感熏陶的富人的心，的确是和他们的钱柜的作用相似的。他们的钱柜里没有的，他们的心里也不大会有。有，需要一个过程。这个过程比他们成为富人的过程要长得多。

生活改变我们是极其容易的。或许，我们每个人，迟早总是要被生活改变成它所乐于认同的样子吧？

我的不善交往，实实在在是不愿交往。我的不愿交往，实实在在是对目前社会上的一种交际之风的"消极抵御"。

一个孩子需要尊严，正像需要母爱一样。我是全班唯一的免费生。免费生对一个小学生来说是精神上的压力和心理上的负担。

农民对土地怀有的私有意识，兼有着图腾崇拜和神性化了的意识成分。

将土地比作母亲的是诗人。

真的将土地看成母亲的却是农民。在农民的心目中，土地不唯是母亲，还是妻子、情人和与自己有血脉关系的神圣事物。

琐记：十谈凡尘琐事

在一辆"奔驰"车内放一排布娃娃给人的印象是怪怪的，而有次我看见一辆"奥拓"车内那样，却使我联想到了少女的房间。

生活本身才是人的终身伴侣。没有谁能伴谁一生。父母不能；子女不能；再好的朋友也不能；再恩爱的夫妻也不能。只有生活能。

生活本身也像那些雕塑品，对任何一个人来说，也都是缺残的，也都必然是缺残的——你不能希望好东西都属于你……

对于童年和少年的我，那些窗是会说话的，是有诗性的。似乎代表住在里面的主人表达着一种幸福感：看吧，美和我的家是一回事啊！

电视机仿佛电灯泡一样，伴随着当代人度过下班后直至入睡前的闲暇的"黄金时间"。

饮酒这种事情是由人气来烘托才乐在其中的。

嘉宾，其实就是主持人的配角呗。大家都要做事，需要互相帮衬。

心情好时我擦窗。心情不好时我也擦窗。窗子擦明亮了，心情也似乎随之好转了。

我劝住楼房低层尤其平房的朋友们，尤其男人，尤其心情不好时，亲自擦擦自家的窗吧！

望着进进出出的学生们苍白的脸，我默然，进而肃然。他们的上进，依我看来，已分明地带有自虐的性质。我顿时联想到"悬梁刺股"的典故。

穷人家的墙像穷人家的孩子，年画像穷人家的墙的一件新衣，是舍不得始终让它"穿在身上的"。

我希望我的收入永远比我的支出高一些；而我的支出与我的消费成正比；而我的消费欲与时尚、虚荣、奢靡不发生关系。

旅游是弥补人类现代生活缺憾的方式。几乎我们每个人都听惯了这么一句话——"出门散散心吧！"这是大多数人旅游的潜动机。

旅游胜地必有山有水，山水相依，水绕山环。在这样的地方，男人才更像亚当，女人才更像夏娃。

最初的旅游使人类的先祖从洞穴走向世界的四面八方，于是世界才得以是今天这个样子。人类文明的经纬是在我们先祖的游走中扩大了的……

人们习惯于看到别人成功的结果，而在此之前的种种努力，往往不太被人注意。

看电影是比较有意思的事情。但孤零零一个人坐在黑暗的放映室里看，就比较的没意思了。

当下生活，使我们对待许多事情的态度变得越来越毛糙。一个人按照自己的时间表从容不迫地生活是越来越难了。

生活中的温馨已然流失，像自然界的水土流失一样令人忧虑。如果我们本身从来不曾向生活之中投入温馨，那我们有什么权力抱怨生活太冷漠了呢？

白天——夜晚，失望——希望，自怜——自信，自抑——自扬，这乃是人的本质。日日夜夜，循环不已，这乃是生活的惯力……

快乐，也是一种不断消弭的感觉。成年人再也不会像孩子那般快乐了。六七十岁的人再也不会像二三十岁的人那般快乐了。结婚的男女再也不会像恋爱时那般快乐了……

中国人在吃的方面欲望太强烈了。一旦有了钱，这欲望则无止境。所以我们中国所说的"龙肝凤胆"，是古时有钱的男女最想吃到的。

金钱大抵只能使人变成两类——因摆脱了贫穷，终于占有了大量的金钱而文明起来，并且积极热忱地参与对社会文明的高尚的建设；或者恰恰相反，比贫穷的时候更加丑陋。

"民以食为天"这句中国话，其实说的是天下太平与不太平的问题。民足食,则天下太平。不足食,则天下之太平堪忧矣!

舞蹈一事,体现于东方,在一个舞字;而体现于西方,则更着意于一个蹈字。

人的回忆,是可以随着年龄的增长而改变"焦距"的,好像照片随着时间改变颜色一样。

无忧无虑和基本上无所或缺,既可向将来的社会提供一个起码身心健康的人,也可"造就"出一批少爷小姐。

即使出于好心,多事儿的下场也往往是落埋怨。

最天才的设计大师也难于将某展览馆搞成一处温馨的所在;最普通的女人,仅用旧报纸、窗花、一条床单和几幅相框,就足以将一间草顶泥屋收拾得温馨慰人。

阳光底下,农村人,城市人,应该是平等的。弱者有时对这平等反倒显得诚惶诚恐似的,不是他们不配,而是因为这起码的平等往往太少,太少……

文化是我们另外的故乡

Chapter 5

我作的序

一部小说有这样一种思想性，
对于初写者，
我认为便算有了创作的意义。
我觉得杨燕群经由这部小说的修改，
以后是完全可以驾驭长篇小说之创作了。
而这当然是我替她感到欣慰的……

风能吹进诗里
——序《窦利亚诗集》

坦率地说，读了兆骞兄为利亚诗集所作的序，我真的觉得，不，是认为——我这篇序，简直是可以不写的了。关于利亚的诗几乎一切我欲评论之点，兆骞兄都点评到了。而且，评得那么热忱，又是那么的确切。它是我所读到过的，兆骞笔下的最具有热情，也是最优美的一篇评论性文字。我很惭愧地承认，与兆骞兄友谊久矣，深矣，以前只知道他对于小说之得失研究极深，颇多真知灼见，却又不知他对于诗中三昧，亦早有诸般之宝贵心得。他的序，本身便是一篇诗性显明的美文。

兆骞兄无论在任《当代》副主编时，还是退休了以后，都一贯积极能动地也是心甘情愿地充当着业余文学创作者们的辛勤园丁和陪嫁娘的角色。他对业余文学创作者们的扶植热忱一向是无怨无悔的，此种热忱，在他的这篇序中，也极其饱满地体现着了。

受他的影响，我多次参加过由他组织的，面向业余文学创作者们的讲座活动，由而认识了窦利亚。

诚如兆骞兄序中所言，窦利亚"来自民间，曾抖擞跤场，得意商场，又在赌场走了麦城"；妻子在花市设位卖花；儿子大专刚刚毕业，还没签约下一份较稳定的工作……

应该说，即使在平头百姓中，利亚一家人的日子，比起来也是过得相当清贫的。

然而有着以上人生经历的窦利亚，却将他那一腔不泯的生活热情，义无反顾地给了诗！他爱诗，作诗，已七八年矣。即使无人喝彩，爱诗如故，作诗如故。这令我大为感动。感动于一个人在物质上清贫了以后，在精神上非但没有萎靡，反而竟那么的豪迈了起来。有他的诗为证。是的，他的大多数诗篇乃是气质奔放而豪迈的。用兆骞兄的评语来说，那就是——"我们捕捉到诗人激动不安的精神心灵和对心灵自由的向往，且有一种不屈的生命热情流宕于其间。"

"显示了当代意识和生命个体对广阔文化疆域的欲望和追求。"

而且，利亚之诗，有古风也。

这一点，兆骞兄也以一段漂亮的文字给予充分的肯定和赞扬。

兆骞兄的评论，我都是完全同意的。

利亚和妻子儿子，曾一道来过我家一次。大出我意料的是——受他的影响，他的妻子，他的儿子，已都成了诗的爱好者。

诗对于他们这个清贫的家庭，据我看来，差不多成了一种宗教，不断地洗礼着他们的心灵，使他们成为精神上达观向上的人。

我曾以为，在物欲横流的今天，诗已经根本不可能对人的心灵、人的精神具有那么不可思议的影响了。然而，我竟错了。故我的这篇序，某种程度上也是感动的产物。具体谈到利亚的诗，兆骞兄的序中摘引了的那些佳句，也都是我所特别欣赏的。我在大学的课堂上，还向学子们朗诵过某几首利亚的诗。

我以为，利亚的诗，总体而言，可曰之为情绪诗。凡诗，当然都是必有几分情绪化的。无个人的情绪色彩可言，几乎谈不上是诗。

但，人之情绪，是多种多样的；以诗的方式表达情绪的风格，对于诗人而言，更应是多种多样的。

且，对诗人而言，尤其对诗人而言，他或她表达和抒发个人情绪的诗之风格，一定是要比他的情绪更丰富多彩才好。进一步说就是——若将诗人的情绪比为分母，表达和抒发它的风格理当是分子。分子永远大于分母，分数的值才是绝对的正值。那值，便是诗人的魂魄的质量。

读利亚的诗，感觉他的诗人情绪，大抵是以泼墨式的，大写意的诗之风格来进行表达和抒发的。某些佳句，正是出现在这样的诗行里。一旦风格转换，其诗韵意欠佳也。

  显然的，利亚今后还须多多实践诗的其他风格，以使自己每一首诗的内容，不但与形式达到相宜性，而且使相宜性趋于完美。

  关于利亚的诗的不足，兆骞兄也有一段相当漂亮的文字进行了点评。据我看来，委实句句是点在"软肋"处的。其中"才力胜于功力"一句，尤一语中的也。

  所谓"才力"，据我理解，是指利亚那种似乎先天具备的诗人气质；而所谓"功力"，当指对诗之诗性的更全面的表现力无疑。

  我和兆骞兄一样，对民间孜孜不倦的文学爱好者，无论写小说的人，还是写诗的人，都是愿意热诚相待、平等切磋、相得益彰的。故我代表兆骞兄，祝窦利亚在诗歌创作的实践中，百尺竿头，更进一步！

（2006年4月）

上蹿下跳的人们
——《鬼商》代序

关于中国商人，书已不少。商人在中国的声誉一向不高，目前之中国，又是一个鱼龙混杂的商业时代；于是某些写家意在为商人正名，有为商人歌功颂德的书出版并畅销。

我承认中国从古到今是很有些所谓"儒商"的，每每也相信他们的好德行。然，奸商在今天也层出不穷。奸商而又与贪官、与黑社会勾结在一起，便是《鬼商》了。用这部小说中的主要人物夏天明的话说，《鬼商》中写的是一些"不大不小的臭商人"。他们向我们的社会散发着臭气。他们是一些在权力阶层和社会底层，在金钱与色市之间上蹿下跳的人。他们不蹿不跳那就连鬼商都做不成……

"上蹿下跳"四个字在"文革"年代的见报率仅次于"造反有理"。黑墨白纸写就的大字报上常见，钢板刻印的小字报上常见，各级党报上也屡见不鲜。这是专用在"人"字前边的形容词，指那样的一些有行动能量者——为实现一己欲望，活跃起来不择手段。他们擅于借助上层权力，于是动辄"上蹿"。他们也谙熟下层社会中形成的黑恶势力的争斗套路，于是每每伴之共舞，是谓"下跳"。他们是一些目的主义者，目的即行动原则。

就他们自己的人生愿望或曰人生目标而言，何尝不想一蹿成功，一蹶稳定，蹿到上层永远再不跌落下来，摇身一变而做了持久的上等人呢？又何尝不想三亲六故、子孙后代于是成为世袭了的上等人呢？但是他们的文化背景和成长过程决定了他们的素质以底层的劣特征为主。比如好逸恶劳，比如对吃喝玩乐、酒色财气的迷恋。底层最是一个优劣粘连、善恶混沌的阶层。底层的可敬分子大抵也只能或曰只得是一些安贫乐道的好人。要做底层的那样的好人，不安贫乐道通常是做不大成的。然令他们倍觉痛苦、满腹怨毒的，恰正是那个"贫"字，所以便无法"安"，更遑论"乐道"。这世界上贫着并且真正安于贫的人极少，因为"安贫"不符合一般人性。但一般人们善于忍，忍到了中年以后，曾不甘于"安"者，大抵也就渐渐地较为"安"了下来。但有些人对贫特别的敏感，由而对权贵们的生活格外渴望。那渴望之强烈往往使他们的身心有燃烧感，于是他们的痛苦甚于一般人多倍。痛苦也是一种动力。这样一些人在"文革"中"上蹿"所要达到的目的还比较的单一，摇身一变成为当时的政治红人便基本满足了。"文革"年代的中国，连当了国家副主席的王洪文在家里用遥控器看电视，都被张春桥揭发为"生活腐化"，所以连他们对所谓"幸福"生活的想象都是有限的、可怜的。在当年，善于"上蹿"者，必得先有超一般水平的"下跳"的基本功。"下跳"是为了随时准备抓住机遇，发力"上蹿"，"跳"而优则"蹿"，"蹿"而优则"士"……

然而时代不同了，以往一些善于"上蹿下跳"的人们的史页，毕竟已经翻过去了。

本书中所呈现的是另一类善于"上蹿下跳"的人们的故事和命运，是商业时代的他们合演的一幕幕欲望横流、因欲望而激情澎湃的活剧。

本书是一部刻画出了一组群像的小说，并且由一组特殊的人物群像，描写出了我们这个时代的一种特殊的浮世绘——都市的、人物们如同野兽般凶猛的、充满暴力和邪恶的、以悲剧告终的浮世绘……

本书中除了一个叫"黄鹰"的南海富姐以外，其他一概人等几乎都是底层出身之男女，又以青年男女为多。什么来钱快干什么的夏氏兄弟；歌舞团以色相谋吃谋喝谋穿自认为合适时不在乎卖身的"戏子"，她们没有成为演员的前途，除了姿色也没有别的谋生才技，所以也只能干脆将社会当成舞台，上蹿下跳于高官、富商和流氓、地痞、黑社会老大之间；靠开老虎机赌场发家的黑社会老大齐震和"红胡子""老章鱼"们那样一些红黑两道中的寄生者，市委的秘书长，想来也都是原本出身于底层的人。他们皆须不停止地继续"蹿"，继续"跳"，继续穿梭反串于上下两个社会阶层之间。因为他们只要一停止"蹿"和"跳",他们的财路就断了,他们的人生目标就又离他们远了,他们就又感到人生的危机了……

然而作者的写作态度又是极为严肃的。

如上所述,那样一些人物和那样一些内容,倘若有媚俗之心,以作者的笔力,虽然是足以写得满纸杀气,血腥四溢,性事淋漓,五毒俱全的,但作者却并未那么写。

所以这本书也非是那么一类书。

事实上作者所写的只不过是一些叫"夏天明""夏天亮""楚南雄"的年轻的出身于底层的人们,不惜一切代价想要在我们所处的这样一个拜金主义大行其道的时代成为人上人的野心而已,写他们为了实现他们的野心,想些什么和做些什么……

说到不惜代价,夏天明确乎是够典型的,号称"小诸葛"的他,为了将官员拖下水为自己服务,竟逼妹妹夏天丽以身体当诱饵;说到不择手段,他和他的弟弟不但贩卖假种子,还居然拆卖鸭绿江上遗留下来的、抗美援朝时期被炸毁的断桥,还成功地策划了一起对许多人谈虎色变的黑社会老大的绑架;而说到技长,他竟也是令人瞠目结舌的,居然能三天三夜泡在赌场,一连拍爆了三台老虎机,拍中了三个百万大奖,结果心力耗损得一头扎在老虎机上晕死过去,若不是及时被送往医院抢救,也许就一命呜呼了……

但一奶同胞、同样有过好日子的向往的妹妹夏天丽却又与夏天明显然不同,她还有些理性,人性也并未完全迷失。她的良心拯救了她,使她的人生没有像哥哥一样夭折于刑场……

我认为夏天明们是中国当下的一些于连。

同样的野心,这是夏天明们和于连的共性。

但,于连是一个读过许多书的青年,这是于连和夏天明们截然不同的方面,后者是从不看书的,头脑中几乎没有什么文化可言。故,于连是有忏悔意识的,夏天明们没有。他们死到临头,所抱怨的仍只不过是命运不佳而已。故这非是一部社会谴责小说,而更是一部警示人心的小说。而当今之世,某些人心现象,也是有必要以这样的一类书来告诫的……

蜡炬成灰的过程
——《景克宁传》序

读罢即将付梓印刷的《景克宁传》文稿，我不禁联想到了蜡烛；也联想到了闻一多那首著名的诗《红烛》；当然，还联想到了高尔基那篇寓言性小说《丹柯》……

我是由于结识了山西运城工学院的退休教授杨方岗，才有幸多次为已故的景克宁先生的人生和书稿写下过一些文字的。然此次读《景克宁传》，心灵仍不免多次受到感动和震撼。景克宁先生阅历了几乎二十世纪五分之四的风雨沧桑，但他始终与祖国荣辱与共。

景克宁先生出身于书香门第，是国学大师、民国元老景梅九的嫡孙。新中国成立前，他拒绝在其祖父主办的《国风日报》谋事，毅然先后出任过六家报社的编辑、记者、主编或总编。由于他坚持为正义、真理呐喊，故屡遭打击、迫害、解雇或愤然辞职，无怨无悔。二十七岁的他，就出任民革中央报纸南京《大江晚报》总编。一九四九年四月二十三日，百万雄师过大江的当晚，他奋笔疾书撰写了《天亮了》的社论，被香港、澳门多家报纸全文转载。

一九五一年，景克宁先生成为共和国第一批马列主义哲学教授。景克宁先生经历了从三十五岁到五十八岁的生命沉浮，甚至被判死刑，这雄辩地证明了"一时强弱在于力，千秋胜负在于理"。

景克宁先生最后的二十年，又是在与癌魔抗争中度过的。他不像有些人那样，颐养天年，恰恰这一时段，正是他一生辉煌时期，演讲两千七百多场，始终高举"知识、理想、信念"三把火炬，像丹柯一样用手举起了他的心，鼓舞、激励着一批又一批时代青年，奋力前行。

他俨然是在与癌魔搏斗中的壮士、勇士和烈士！景克宁先生还是清华大学等四十三所高等院校的兼职或客座教授。景克宁先生活着的时候，一向认为自己是一个平凡的人。

尽管，他的人格魅力，他那充满澎湃激情的文章和无数次演讲对许许多多当代青年的思想产生过巨大的影响，但他却都是以普通人的身份来传播知识、理想和人文精神的……

故依我看来，他如同一支特别寻常的蜡烛，就是我们在黑暗之时，在没有电的情况下用以照明的那种蜡烛。

当下，时尚成为潮流，许多东西都需要靠漂亮的包装来引人注意，连火柴和蜡烛也不例外。

我家里就放有各种各样的蜡烛，它们已不再是传统意义上的蜡烛。制造者往蜡液里搅兑进了悦目的颜色，将它们浇铸成美观的造型。但那是些在生日或节日或婚礼庆典上才偶尔被点亮的蜡烛。在酒吧，在咖啡屋，经营者为了营造浪漫气氛，往往也在大白天不惜浪费地点着那样的蜡烛。而消费者们，也正是为了追求那一点儿浪漫气氛才出双入对的。

我对浪漫本身一点儿都不反感。非但不反感，有时还很提倡。一点儿浪漫情调都没有的生活，那就太乏味了，不可能是美好的生活。

但我觉得，作为蜡烛，颜色怎样其实是次要的，造型怎样也是次要的——重要的倒是，作为一支烛，它是在什么情况之下燃烧的，为些什么人燃烧的，燃烧的状态如何……

有些蜡烛，比如我以上提到的那类蜡烛，实际上作为蜡烛是很令人叹息的。它们也许只点燃过一次；也许那次只点燃过短短的几分钟；也许还是在仅仅为了情调，根本不需要照明的情况之下被点燃的。之后呢？之后它们就被视为无用之物，弃于角落而不被理睬了。那一弃，可能就是很久很久。再往后，可能就被当成垃圾处理掉了。

景克宁先生的一生，绝不是那样可悲的蜡烛，尽管他的一生经历了很多的坎坷。

我觉得，一向认为自己是一个平凡的人的景克宁先生，他的一生很像是一支燃烧不止因而照明不止的蜡烛。一般而言，这样的蜡烛反而是最寻常的蜡烛。

人们对这样的蜡烛的要求很寻常——燃烧自己，给予光明。

当闻一多写下诗篇《红烛》时，全中国都期待着思想的照明。

当高尔基写下小说《丹柯》时，全俄国正处在社会黑暗的岁月里。

当景克宁先生六十余岁著文《阳光、火炬、蜡烛》并走向讲坛时，正是中国许多青年心头笼罩迷惘的浮躁年代……

他们需要一支烛照亮自己的心，使他们对人生多一些自信和自强。

青年的特征表面看来是迷恋时尚的，但本质却是极其单纯的。这一本质使他们在普通的朴素的道理呈现说服力的时候，敬意从内心里油然而生，是这样一些青年发现了景克宁先生的人生思想的意义。

而景克宁先生通过他们的心灵诉求认识到了自己的人生之烛值得再次热烈燃烧直至成灰。他的演讲对象大抵是青年。他将他六十余岁以后的人生，无私地为青年们燃尽了，也为他们发出了最大的光。

蜡烛本身是不具备任何主动性的。所以，纵使一支烛，一次也没被点燃过，作为照明之物一次也没发光过，那也只不过是件遗憾的事。烛是并无任何过错的。烛的意义，归根结底也还是要取决于人对照明的需要意识强烈与否。据我所知，景克宁先生生前的每一场讲演都在青年们中引起良好反响。而此点证明，我们的青年总体上是不讳疾忌医的，是大有希望的。人最可宝贵的是主动的人生态度。有的人人生主动性体现在沽名钓誉和谋财敛物方面；而有的人人生主动性体现在利他人利社会方面。就此点而言，一个人的人生值得别人用烛来形容，又委实是最高评价了。景克宁先生无私的主动性令我钦佩。他这支蜡炬成灰的过程，特别典型地诠释了中国当代知识分子的时代责任感、义务感和使命感。山西运城，实应永远纪念景克宁这个名字！

学子小说《女儿河》序

育伟：

我在外省看完了你的《女儿河》。

总的感觉是——很好，很好，很好……

它正是我期望于你的。

你当初在电话里告诉我你在写长篇，我的态度其实很矛盾。怕你因而影响了学业，甚或陷于执迷，所以并不敢怎样鼓励你；但另一方面，又寄某种希冀于你，认为你确乎能写出一部像样的长篇来。

你清楚的，在所有听过我那次大课的学生中，我对你一直是另眼相看的。否则，我也不会一而再、再而三地向我们北语的学生刊物推荐你的小说。在我们北语学生办的刊物上，你的小说总是被排在重要来稿的位置。而且我多次在课堂上提到过、讲评过你的小说。你不但接受了，也领悟了我的某些话，这令我欣慰。

你告诉我《女儿河》已发在新浪网上，我不上网，未知反应如何。但即使褒贬不一，你还是要信我的评价——《女儿河》很好，你凭她证明了这样一点——尽管你也是八零后一代人，然你的文学起点，毫无疑问地超出了一概八零后之上。我此话并非是在借你的《女儿河》否定别人，而是在讲这样一个道理——你将另一种对于八零后写作者们而言崭新的生活画幅展开在普遍的八零后文本的平面上了；所谓八零后写作现象，说到底目前还是城市八零后文学青年的写作现象。《女儿河》颠覆了那种现象。对于那种现象，"她"具有独树一帜所以令人耳目一新的意义。那么多八零后人喜欢写作；然即使那些来自乡村、小镇的你的同代人，不知为什么，也都不肯将自己对乡土、乡情以及家乡人物命运的关爱呈现给文学的读者看——而你这样做了，认认真真地这样做了，并且做得不乏才情，故我激动。

《女儿河》好在如下方面：

一、文字好。文学之作品，还是要由文学化的文字来完成才是。你很善于写景，又非是为写景而写景，笔下景境，与人物心理状态浑然一体。

在此点上，你做得相当好。须知，时下之小说，仍耐心而细微地写景的文本，已经不多了。你笔下的写景文字流淌着诗意。你要感谢你曾写诗。

二、你极善比喻和形容。你笔下已少见已成公共词汇的形容词。故你笔下的形容具有文字的独特活性。你笔下的某些形容，也是精致的。

三、我尚不知日本小说"新感觉"一派对你是否有影响？你的《女儿河》具有中国式的新感觉派的忧悒凄美的风格。

四、最重要的一点，你心内有情怀，故笔下也有。那是爱和怜惜。文学之事，非仅技艺智巧之事。心无真情怀，必功亏一篑也。你要永远牢记此点。我将向出版社推荐你的《女儿河》。我将另为你的《女儿河》写一篇序。我将建议出版社为《女儿河》召开研讨会。在《女儿河》成书前，你务必要将"她"再修改一遍。小说中某些次要人物，形象未免太淡，如陆小朋、周静殊、林庆、何倩、何健业等。但切记，勿往书中加入邪狞内容，一切情节有如寻常生活最好。以下几点，一定要改：

一、莲花的丈夫在莲花出走后，与平皓相互辱骂，有秽语数句，一概删之。那几句秽语，对整体忧悒凄美之风格，实属一种破坏也。《红楼梦》中焦大也骂人的，但无秽语。秽语是《金瓶梅》中的骂法，而《女儿河》的风格不是《金瓶梅》那一类。

二、莲花的丈夫与平皓打架一场，可再细一点写来；两个男人的表情、眼神、围观者的情状等。并且，还是要以写意的写法来写为好。这两个男人为一个女人的"决斗"，对围观者们的思想冲击多多；何况，还是平皓大获全胜。这在当地是一个"事件",它也许令人们重新看待一些事情——你把这一"事件"写得太简化了,实际上是未深想到它的文学作用,浪费了好情节。

三、结尾肯定要改!必须改!和什么出版禁忌毫不相干——仅与文学处理之经验有关。怎样改,我会当面告诉你!

《中国病人》的调研报告

杨燕群是我教过的学生。

她四年前毕业了,一年后考回本校(北京语言大学)成为研究生;现在又毕业了,已经在北京大学出版社工作了。

在是本科生时,她表现出了对于写作的热爱,渐至于痴迷。那时她已发表过几篇散文,我感觉写得挺好——因为即使也和她一样对写作表现出不同程度兴趣的同学,所写大抵是初恋。而她写了她的外婆,写了她家乡湖南凤凰城一带侗乡里的一些人和事。以真情怀和情愫写他者之命运,写使我们人情变得温良的事物,是我一向对学子们强调的。那么,我当然多次鼓励她,肯定她的习写意义,并称赞过她。

这部小说是她的长篇处女作。是她在本科毕业以后,工作极不稳定,承受着生存重压的情况之下写完的。

我如果不是第一个读者,起码也是最早读到的人之一。

我对这部小说的初稿很不满意,给予她的看法几乎是否定的。因为在初稿中,基本内容是一名文科女大学生毕业之后漂在北京,为了生存而与三个男人之间纠缠不清的关系。我认为北京不是大学毕业生唯一的生存地。所以,即使主人公香兰有值得我同情之处,但我的同情是大打折扣的。一名女大学生为了留在北京而与三个男人发生性关系,与她为了生存而那样,是两类不同的事。这两类不同的事,体现两种不同的人生观。故我对香兰这一人物评价是批判式的。而这与杨燕群的创作初衷是相反的,她要唤起的是读者对香兰的大的同情。

那时这部小说似乎已很可能出版。

我写了一篇序是《中国病人》，在序中坦率地阐明了我的看法。这部小说后来却没有出版，而我的序却收入了我自己的一部集子。

那对杨燕群是一件伤感的事——她似乎认为我的序等于是对她的处女作判了死刑。可想而知，她笔下的香兰这一人物，肯定写时已赚足了她自己的眼泪。她往学校为我们每位老师设的信箱里投了一封信，一封长信——毫不讳言地承认她觉得受了严重的打击……

她成为研究生后，我与自己名下的研究生见面时，每每让别的同学通知她。往往，并没通知她也到，如同也是我带的研究生。

我几次当着别的同学的面提到她这篇小说，并且几次问她——难道北京是大学毕业生唯一的生存地？

她承认不是的。

又问：那你笔下的香兰为什么不肯回到家乡省份的城市去？难道全中国除了北京之外其他一概城市都必将埋没人才？

她承认也不是那样。

于是我下结论——我认为你笔下的香兰病就病在这一点。她与三个男人的不清不白的关系，与其说是苦难，莫如说是一种宁愿的选择。

在她读研的三年中，各二级市地级市的大学生就业形势也逐年严峻起来。情况发生了根本性逆转——从前是，从北京高校毕业的学子不屑于回去；现在是，连家乡省份的省市也回不去了。因为在那些城市，大学生找到工作的机会比北京更少，也是更难之事了。

故我有次对她说——把你的小说改出来。你不是将它定名为《漂泊的女儿》吗？现在对于香兰，漂泊在北京的命运，差不多是无奈的了。

我希望她能在小说中加强香兰这一人物与家乡与家族人物的关系；要表现这一人物在北京和家乡之间进退维艰的心灵与难有立足之地的处境……

现在我读这一稿，觉得她还是听进了我的意见的，并且努力那么修改了。

尽管如此，我依然觉得，她写到亲人和家乡时的文字，远比她写香兰和三个男人的关系时更好。大约因为，前者是从心里流淌出的文字，而后者是为写那么一类关系而写的文字。

但我现在开始认为——香兰这名来自僻远农村的姑娘与一个北京已婚男人的那种真真假假纠缠不清的关系，未必就没有表现的意义和价值。

众所周知，那确乎也是北京的一种当下世相，当然也可以说是北京的一种病症。

至于香兰这一人物，我依然觉得她是一个"中国病人"。她在北京被感染上了心灵的"SARS"。但这不是因为她体质弱，而是因为她是贫困农村的女儿。更主要的是——她没了退路。倘退回去，她使外婆过上好生活的愿望，将更加成为泡影。那么对于她，大学白上了。这样的香兰，我认为，不但值得同情，而且对于观察社会病态，也体现着某种病例特征。所以我此篇序，还是要在标题中写出"中国病人"四个字。不但香兰是"中国病人"，那三个男人也是。患的都是"中国颓迷时代综合征"。此症极具传染性，对人精神的危害大于对人身体的危害，最终使人灵魂坏死，变成行尸走肉。香兰一再说：我只不过想有个家……其实是寄希望于此点——也许一个家能保障她的灵魂不至坏死，或坏死过程慢些。所以，当我此序的标题中依然写有"中国病人"四个字时，已不包含有对于小说的否定的意味。

并且，我肯定的也正是——小说呈现了香兰这样一名漂在北京的女大学生逐渐成为我们这个时代的"中国病人"的病理过程，以及她的无奈、放任自流和恐惧……

一部小说有这样一种思想性，对于初写者，我认为便算有了创作的意义。我觉得杨燕群经由这部小说的修改，以后是完全可以驾驭长篇小说之创作了。而这当然是我替她感到欣慰的……

（2010年11月）

《足迹》序

这册小小的集子,所收皆是我们语言大学人文学院中文系二〇〇〇届学子们的写作课作业。不是全部,是部分,是完全自愿的结集。甚至可以说,纯粹是为了纪念,如同毕业照。只不过,毕业照留下的是影像的纪念,而这册小小的集子,留下的是文字的纪念。

难得喻德术、周晓芳等几名热心于此事的同学,对它的编印倾注了不少精力和心血。大三下学期,正是学业压力非常大的阶段,他们的热心使我感动。

收在此集中的作业,基本上我都认真读过。还有的在课堂上讲过。读过的,曾写下了评语;讲评过的,曾与同学们共同进行过讨论。我的意见,看法,同学们有时颇能接受,有时勉强接受;有时,又分明是拒绝接受的。结集前,我主张同学们不必顾及我的意见和看法。更不必按我的意见和看法修改。我希望原汁原味地,百分之百地呈现那些作业的本来状态。我想,倘以后同学们自己翻看时,竟感觉到我这名老师当初的意见和看法不无道理,比结集前违心按我的意见和看法修改,写作方面所获之益要大些。

也许,或者几乎是肯定的,在别人看来,甚至在我们语言大学中文系的、非中文系的其他学子们看来,这册小小的集子是粗鄙的,足令嗤之以鼻的;而在我看来,它则是可喜的,令我欣慰的。

为什么呢?

因为——我成为大学的一名教师以后,尤其考察到了大学校园写作所存在的一种显然的局限性,或曰一种显然的毛病。那就是——重理性写作而轻感性写作的现象。对于中文学子，理性写作的能力和感性写作的能力，在我这儿是看得同样重要的。这两种能力，也显然是当今之社会对中文学子的起码的能力要求。不客气地讲，偏废哪一方面，都不是合格的中文毕业生。故，在重理性写作而轻感性写作的现象比比皆是司空见惯习以为常的并不正常的情况之下，我觉得我这名教师有唤起中文学子们感性写作之愿望和能力的责任。

大学的中文学子们，又为什么重理性写作而轻感性写作呢？究其原因，不外以下几点：

一、所谓感性写作，其写作之冲动，必源自对生活和人生本身的感受、感悟；而所谓理性写作，其写作之冲动，往往来自书本，或直接冲动于理性知识，针对于理性知识的理解、感受、感悟。

二、理性写作往往是直接对理性知识进行咀嚼消化的结果；而感性写作乃是对看似寻常的社会、生活和人生的咀嚼消化，更有时是对亲历亲为之事的咀嚼和感受感悟。

三、从小学到中学到高中再到大学，这一代学子的成长过程，是极为偏狭的从书本到书本，从理性知识到理性知识的填鸭式接受过程。依我看来，他们的感性的神经，要么麻痹了；要么已经开始退化了；要么长期处于被抑制状态而不自知，自悟。

四、人的能力，哪一方面麻痹了，退化了，哪一方面的经验也就渐渐丧失了主动性；于是，靠了本能，人会加强能力擅长之方面的经验，以为完全可以替代丧失了的能力。而这通常只不过是自欺欺人。

五、理性经验一旦长期脱离感性经验的土壤，其生长的空间便极为有限。倘竟不愿承认此点，便只有进一步蒙蔽自己。自我蒙蔽的方式那就是——在极为有限的，有时甚至只不过是在理性知识和思维的细微缝隙之间作能力较强之状。于是凸显为分明的毛病："为赋新词强说愁"，过分追求造句美、膨胀颗粒之理念以遮掩感性体验之匮乏。于是浮华虚丽，竟成为大学校园写作之风……

而这册小小的集子的内容，大体上是由感性写作组成的。它们的水平究竟怎样，我以为倒还在其次。主要的，我言令我欣慰的乃是——某些同学，已开始明白感性写作对理性写作的促进性；已开始自觉摆脱浮华虚丽之文风；已开始对生活和人生本身进行咀嚼、消化、观察、理解、认识和感悟……

这些同学们，给这册小小的集子所定的集名是——《足迹》，这是我不久前知道的情况。所寓之意，无须赘言。

而我，其实打算建议他们定名为《露滴集》来着。

我替同学们设想的封面是这样的——几片绿绿的叶子，自上而下斜印于封面。有的叶子上托着露珠；有的叶子上正有露珠向边缘滚着；有的露珠已从叶上坠落，它将坠落于植物的根部，渗入那儿的土地……绿叶象征着同学们自己。而露珠的形成过程，乃是自然界之水的一个循环过程，意味着同学们的感性写作的过程，意味着同学们的作业的自然状态。露珠非是高级的东西，因而不求束之高阁。露珠更是无法束之高阁的东西，归于土地本属极为自然之事。于同学们自己，但愿能归于心灵……至于集名，不过便是集名，同学们说"足迹"，那就它好……

（2003年10月）